HEYNE BÜCHER

LILLIAN LINCOLN

PAMELA – SPRACHE DES HERZENS

Roman

Deutsche Erstausgabe

WILHELM HEYNE VERLAG
MÜNCHEN

HEYNE ALLGEMEINE REIHE
Nr. 01/7943

Titel der amerikanischen Originalausgabe
A CHANGE OF HEART
Übersetzt von Iris Foerster

2. Auflage

A Fawcett Crest Book Published by Ballantine Books

Printed in Germany 1990
Umschlagzeichnung: Pino Daeni/Schlück
Umschlaggestaltung: Atelier Ingrid Schütz, München
Gesamtherstellung: Ebner Ulm

ISBN 3-453-03652-2

Erstes Kapitel

»Was soll das heißen, du willst nicht, Pam? Natürlich tust du es! Ich verlasse mich darauf.«

Weit davon entfernt, in Anbetung zu Füßen des Mädchens niederzuknien, dem er eben einen Heiratsantrag gemacht hatte, oder sich neben sie zu setzen, sie an sich zu ziehen und ihr Gesicht mit ungeduldigen, heißen Küssen zu bedecken, war Viscount Westcott in dem sonnendurchfluteten Salon der Midenhall Priory auf und ab gegangen. Jetzt hielt er inne und blickte in erstauntem Unglauben die junge Dame an, die ein mit Zweigmustern verziertes Musselinkleid trug, auf einem Sofa saß und stickte.

Die Dame machte noch einen sorgfältigen Stich in das Muster mit Pfauen und Blättern, an dem sie arbeitete, ehe sie aufsah und dem überraschten Viscount einen kurzen, ernsten Blick zuwarf. Erst danach sagte sie mit einer freundlichen, aber festen Stimme: »Nein, Luke, ich heirate dich nicht. Ich wundere mich, daß du mich darum gebeten hast.«

Der Viscount sah sie ärgerlich an und ballte die Fäuste. Er war ein großer junger Mann von vierundzwanzig Jahren, und die Dame, die mit ihrer Stickerei beschäftigt war, kannte ihn schon ihr ganzes Leben lang. Jetzt legte sie ihren Stickrahmen beiseite, faltete die Hände im Schoß und blieb völlig ungerührt von seiner mißvergnügten Miene. Als sie ihn musterte, kam sie zum etwa hundertsten Mal zu dem Schluß, daß Luke Westcott viel zu stattlich aussah, als ihm selbst guttat, sogar jetzt, da er ärgerlich und frustiert war. Eine Locke seines rötlichbraunen Haars war ihm in die breite Stirn gefallen, und seine dichten, dunklen Augenbrauen waren über zwei tiefliegenden hellbraunen Augen zusammengezogen. Er trug Reitkleidung, die er mehr der Bequemlichkeit halber als wegen ihrer Eleganz gewählt hatte und die seine breiten Schultern und seine schlanke Taille betonte. Die glänzenden

Schaftstiefel, die er über schmalen Hosen trug, zeichneten seine langen Beine und seine kräftigen Schenkel ab. Ungeduldig fuhr er sich mit der Hand durchs Haar, so daß ihm eine weitere Locke in die Stirn fiel. Sein fein geschnittener Mund drückte Unzufriedenheit aus, und er schob seinen kräftigen Unterkiefer vor, so daß jedermann eingeschüchtert gewesen wäre, der ihn nicht so gut kannte wie die junge Dame, die vor ihm saß. Während sie ihn unverwandt anblickte, hob sie eine dunkelbraune Augenbraue und streckte trotzig das Kinn vor.

Plötzlich runzelte er nicht mehr die Stirn. Er kam lachend auf sie zu und drohte ihr mit dem Finger. »Benimm dich mir gegenüber nicht so hochmütig, mein Mädchen«, grollte er, warf ihre Stickerei auf den Fußboden, so daß er sich neben sie setzen konnte, ergriff ihre beiden Hände und drückte sie fest. »Ich habe dir diesen Trick beigebracht, wenn du dich erinnerst.«

»Das stimmt, und ich hatte bei mehr als einer Gelegenheit allen Grund, dir dafür dankbar zu sein«, stimmte sie freundlich zu. »Nichts hat sich so nützlich erwiesen, um die Glut begieriger Lebemänner abzukühlen oder die Frechheiten zudringlicher Stutzer abzuwehren.«

»Und in welche Kategorie ordnest du mich ein?« fragte der Viscount, und seine sonst so ungezwungene Baritonstimme klang scharf.

Die Dame schien es sich einen Augenblick zu überlegen, bis sein Griff sich noch verstärkte. »Nun, in keine von beiden«, sagte sie amüsiert. »Im Augenblick benimmst du dich nur albern. Aber keine Sorge, Luke, ich nehme es dir nicht übel.«

»Du sagst, ich verhalte mich albern, wenn ich dich darum bitte, mich zu heiraten, Pamela?« fragte der Viscount ungläubig. »Ich bin sicher, es gibt jede Menge junger Damen, die vor Freude in Ohnmacht fallen würden, wenn ich ihnen einen Heiratsantrag machte.«

Die Dame entzog ihm ihre Hände, bückte sich und hob ihre Stickerei wieder auf. »Dann schlage ich vor, daß du dich ohne weitere Umstände an eine von ihnen wendest, wenn du so erpicht darauf bist, zu heiraten«, sagte sie und senkte den Blick, während sie den Stoff glättete, den seine achtlosen Hände zerknittert hatten.

»Aber ich möchte keine von ihnen heiraten«, sagte der Viscount und schob in seinem Mißmut darüber, abgewiesen worden zu sein, die Unterlippe vor. Als er das tat, fand sein Gegenüber, daß er ungefähr wie ein achtjähriger Junge aussah.

»Ebensowenig möchtest du mich heiraten«, erwiderte sie und maß einen scharlachroten Faden ab.

Der Viscount sprang auf und ging ungeduldig auf und ab, und einen Augenblick wurden ihre braunen Augen sanfter, als sie seinen breiten Rücken betrachtete. Als er sich ihr wieder zuwandte, war ihre Miene jedoch ausdruckslos. Er streckte die Hände nach ihr aus, und sein breites, jungenhaftes Lächeln wirkte traurig.

»Du hast recht, Pam. Und um die Wahrheit zu sagen, ich möchte überhaupt nicht heiraten«, gab er zu. »Aber ich sehe mich dazu genötigt, und weshalb solltest es in diesem Fall nicht du sein? Schließlich kennen wir uns schon seit undenklichen Zeiten, und wir kommen gut miteinander aus. Ich betrachte dich als einen meiner besten Kumpel. Und du bist genau die Frau, die mir gefällt. Du kannst nicht von mir erwarten, daß ich viel Wesens um dich mache oder dir schmeichele, und außerdem könnten wir beide weiterhin unsere eigenen Wege gehen. Denke nur daran, wie sehr sich deine Brüder und deine Eltern freuen würden, wenn du mit einem Mann verheiratet wärst, den sie kennen und mögen und der in der Nachbarschaft wohnt. Du kannst, wenn du willst, jederzeit in die Priory hinübergehen, und wir werden die gleiche, große glückliche Familie bleiben, die wir immer gewesen sind. Es wird fast so sein, als wärst du überhaupt nicht verheiratet.«

»Das klingt alles sehr logisch und vernünftig und gut begründet, Luke, aber trotzdem lehne ich deinen Antrag ab«, sagte sie energisch.

»Aber warum nur?« fragte Luke verständnislos. »Gib mir endlich eine klare Antwort, Pam, denn eher verlasse ich die Priory nicht. Diese Zimperlichkeit sieht dir nämlich überhaupt nicht ähnlich.«

Pamela lachte belustigt. »So, ich bin also zimperlich? Ist es dir niemals in den Sinn gekommen, daß ich vielleicht einen Mann heiraten möchte, der mich liebt, Luke?«

Luke Westcott lachte spöttisch, und sie zuckte leicht zusammen. »Was für ein Unfug ist das, Pam? Du bist nicht im geringsten romantisch veranlagt«, sagte er. »Einen Mann heiraten, der dich liebt! Wahrhaftig! Du hast vier Saisons hinter dir und bist von jeder unverheiratet nach Suffolk zurückgekehrt. Und ich weiß, daß es dir nicht an Anträgen gefehlt hat. Letztes Jahr benahmen sich sowohl Freddy Bascomb als auch Lord Ashley dir gegenüber wie Mondsüchtige. Und vor zwei Jahren war der Earl of Brant ständig in deiner Nähe, aber du hast immer gekniffen. Das ist zuviel, Pam! Romantik! Liebe? Du? Du verulkst mich!«

Pamela machte zwei weitere Stiche und zählte bis zehn, ehe sie sagte: »Vielleicht bin ich romantischer, als ich dachte. Und wenn ich meine Hand nicht einem der Herrn geben wollte, die du erwähnt hast, mein alter Freund, dann geht es dich nichts an. Du wirst mir verzeihen, wenn ich offen spreche, aber wir beide waren ja noch nie förmlich miteinander.« Und dann fügte sie hinzu: »Zufällig habe ich schon zwei weitere Anträge bekommen.«

Belustigt fragte der Viscount: »Von wem? Doch nicht etwa von Jeremy Bates, Pam? Reggie Summers? Oder vom guten alten George?« Plötzlich wurde er ernst und sagte steif: »Egal! Ich hätte nie gedacht, daß du mich derartig im Stich läßt. Du, meine alte Freundin! Warte, bis ich es Matthew und Mark erzähle. Sie werden es nicht glauben, denn Matt selbst hat vorgeschlagen, daß ich zu dir gehen und um deine Hand anhalten soll. Dein eigener Bruder! Wenn er die Verbindung billigt, bin ich sicher, daß auch deine Eltern damit einverstanden wären. Wie kannst du also so hartnäckig sein?«

»Ich bin schließlich diejenige, die dich heiraten soll, Luke. Und ich muß es hinnehmen, daß du mit der ganzen Familie darüber sprichst und es für eine ausgemachte Sache hältst, ehe du auch nur daran denkst, nach meiner Meinung über dieses Thema zu fragen. Das ist nicht sehr schmeichelhaft.«

Einen Augenblick funkelten ihre braunen Augen mit den goldenen Flecken, die so charakteristisch für sie waren, vor Zorn, ehe sie die Lider senkte. Mit zweiundzwanzig Jahren war Miss Pamela Mary Sheridan, die einzige Tochter und das jüngste Kind von Sir Roger und Lady Mary Sheridan, für ihre Schönheit bekannt, für ihren Humor, ihren Witz und ihre unaufdringliche Eleganz. Sie war von ihrem schimmernden Haar bis zu den Spitzen ihrer Samtpantoffel eine Dame. Nur wußte sie, daß sie für Luke Westcott nichts Damenhaftes an sich hatte. Unter einer Maske der Freundlichkeit war sie mutwillig, leidenschaftlich und bereit, mit jeder Waffe, die ihr zur Verfügung stand, um ihr Glück zu kämpfen. Die Welt bemerkte natürlich nichts davon. Jedermann sagte, sie schlüge nach ihrem Vater, dem Baronet. Er war jeder Zoll ein Gentleman, kühl und selbstbeherrscht, gelassen und klug.

Sie ähnelte in keiner Weise ihrer impulsiven, lebenslustigen Mutter oder ihren ausgelassenen Brüdern, die zwei und vier Jahre älter waren als sie und ständig mit dem ebenso lebenslustigen Viscount Westcott zusammen waren.

Lord Westcotts Eltern waren auf See verschollen, als der Junge zehn Jahre alt gewesen war. Seit damals war er in der Priory wie zu Hause gewesen. Er kam kurz nach dem Frühstück und ging oft erst wieder, wenn es dämmerte. Lady Sheridan, die von seiner Einsamkeit angerührt war, denn er besaß keine Geschwister, hatte ihn als einen der ihren aufgenommen. Sie wußte, daß der langweilige Onkel, der nach Westcott Hall gekommen war, um den Erben aufzuziehen, ein stiller, auf Bücher versessener Mann war und seine schüchterne Frau sich mehr um die Kirchenarbeit als um ihren jungen Neffen kümmerte. Dieses ehrenwerte Paar hatte selbst keine Kinder, und so war es kein Wunder, daß Luke den Trubel, das Gelächter und die gute Laune der Familie Sheridan dem stillen, düsteren Dekorum seines eigenen Heims vorzog.

Er und die Sheridan-Brüder waren enge Freunde geworden. Sie

hatten gemeinsam Unterricht erhalten und jedes Abenteuer miteinander geteilt. Die kleine Pamela war ihnen überallhin nachgelaufen, sobald man die Zügel locker lassen konnte, und ihre großen braunen Augen verehrten sie alle drei gleichermaßen. Aber während ihre Brüder sie abwechselnd neckten und ignorierten, war Luke ihr ganz besonderer Held geworden. Er war es gewesen, der sie zum erstenmal auf ein Pony gesetzt und ihr das Reiten beigebracht hatte; er war es gewesen, der sie in die Geheimnisse des Angelns, des Kahnfahrens, des Schießens eingeführt und der sie getröstet hatte, wenn sie hingefallen war und sich die Knie aufgeschürft hatte.

Als sie siebzehn Jahre alt war und er ein erwartungsvoller Neunzehnjähriger, der im Begriff war, mit ihrem älteren Bruder nach London aufzubrechen, um städtischen Schliff zu erhalten, war ihr bewußt geworden, wie sehr sie ihn liebte. Sie liebte ihn nicht wie einen Bruder, sondern so, wie jedes Mädchen einen Mann liebt. Leider schien Luke in ihr nichts anderes zu sehen als seine angenommene kleine Schwester. Als sie ihr Debüt machte, hatte er sie wegen ihrer Verehrer geneckt. Er hatte sie vor jedem Mann gewarnt, den er für einen Nichtsnutz hielt, und er hatte sie so ungezwungen geküßt und umarmt, wie es ihre Brüder taten. Enttäuscht, aber zuversichtlich, hatte Pamela ihre Gefühle für ihn in der Gewißheit verborgen, daß der Tag kommen würde, an dem ihm die Schuppen von den Augen fallen und er sie so lieben würde wie sie ihn. Es war ihr leichtgefallen, selbst die attraktivsten Angebote abzulehnen, denn sie verglich ihre Verehrer stets mit Luke. Keinem von ihnen, gleichgültig, wie gutaussehend, höflich oder verliebt er auch sein mochte, war es gelungen, ihren Sinn zu ändern. Sie liebte Luke Westcott, und da sie niemals auch nur im mindesten wankelmütig geworden war, wußte sie, daß sie ihn immer lieben würde.

Jetzt legte sie ihre Stickerei beiseite und stand auf. Sie war groß und schlank, hatte eine zierliche Taille und eine entzückende Figur. Es war ihr nichts von dem Kummer anzusehen, den sie empfand. Aber schließlich hatte sie jahrelange Übung darin, ihre Gefühle zu verbergen. Nichts auf der Welt wünschte sie sehnlichster, als Luke Westcott zu heiraten. Doch unter diesen Umständen würde und konnte sie es nicht tun.

Der Viscount blickte auf sie herab, als sie auf ihn zukam und ihn anlächelte. Er sah das vertraute, vollkommene Oval ihres Gesichts, den rosigen Teint, die großen Augen, die ein wenig schräg standen und ihrem Aussehen etwas Exotisches verliehen, ihre weichen, vollen Lippen, die gerade Nase und das glatte, dunkle Haar, das wie gewöhnlich am Hinterkopf zusammengebunden war. Als er ihre schlanke, weiße Hand ergriff, die so oft wegen ihrer Schönheit gerühmt worden war, dachte er: Gute alte Pam, wer hätte je gedacht, daß du mich zurückweisen würdest?

»Pam, du bist hartnäckig, schwierig und unmöglich!« grollte er aufgebracht. »Ich habe dir von der Klemme erzählt, in der ich stecke, und ich glaubte, du würdest mir zu Hilfe kommen. Aber was tust du statt dessen? Du weigerst dich, mir behilflich zu sein. Das hätte ich nie von dir gedacht! Denn es ist ja nicht so, daß du einen anderen liebst oder dies auch nur wünschst. Du weißt, daß ich von der Aussicht darauf gelebt habe, mein Erbe anzutreten, sobald ich fünfundzwanzig Jahre alt bin. Aber jetzt verlangt dieser Onkel Joseph, daß ich mich binde, ehe er mit dem Vermögen herausrückt. Ich bin drauf und dran, im Schuldgefängnis zu landen. Aber ich sehe, das ist dir völlig gleichgültig.«

Seine Stimme klang beunruhigt und anklagend, und Pamela drückte seinen Arm. »Aber es ist mir nicht gleichgültig, Luke«, sagte sie. »Ich habe während der letzten Jahre oft gedacht, daß du Schwierigkeiten bekommen wirst, wenn du weiterhin so leichtsinnig mit dem Geld umgehst, wie du es getan hast. Dein Onkel hatte recht, alles bis auf die Zinsen zurückzubehalten, bis du zur Vernunft gekommen bist, andernfalls hättest du im Nu dein gesamtes Erbe durchgebracht.«

»Sieh einer an, Pam, Standpauken von dir?« fragte er ärgerlich. »Ich will nichts mehr davon hören, mein Mädchen, ich möchte, daß du mich heiratest.«

Sie machte spöttisch einen Knicks. »Tut mir leid, aber das werde ich nicht tun, nicht einmal, um dich vor dem Schuldgefängnis zu retten. Außerdem bin ich sicher, du übertreibst. Sogar deine hartnäckigsten Gläubiger werden sich gedulden, weil sie das Vermögen kennen, das eines Tages dir gehören wird. Und wenn du hier in Suffolk bleibst und dich vernünftig verhältst, überlegt es sich dein Onkel vielleicht noch einmal anders.«

»Mich aufs Land zurückziehen? Mit Onkel Joseph und Tante Athaliah? Während der Saison?« fragte er so entrüstet, daß sie lachen mußte.

»Aber du könntest jederzeit zu uns in die Priory herüberkommen, Luke. Und außerdem ist es an der Zeit, daß du dich langsam für deine Ländereien zu interessieren beginnst und mehr über die Gegend erfährst, die dir einen so großen Wohlstand einbringt.«

Sie waren an der Tür des Salons angekommen, und Lord Westcott blieb stehen. »Ich hätte nie gedacht, daß ich von dir so hochtrabendes Gerede hören würde, Pam«, sagte er wütend. »Ich werde nichts dergleichen tun! Und wenn du dich weigerst, mich zu heiraten, dann fahre ich morgen in die Stadt und frage eine andere. Dies ist deine letzte Chance, ich warne dich.«

Er warf verstohlen einen Blick auf ihr schönes Profil, aber er sah nichts als nachsichtiges Amüsement. Er hielt inne und wartete, während sie seine Drohung schluckte. Sicher würde die gute alte Pam nicht ruhig dabeistehen, während er ein so endgültiges, schreckliches Opfer brachte.

»Wenn das dein Ernst ist, Luke, dann helfe ich dir«, sagte sie schließlich.

Er hob sie in die Höhe und tanzte mit ihr durch den Raum. »Gutes Mädchen! Ich wußte doch, daß du mich nur aufziehst! Nun, wann heiraten wir? Je eher, desto besser, soweit es mich betrifft. Und ersparen wir uns diesen ganzen Unfug mit Brautkleid und Hochzeitsbällen und all diesem Zeug, denn ich . . .«

Eine kühle Hand legte sich auf seinen Mund. »Ich sagte, ich helfe dir. Ich sagte nicht, daß ich dich heirate. Ich werde Mama überreden, mich in die Stadt mitzunehmen. Dann kann ich dir behilflich sein, eine Braut zu finden. Du wirst sehen, wie gut es klappen wird, Luke. Gib dich einfach in meine Hände und vertraue mir. Ich bin sicher, ich finde die perfekte Frau für dich.«

Er machte ein so verblüfftes Gesicht, daß sie ihre Hände auf seine breiten Schultern legte, sich in seinen Armen zurücklehnte und ihn anlachte.

Dies war zuviel für Viscount Westcott, der ein hitziges, ungezügeltes Temperament besaß. Plötzlich stellte er sie auf die Füße und begann sie zu schütteln, genauso wie früher, wenn sie ihn als Kind geärgert hatte.

»Wie kannst du es wagen, dich so über mich lustig zu machen, Pam?« fauchte er mit zusammengebissenen Zähnen.

Pamela, die tiefe Falten um seinen Mund und seine funkelnden Augen sah, erschrak. Luke hatte sie noch niemals so wild, so wütend angesehen.

»Laß mich ... los!« keuchte sie und versuchte, sich von ihm zu befreien. Sie trommelte mit den Fäusten auf seine Brust. Lord Westcott schüttelte sie nur noch heftiger.

»So, du findest es also amüsant, Ma'am? Du machst dich über mich lustig, wie? Ich will dich lehren, mich zu verspotten, Balg!«

Pamela machte einen letzten Versuch, sich von seinen kräftigen Händen loszureißen. Ihre Schultern schmerzten von seinem festen Griff. Als sie taumelnd freikam, packte er sie am Halsausschnitt ihres Kleides, und es gab ein unheilvoll reißendes Geräusch, als er zusammen mit den obersten beiden Knöpfen die Rüschen abriß und sie in der Hand hielt. Pamela sah ihn einen Augenblick erschrocken an. Lord Westcott nützte diesen Moment, um sie wieder zu packen, aber sie wich zurück.

Unglücklicherweise stand ein Sofa direkt in ihrem Rückzugsweg, und als sie mit den Kniekehlen daranstieß, verlor sie das Gleichgewicht und griff nach Lukes Rockaufschlägen, um sich daran festzuhalten.

Überrascht taumelte der Viscont und fand sich halb auf Pamela und halb auf dem Sofa wieder. Er umklammerte immer noch die Rüschenborte sowie eine wütende, zerzauste junge Dame.

Und dann ging die Salontür auf, und Lady Sheridan kam herein. Sie blieb wie angewurzelt stehen und starrte die beiden einen Augenblick an, und dann rief sie: »Oh, meine Lieben, ich freue mich ja so! Ihr wißt, es war immer mein sehnlichster Wunsch, daß ihr heiratet! Aber Luke, zu meinem Bedauern muß ich protestieren. Deine Stellung ... Pamela ... nun, es ist nicht schicklich! Du mußt dich mehr um Selbstbeherrschung bemühen, mein lieber Junge. Jeder beliebige Mensch — nicht nur ich — hätte hereinkommen können!«

Während dieser atemlosen Rede bemühte sich Luke aufzustehen, wurde aber durch die Verrenkungen der Dame unter ihm daran gehindert. Ihre braunen Augen funkelten golden in ihrem Zorn, als sie ihn kräftig von sich stieß. Er ging vor ihr in die Knie, und Lady Sheridan rief: »Oh ja, ich versichere dir, so ist es wesentlich besser! Das ist viel passender für einen Heiratsantrag. Wenn ich mich auch keineswegs für prüde halte, so finde ich doch ...«

Pamela stand auf. »Vis ... count West ... cott wollte eben ... gehen, Mama«, keuchte sie. Doch die eisige Stimme eines jungen Mädchens, dem man Unbill zugefügt hatte, war etwas weniger wirkungsvoll, da die Dame nach Luft rang. Ihre Augen blitzten, und sie war hochrot, und ihr normalerweise ordentlicher Haarknoten hatte sich gelöst, so daß ihr üppiges dunkelbraunes Haar offen über ihre Schultern fiel. Ihr Busen, der durch den Riß in ihrem Kleid halb entblößt war, hob und senkte sich rasch. Lord Westcott war ein großer, kräftiger Mann, und er hatte sie atemlos gemacht, als er mit seinem vollen Körpergewicht auf sie gefallen war.

Lady Sheridan fand, daß er noch nie so stattlich ausgesehen hatte. Sie war gerade im Begriff, dies zu sagen, als sie die Worte, die ihre Tochter gesprochen hatte, endlich begriff. »Er geht, sagst du? Aber ich verstehe nicht«, klagte sie und rang die Hände. »Warum geht er, wenn ihr euch eben verlobt habt?«

Inzwischen war Luke aufgestanden und strich seinen Reitrock glatt. Er zupfte an seinem Halstuch, als wäre es plötzlich zu eng geworden, und dann bemerkte er, daß er immer noch Pamelas

Rüschen in der Hand hielt. Als er sie auf einen in der Nähe stehenden Tisch warf, wurden seine Wangen dunkelrot.

»Ich muß Sie um Verzeihung bitten, Mylady. Es war nicht das, was es zu sein schien. Darf ich mich zurückziehen, Ma'am?« fragte er mit rauher Stimme.

Nun war Lady Sheridan sprachlos. Sie nickte, und ihre Blicke wanderten verständnislos von einem ärgerlichen Gesicht zum anderen. Sie sah ein, daß die beiden jungen Leute besser voneinander getrennt würden, zumindest für den Augenblick. Lord Westcott verbeugte sich vor ihr und schritt aus dem Zimmer, wobei er Pamela in ihrem zerzausten Zustand ignorierte, als wäre sie überhaupt nicht da. Pamela war wütend — auf ihn und auf sich selbst, weil sie es zugelassen hatte, daß die Situation zu einer solchen Farce entartet war.

Als die Salontür hinter dem Viscount zuschlug, sank Lady Sheridan in einen Sessel. Ihre Tochter bemerkte, daß sie vor Neugier beinahe platzte, und hob beide Hände, als sie beschwörend sagte: »Nicht jetzt, Mama, wenn du mich liebst!« Lady Sheridan fügte sich.

Nun war es an Pamela, im Salon auf und ab zu gehen, bis ihr Atem wieder normal war und ihre heißen Wangen sich abgekühlt hatten. Trotz ihres Zorns spürte sie immer noch den Schauer, den sie empfunden hatte, als Lukes Körper auf dem ihren gelegen hatte, und das machte es ihr nicht leichter, sich zu fassen.

Endlich kam sie zum Sofa zurück, welches das Unglück verursacht hatte. Sie setzte sich, wieder etwas ruhiger geworden.

»Pamela, meine Liebe, du darfst dich nicht so aufregen«, sagte ihre Mutter und sprach rasch, denn das erzwungene Schweigen war für sie schwer zu ertragen gewesen. »Die Heftigkeit von Lukes Gefühlen hat dich zweifellos erschreckt, aber du wirst dich bald daran gewöhnt haben. Wirklich, meine Liebe, du wirst seine Liebkosungen herbeisehnen, denn es gibt nichts Herrlicheres, als in den Armen eines Mannes zu liegen, den man verehrt . . .«

»Mama, bitte! Er hat mich nicht liebkost. Er war weit davon

entfernt«, unterbrach sie Pamela. »Er hat mich durchgeschüttelt, weil ich ihn ausgelacht habe. Ich hätte es nicht tun sollen«, fügte sie wie zu sich selbst hinzu.

»Ich verstehe nicht«, klagte Lady Sheridan wieder. »Du hast ihn ausgelacht? Er hat dich durchgeschüttelt?«

»Es tut mir leid, daß ich dich und alle anderen in der Familie enttäusche, Mama, aber ich habe Lukes Heiratsantrag abgelehnt«, sagte Pamela nüchtern.

Lady Sheridan lehnte sich in ihrem Sessel zurück, und riß ungläubig die Augen auf. »Du hast ihn abgewiesen?« rief sie. »Oh, du törichtes, einfältiges Mädchen! Wie konntest du so ... so ...« Ihre Stimme erstarb, als fehlten ihr die Worte, um ein so unglaubliches Verhalten zu beschreiben.

Pamela fuhr fort, als hätte ihre Mutter nichts gesagt. »Und dann schüttelte er mich, und als ich mich freikämpfen wollte, zerriß er aus Versehen mein Kleid. Ich stieß an das Sofa und zog ihn im Fallen mit mir herunter. Mehr ist nicht geschehen. Es gab keine Liebkosungen.«

Lady Sheridan ignorierte ihre Worte. »Du hast Luke Westcotts Antrag abgewiesen«, wiederholte sie wie betäubt.

»Ich möchte nicht heiraten, nur damit Luke an sein Erbe herankommt und vor seinen Gläubigern sicher ist, Mama«, sagte Pamela ruhig.

»Aber Pamela, du kannst es dir nicht überlegt haben! Wir haben zwar nie darüber gesprochen, aber ich war sicher, daß du ihn liebst. Weshalb hättest du sonst während der ganzen Jahre die Heiratsanträge aller anderen Männer abgelehnt? Und jetzt, da du Luke endlich heiraten könntest — oh, ich werde dich niemals verstehen, niemals! Dein Vater wird zutiefst enttäuscht sein. Wir waren beide davon überzeugt, daß du deiner Gefühle sicher warst.«

Pamela dachte einen Augenblick nach, ehe sie sagte: »Ich glaube, Papa wird mich verstehen. Meine Gefühle für Luke haben mit meiner Ablehnung seines Antrags nichts zu tun. Sag mir, Mama, ist es zuviel verlangt, wenn ich erwarte, daß Luke mich nicht nur heiratet, sondern auch liebt?«

Lady Sheridan glättete ihre Musselinröcke und runzelte leicht die Stirn. »Aber er liebt dich doch, meine Liebe«, sagte sie verblüfft.

»Wie seine Schwester, Mama«, erwiderte Pamela.

»Nun, ja, wenn das wahr ist, was du sagst, dann wird es wohl so sein. Aber ich bin sicher, seine Gefühle werden sich ändern, sobald ihr verheiratet seid, Pamela. Es liegt einfach daran, daß er rasch eine Bindung eingehen muß, und Liebe ist das letzte, woran er jetzt denkt. Das ist bei den Männern oft so. Sie halten es nicht für so wichtig wie wir Frauen, sich zu verlieben. Ich bin sicher, Luke hat sich bisher mehr um seine Jagdhunde, seine Vergnügungen und seine engen Freunde gekümmert, als darum, eine dauerhafte Verbindung aufzubauen. Du darfst es nicht persönlich nehmen, weißt du.«

Die Miene ihrer Tochter drückte Amüsement aus. »Wie interessant zu wissen, wo man in den Augen eines Mannes in der Rangordnung seiner Vorlieben steht! Darf ich wohl hoffen, daß ich eines Tages über seinen Hunden rangieren werde?«

Ihre Mutter machte eine wegwerfende Handbewegung. »Ich sehe nicht ein, daß es darauf ankommt. Du hast ihn abgewiesen, und jetzt wird er wahrscheinlich eine andere fragen.«

»Er sagte mir, daß er das vorhat. Ich versprach ihm natürlich, mein Möglichstes zu tun und ihm dabei zu helfen, eine geeignete Frau zu finden . . . Da hat er die Fassung verloren, glaube ich.«

»Was hast du getan?« rief Lady Sheridan entsetzt. »Unvernünftiges Geschöpf! Du wirst ihn mit Sicherheit verlieren, denke daran, was ich gesagt habe.«

Ihre Tochter stand auf, ging zum Fenster und lehnte ihre Stirn an eine der kühlen Scheiben. »Vielleicht, Mama«, sagte sie leise. »Und doch wiederum vielleicht auch nicht.«

Lady Sheridan stand ebenfalls auf und warf verärgert den Kopf zurück. »Du treibst ein gefährliches Spiel, meine Liebe, und ich bin sicher, daß du mir nicht alles darüber erzählen willst, aber ich bitte dich, nehme meine Warnung ernst. Luke Westcott ist ein zu begehrenswerter Mann, um ihn lange zappeln zu lassen, besonders, nachdem er sich entschlossen hat, zu heiraten. Du hast ihn gereizt, sonst hätte er sich nicht so unbeherrscht benommen. Du würdest gut daran tun, niemals Lukes Temperament außer acht zu lassen, Pamela. Irgendeine Frau wird ihn in seiner jetzigen Stimmung umgarnen, und dann wirst du den Tag bereuen, an dem du ihn abgewiesen hast. Ich bete darum, daß du dich dieses Mal nicht selbst ausmanövriert hast, meine Liebe. So geschickt du auch bist, es könnte schiefgehen.«

Sie schnaubte und ging rasch und ungeduldig zur Tür.

»Mama, wann hast du vor, in die Stadt zu fahren?« fragte Pamela und ignorierte die schreckliche Warnung, die in so kassandrahaften Tönen vorgebracht worden war. »Ich habe Luke gesagt, wir würden ihn dort bald treffen, auch wenn die Saison noch nicht richtig angefangen hat.«

Ihre Mutter blieb an der Tür stehen und überlegte. »Ja, es gibt eigentlich keinen Grund, weshalb wir unser Stadthaus dieses Jahr nicht früher öffnen sollten. Dein Vater wird uns natürlich nicht begleiten. Ich bekomme das Landleben langsam satt. Aber ... aber wird Luke deine Hilfe wirklich annehmen?«

»Du wirst es sehen«, sagte Pamela lächelnd. »In einer Stunde wird ein Brief von ihm eintreffen, in dem er mich wegen seines Benehmens um Verzeihung bittet, und dann schreibe auch ich eine würdevolle Entschuldigung und erneuere mein Angebot. Alles wird gut werden, ich kenne Luke.«

»Ich hoffe es, denn dann kann ich ...« Lady Sheridan unterbrach sich und sah ein wenig selbstgefällig aus.

»Ja, Mama? Was wolltest du sagen?«

»Oh, nichts, überhaupt nichts, meine Liebe«, erwiderte sie leichthin, schüttelte den Kopf und lächelte. »Und jetzt muß ich mich beeilen und deinen Vater abfangen, ehe er ausreitet, um ihm von deinen Plänen zu berichten.«

Mit raschelnden Röcken rauschte sie hinaus, und Pamela seufzte. Sie wußte, daß ihre Mutter wahrscheinlich ein ebenso großes Problem sein würde wie Lord Westcott. Ihre Mutter hatte kein Geheimnis daraus gemacht, daß ihr sein Antrag sehr willkommen war, und Pamela würde ihre ungestüme Zunge zum Schweigen bringen müssen. Mama sagt immer sofort das, was ihr in den Sinn kommt und überlegt niemals, bevor sie spricht, dachte ihre liebevolle Tochter bekümmert. Und ihre Mutter würde unbedingt helfen wollen, wie sie es immer tat, auf die eine oder andere Weise, und es würde ihr gelingen, peinliche Szenen heraufzubeschwören und große Konfusion anzurichten. Sie würde sich Intrigen aller Art einfallen lassen, um sie gewaltsam mit Luke zusammenzubringen und versuchen, ihre Tochter dazu zu bringen, den Heiratsantrag neu zu überdenken. Lady Sheridan liebte Luke Westcott wie ihren dritten Sohn, den sie nie bekommen hatte. Sie brauchte nur einen Blick auf sein gutgeschnittenes, übermütiges Gesicht zu werfen — und sie war mit seinen verrücktesten Plänen und Abenteuern einverstanden. Genauso, wie sie sich über Marks und Matthews Streiche amüsierte. Selbst wenn Luke sie neckte, indem er sie ›Mutter Sheridan‹ nannte, als wäre sie eine grauhaarige alte Dame, erteilte sie ihm keinen Verweis, sondern zog höchstens einen Schmollmund und gab ihm einen spielerischen Klaps auf die Hand.

Pamela ging zum Sofa, räumte ihre Handarbeit weg und steckte ihr Kleid zusammen, ehe sie sich anschickte, in ihr Zimmer hinaufzugehen. Sie sah die Stickerei ihrer Mutter unordentlich auf einem Stuhl liegen und schüttelte den Kopf. Sie liebte ihre Mutter sehr und hatte ihr Leben lang gewußt, daß ihre Liebe zehnfach erwidert wurde, obwohl sich beide Frauen sehr voneinander unterschieden. Manchmal hatte sie sich sogar gefragt, wie solch eine Frau sie hatte zur Welt bringen können, bis sie an ihren Vater dachte. Oft hatte sie über den Eßtisch hinweg amüsierte Blicke mit ihm ausgetauscht, während Lady Sheridan und ihre beiden Söhne, und manchmal auch Luke Westcott, in einen lauten, temperamentvollen Meinungsaustausch verstrickt waren. Luke, meine Mutter und meine Brüder sind sich sehr ähnlich, dachte Pamela, als sie die Stickerei sorgfältig zusammenlegte. Dann erinnerte sie sich an das Sprichwort, daß sich Gegensätze anziehen. Ihre Mutter und ihr Vater waren ein gutes Beispiel dafür. Vielleicht ist

Luke für mich noch nicht verloren, seufzte sie innerlich, als sie in ihr Zimmer hinaufging, um sich umzuziehen.

Sir Roger hatte nichts gegen den Plan der Damen einzuwenden, früher als vorgesehen in die Stadt aufzubrechen. Er hatte bemerkt, daß seine Frau das stille Landleben schon seit ein paar Wochen langweilte, und er wußte sehr gut, daß Mary Zerstreuungen brauchte, um glücklich zu sein. Als er seine Zustimmung gab, fragte er sich, warum ihm immer so viel wohler zumute war, wenn er wußte, daß Pamela an der Seite ihrer Mutter war. Fast war es so, als wäre seine Tochter Mentor und Anstandsdame zugleich —, statt daß Lady Sheridan diese Rolle spielte, und er war beruhigt, weil er wußte, daß sie die kuriosesten Einfälle ihrer Mutter verhinderte.

Mary Sheridan hatte ihr dunkelbraunes Haar und die schrägen Augen ihrer Tochter vererbt. Aber hier endet auch schon die Ähnlichkeit. Während Pamela das Bild ruhiger, gelassener Eleganz und Anmut bot, flog ihre Mutter in Temperamentsausbrüchen durch das Leben, ließ überall deutliche Spuren zurück und schien nie daran zu denken, daß sie als fünfundvierzigjährige Frau eine würdevollere, mütterliche Ausstrahlung pflegen sollte. Sir Roger hatte ihr dies einmal vorgeschlagen, aber sie hatte nur gelacht und ihn so leidenschaftlich geküßt und liebkost, daß er sofort aufgehört hatte, ihr Lektionen zu erteilen. Er lächelte bei der Erinnerung daran.

Sir Roger bemerkte an jenem Abend beim Essen nichts zu der Neuigkeit, daß seine Tochter Lord Wescotts Heiratsantrag abgelehnt hatte. Wenn er enttäuscht war, wie ihre Mutter es behauptete, dann verbarg er dies sehr gut, dachte Pamela. Er nickte nur und sagte, sie müsse tun, was sie für richtig halte. Aber als Lady Sheridan ihm erzählte, daß Pamela Luke helfen wollte, eine geeignete Frau zu finden, wirkte er ein wenig überrascht, und Pamela bemerkte, daß seine kühlen, blauen Augen blinzelten.

»Wirklich?« fragte er ruhig und nahm einen Schluck Burgunder. »Dann darf ich vielleicht Millicent Fielding als Kandidatin vorschlagen, Pamela? Oder wie wäre es mit Lord Maltbies jüngster Tochter?«

Pamelas braune Augen strahlten beifällig. Sie hatte an diesem Nachmittag einen Brief von Luke erhalten, in dem er sie um Verzeihung für sein Benehmen bat. Sie war darüber erleichtert, und ihre gute Laune war wiederhergestellt.

Aber ehe sie ihrem Vater antworten konnte, rief Lady Sheridan entsetzt: »Als ob ein Adonis wie Luke eine von diesen beiden auch nur ansehen würde! Du bist nicht ganz bei Trost, mein Lieber, Miss Fielding ist absolut unmöglich, sie hat ein Gesicht wie ein Pferd, das arme Mädchen. Und was Lila Maltbie betrifft, die ist so breit wie hoch und schon in den Dreißigern. Luke mit seinem Titel, seinem Vermögen und seinem fast unanständig guten Aussehen würde so arme Wesen niemals in Betracht ziehen ...«

Als sie das amüsierte Lächeln ihres Mannes und Pamelas lachende Augen sah, gab sie klein bei. »Oh, es war nur ein Scherz, ich begreife! Obwohl es schließlich kein so schlechter Gedanke wäre, seine Aufmerksamkeit auf irgendeine unmögliche Frau zu lenken. Aber Pamela, du mußt sehr vorsichtig vorgehen, damit es nicht auffällt, was du vorhast.«

»Nein, nein, Mama, wie könnte ich zum armen Luke so grausam sein?« fragte ihre Tochter mit demütiger Stimme. »Ich werde ihm nur die schönsten Debütantinnen dieses Jahres präsentieren; mindestens eine Miniatur-Venus.«

Lady Sheridan schüttelte den Kopf über eine solche Torheit, aber Sir Roger lächelte seine Tochter an und murmelte: »Du bringst mich fast in Versuchung, kurz in die Stadt zu kommen, Pamela, um den Spaß mitanzusehen.«

Miss Sheridan zog die Mundwinkel herab und runzelte vorwurfsvoll die Stirn: »Also wirklich, Papa, wie kannst du so etwas sagen? Du bist dir doch bewußt, wie wichtig es für einen Mann ist, was für eine Frau er auswählt? Ich werde das Problem so klug wie möglich angehen. Und welche Frau auch immer er wählt, sie wird in unserer Nachbarschaft wohnen. Ich würde dir und Mama niemals eine Langweilerin zumuten.«

Lady Sheridan blickte lachend von einem zum anderen, und ihr Gatte hob sein Glas in einem schweigenden Toast.

»Du bist deiner sehr sicher, Pamela, besonders nach dem, was heute früh geschehen ist«, sagte Lady Sheridan kopfschüttelnd und war im Begriff, die Arroganz ihrer Tochter ausführlich zu beklagen. Doch glücklicherweise erwähnte Sir Roger einen Brief, den er an diesem Morgen von seinen Söhnen erhalten hatte.

Matthew und Mark hatten Anfang Februar die Priory verlassen, um Freunde zu besuchen. Jetzt hatten sie aus Kent geschrieben, sie würden in zwei Wochen in der Stadt sein. Sofort rief Lady Sheridan, sie und Pamela müßten noch diese Woche die Kutsche nehmen, um das Sheridan House in der Stadt zu öffnen, damit alles für die beiden vorbereitet wäre, wenn sie in der Charles Street einträfen.

Lady Sheridan war sehr stolz darauf, daß ihre Söhne während der Saison immer noch das Stadthaus ihrer Eltern bewohnten. In ihrer ganzen Nachbarschaft gab es keinen zweiten solchen Fall. Daß Mark und Matthew dies erstens taten, um in luxuriöser Behaglichkeit zu leben, während sie ihr Geld für wichtigere Ausgaben sparten, zweitens wegen der ständigen Abwesenheit ihres Vaters, der alles sah und vieles mißbilligte, und drittens wegen der liebevollen Nachsicht ihrer Mutter — das wußte sie nicht.

Zweites Kapitel

Die Damen Sheridan trafen genau acht Tage später in der Charles Street ein. Sie waren nur drei Tage unterwegs gewesen, denn Lady Sheridan zog ein rasches Reisetempo vor, egal, wie schlecht die Straßen auch nach den Winterstürmen waren. Man hörte sie oft sagen, daß sie kein Verständnis für die Damen hatte, die sich auf ihren Reisen Zeit ließen, ihre Unbequemlichkeit verlängerten und zerschlagen in der Stadt ankamen. Pamela machte es nichts aus. Die Kutschen ihres Vaters waren gut gefedert. Trotzdem war sie immer froh, wenn sie vor dem Sheridan House ausstieg und von Dentworth, ihrem lächelnden Butler, willkommen geheißen wurden, nachdem sie unterwegs so durchgerüttelt worden waren.

Lady Sheridan vergeudete keine Zeit. Sie befahl den Dienern, die Kutsche auszuladen, und gab dem Personal, das ihnen von Suffolk vorausgefahren war, eine Menge Anweisungen. Dann schickte sie eine Nachricht in die Lowdnes Street, wo Viscount Westcott wohnte. Sie teilte ihm ihre Ankunft mit und bat ihn um seine Gesellschaft beim Dinner am nächsten Abend.

Als dies getan war, wandte sie ihre Aufmerksamkeit den Zeitungen und den Hofnachrichten zu, um festzustellen, wer von ihren Bekannten vielleicht ebenfalls so früh in der Saison die Provinz gegen die unzähligen Vergnügungen Londons eingetauscht hatte. Ein paar Briefe, ein Abend in der Oper oder im Schauspielhaus, und ganz London würde wissen, daß die Damen Sheridan zurückgekehrt waren. Sie war sicher, daß in wenigen Tagen die Einladungen hereinflattern würden, denn sie hatte einen großen Bekanntenkreis, und auch ihre Tochter war sehr gefragt. Sie lächelte im stillen. Obwohl Pamela ein ruhiges Mädchen war, hatte sie eine große Schar von Bewunderern. Lady Sheridan hatte niemals begriffen, weshalb. Sie selbst hatte immer festgestellt, daß die Männer temperamentvolle Frauen vorzogen, lustige und fröhliche, die gern lachten und etwas Kokettes an sich hatten. Aber wie sie zugeben mußte, hatte es Pamela bisher nicht geschadet, daß sie keine zum Flirt geeigneten Eigenschaften besaß. Daß Pamela in dem vorgerückten Alter von zweiundzwanzig Jahren immer noch ledig war, machte ihr keine Sorgen. Sogar Londons böseste Zungen konnten nicht behaupten, dies läge daran, daß sie keinen Anklang fand. Lady Sheridan wußte, daß es in der letzten Saison geheißen hatte, Miss Sheridan sei einfach zu anspruchsvoll. Einige der offenherzigeren Witwen hatten sich laut gefragt, welcher Ausbund von Mann am Ende ihre Hand gewinnen würde. Sie hatte sogar gehört, daß manche Pamela ›die Unerreichbare‹ nannten.

Mary Sheridan selbst hatte vor ihrem achtzehnten Geburtstag geheiratet, und sie hatte sich oft über Pamelas Zögern gewundert, in den seligen Stand der Ehe einzutreten. Das heißt, sie hatte sich solange gewundert, bis ihr klar geworden war, daß ihre Tochter nur darauf wartete, daß Viscount Westcott auf die Dame aufmerksam wurde, die er schon die ganze Zeit vor seiner ebenmäßigen Nase gehabt hatte. Sie faßte Mut bei dem Gedanken daran, daß ihr Disput in der Priory die Dinge vielleicht rascher zu einem guten Ende bringen würde. Luke Westcott war nicht blind. Er mußte gesehen haben, wie entzückend Pamela in ihrem aufgelösten Zustand ausgesehen hatte, und er mußte alle ihre Reize gespürt haben, als er sie in den Armen hielt.

Als Lady Sheridan jetzt ihren Tee trank und zusah, wie ihre Tochter dem Dienstmädchen half, die Kleider auszupacken und in dem hübschen in Rosa und Silber dekorierten Raum zu verstauen, der zur Straße hinauslag, lächelte sie. Sie hatte eine Vorahnung, daß diese Saison anders als sonst verlaufen würde. Wenn sie nach Suffolk zurückkehrten, wäre Pamela sicherlich verlobt. Als sie nach einer weiteren Makrone griff, dachte sie trotzdem mit Bedauern daran, daß Pamela den Heiratsantrag des Viscounts abgelehnt hatte und daß sie mit Luke in diesen hitzigen Streit geraten war. Aber sobald sich Luke beruhigte, würde er es sicher noch einmal versuchen. Und wenn sie auf irgendeine Weise Pamela dazu bringen konnte, den Krümel anzunehmen, der angeboten wurde, statt auf dem ganzen Kuchen zu bestehen, würde sie rasch handeln. Das nahm sie sich vor.

Die gute Pamela und der gute Luke! Es war ihr sehnlichster Wunsch, sie schließlich vereinigt zu sehen. Es war kein Wunder, daß ihre Tochter dem Viscount die ganze Zeit treu geblieben war. Wie konnte ihn irgendeine Frau nicht lieben, dachte sie und sah im Geist sein männliches Gesicht mit den hellbraunen Augen, die abwechselnd necken oder grollen konnten, und sie dachte an sein fröhliches, lebhaftes Wesen.

Sie wurde in die Gegenwart zurückgerufen, als ein Diener anklopfte und ihr eine Nachricht überbrachte. Luke hatte auf ihre Einladung rasch geantwortet. Sie lächelte zufrieden, als sie seine Zusage las.

»Meine Liebe, Luke kommt morgen abend zum Dinner. Ist das nicht wunderbar?« rief sie voller Genugtuung.

Pamela sah ihre Mutter an, als diese hinzufügte: »Du mußt eines deiner hübschesten Kleider anziehen, meine Liebe, und ich werde ein Festmahl bestellen, und dann . . .«

»Mama«, unterbrach sie Pamela ruhig, während sie ihrem Mädchen einen Stapel eleganter Wäsche gab und ihr bedeutete, sie möge gehen. Sie wartete, bis das Mädchen das Zimmer verlassen hatte, dann setzte sie sich neben ihre Mutter und ergriff ihre Hände. Ruhige, braune Augen blickten in sprühende, trotzige Augen, als sie sagte: »Mama, bitte mische dich dieses Mal nicht ein. Es gibt wirklich nichts, was du tun kannst. Das versichere ich dir. Überlasse Luke mir. Es wäre unerträglich für uns beide zu wissen, daß du ihn immer noch mit mir verheiraten willst, nachdem ich seinen Antrag abgelehnt habe. Ich freue mich, daß du ihn zum Abendessen eingeladen hast, denn ich möchte meinen Plan sofort in die Tat umsetzen, und bei dieser Gelegenheit können wir darüber reden. Aber du mußt mit mir zusammenarbeiten, verstehst du? Behandele Luke genauso wie immer, und ich verspreche dir, alles wird gut werden.«

Lady Sheridan zog einen Schmollmund und blickte dann zur

Seite. »Ich will dir doch nur helfen«, sagte sie mit enttäuschter Stimme.

»Ich weiß, Mama, und ich danke dir«, sagte ihre Tochter und drückte ihr die Hände. »Wenn sich eine Gelegenheit ergibt, bei der du behilflich sein kannst, werde ich dich das wissen lassen. Aber bitte, überlasse Luke vorerst mir. Wir müssen uns so ungezwungen, so natürlich wie immer benehmen. Du hast recht, ich habe einige Pläne, aber sie hängen davon ab, daß du uns weiterhin wie Bruder und Schwester behandelst.«

Sie blickte ihrer Mutter in die Augen und wartete auf ihr Versprechen. Lady Sheridan warf den Kopf zurück.

»Also gut, Pamela. Aber du benimmst dich außerordentlich ungewöhnlich. Ich bin sicher, die meisten Mädchen wären froh über die Hilfe ihrer Mutter und . . . und . . .«

»Über ihre gesetzte, reife Weisheit, Ma'am?« fragte Pamela amüsiert.

Lady Sheridan lachte vergnügt auf und küßte ihre Tochter herzhaft. »Du bist eine Göre, Miss! Und du vergißt, daß ich das Herz deines Vaters gewonnen habe, als ich erst siebzehn war.«

Sie reckte sich ein wenig, und ihre Tochter sagte lächelnd: »Ich habe es nicht vergessen, Mama. Aber du hattest ihn vor jenem Sommer nie gesehen, wenn du dich erinnerst. Bei Luke und mir verhält es sich etwas anders. Wir sind zusammen aufgewachsen, und ich bin für ihn immer noch das magere kleine Mädchen mit den großen Augen, das an allen seinen Abenteuern teilnimmt.«

Lady Sheridan überlegte sich das ernsthaft, und dann seufzte sie. »Ich hoffe, daß deine List gelingt, Pamela, und daß es nicht schon zu spät dafür ist. Schließlich hast du gesagt, Luke möchte so bald wie möglich einer anderen Frau einen Heiratsantrag machen, nicht wahr? Hoffentlich hat er nicht schon irgendeine Niemand darum gebeten, seine Frau zu werden.«

Pamela lachte. »Als ob er das könnte, Mama!«

Als Pamela den verständnisvollen Blick ihrer Mutter sah, erklärte sie: »Er hat Bälle, Soireen und Teegesellschaften immer gemieden, Mama. Und ich bin sicher, er würde lieber ein Duell austragen, als die heiligen Hallen von Almack's zu betreten. Und selbst einem so begehrenswerten Mann wie Luke würde es schwerfallen, eine fremde junge Dame einfach um ihre Hand zu bitten. Nein, wenn er nicht in Jackson's Boxsalon eine geeignete Partie gefunden hat oder bei einem Hahnenkampf oder in einer Schenke — und du wirst mir sicher zustimmen, daß dies unmöglich ist —, dann brauchen wir uns im Moment keine Sorgen zu machen. Und von jetzt an werde ich bei ihm sein und seine Wahl lenken. Denke daran, Mama, was ich auch tue, du mußt mich dabei unterstützen. Kann ich mich darauf verlassen?«

Lady Sheridan stellte ihre Tasse hin und stand kopfschüttelnd auf. »Also gut. Ich wußte immer, daß du unergründlich bist, aber bis jetzt habe ich nicht gedacht, daß du auch raffiniert bist.«

Pamela umarmte ihre Mutter. »So raffiniert wie jede Frau, die um ihr Glück kämpft, Mama.«

Aber wie Pamela ihre Pläne verwirklichen wollte, konnte Lady Sheridan nicht herausfinden. Ihre eindringlichen Fragen wurden leichthin beiseite geschoben. Nach wenigen Minuten hatte Pamela das Gespräch auf das überaus wichtige Thema der neuen Kleider für sie beide gebracht, und Lady Sheridan war von weiteren inquisitorischen Fragen abgelenkt.

Luke Westcott kam pünktlich am nächsten Abend. Als er den Salon betreten hatte, begrüßte er Lady Sheridan und gab ihr einen Kuß. Seine Verbeugung vor Pamela fiel wesentlich förmlicher und zurückhaltender aus. Aber das schien die junge Dame überhaupt nicht zu stören. Sie lächelte ihn an, als sie sich im Sessel zurücklehnte, denn sie wußte, wie verlegen er bei dieser ersten Begegnung seit ihrem Streit war. Sie hörte mit gefalteten Händen zu und schwieg, während ihre Mutter und Luke bei einem Glas Sherry Konversation machten. Es war ihr keinerlei Unmut anzusehen wegen der Mißachtung, die ihr zuteil wurde.

Lady Sheridan war etwas unbehaglich zumute, weil ihre Tochter so nachlässig behandelt wurde, und sie bat Pamela, ihr eine Stola zu holen. Sie sagte etwas über den kühlen Abend und die leichte Erkältung, die sie sich auf der Fahrt in die Stadt zugezogen hatte. Im Kamin brannte zwar ein behagliches Feuer und Lady Sheridans Mädchen würde auf ein Klingelzeichen hin bereit stehen, falls sie irgend etwas brauchte — aber Pamela stimmte ihrer Mutter gelassen zu.

Als sie wiederkam, schien sich Luke wohler zu fühlen, und ihre Mutter sah sehr selbstzufrieden aus. Pamela fragte sich, was das zu bedeuten hatte, als Dentworth das Dinner ankündigte. Da aber Pamela ihre Mutter kannte, war sie sicher, daß sie das Geheimnis bald erfahren würde.

Lady Sheridan brachte es fertig, sich bis zum Dessert zu beherrschen. Dann fragte sie Luke, wen er seit seiner Ankunft in der Stadt getroffen hatte und was in den Schauspielhäusern und in der Oper gespielt wurde. Aber sobald Dentworth die *crème brûlée* serviert hatte, verkündete sie mit wichtigtuerischer Stimme: »Pamela, fast hätte ich die wunderbare Neuigkeit vergessen. Der gute Luke hat meine Einladung angenommen und wird während der Saison bei uns in der Charles Street wohnen.«

Pamela zögerte nur eine Sekunde, dann sagte sie leichthin: »Wirklich, Mama? Das ist aber schön.«

Sie blickte über den Tisch Lord Westcott an, sah sein spöttisches Lächeln, ehe sie sich umwandte und das gerötete Gesicht ihrer Mutter musterte. Sie wußte sehr gut, was Lady Sheridan vorhatte, aber da es ihren eigenen Zwecken dienlich war, Luke im Haus zu haben, wandte sie nichts dagegen ein. Statt dessen sagte sie: »Da Luke noch nie bei uns gewohnt hat, wird das sicher Aufsehen erregen.«

»Bah!« sagte Lady Sheridan. »Jedermann weiß, daß er fast zur Familie gehört, und außerdem ist er mit deinen Brüdern gut befreundet. Ich bin sicher, der größte Teil der Gesellschaft weiß von seinen beschränkten Mitteln und seinen Schulden. Es wird niemandem seltsam erscheinen, daß er unsere Gastfreundschaft annimmt. Er hat versprochen, zu uns zu ziehen, sobald Matthew und Mark aus Kent hier eingetroffen sind.«

Pamela aß nachdenklich ihr Dessert, als Lord Westcott erklärte: »Es ist sehr freundlich von Ihnen, mich einzuladen, Mutter Sheridan.«

Sein Grinsen, mit dem er dies sagte, sprach Bände, und als er Lady Sheridan zublinzelte, mußte sie unwillkürlich lächeln und unterdrückte eine Rüge, die sie ihm hatte erteilen wollen, weil er den verhaßten Spitznamen benützt hatte.

Pamela bedeutete Dentworth, er möge Lord Westcotts Weinglas nachschenken. »Wenn ich es mir recht überlege«, sagt sie mit gleichmütiger Stimme, »dann könnte dies eine sehr gute Lösung sein. Auf diese Weise können wir leichter unsere Gedanken und unsere Pläne austauschen, wie wir die Kandidatinnen auswählen. Und da du ungern seriöse Gesellschaften besuchst, kann ich dir genau sagen, welche Einladungen du unbedingt annehmen und welche du ablehnen mußt.«

Lord Westcott blickte zu dem betagten Butler hinüber. Obwohl er Dentworth seit seiner Kindheit kannte, wollte er vor ihm Pamela nicht sagen, was er selbst von ihren unmöglichen Ränken und Plänen hielt.

»Laß uns nachdenken«, fuhr die junge Dame fort und ignorierte das zornige Blitzen seiner hellbraunen Augen und die vorgeschobene Unterlippe, »wenn es morgen schön ist, sollten wir vielleicht am Nachmittag im Park spazierengehen. Dann kann ich deinen Bemerkungen entnehmen, welche Art junger Damen du vorziehst, ob du eine Vorliebe für schlanke Blondinen oder füllige Brünette hast, für aufregende, elegante Mondäne oder eher für Hausmütterchen.«

»Pamela!« rief ihre Mutter und warf einen Blick auf die Diener.

»Oh, es wird sich sowieso bald herumsprechen, daß Luke auf Brautschau ist, Mama«, sagte ihre Tochter völlig ungerührt. »Und schließlich ist er, wie du schon sagtest, so gut wie ein Familienmitglied.«

Sie lächelte Lord Westcott an. Doch als sie sein ärgerliches Stirnrunzeln sah, war sie froh, daß der Butler und zwei Diener anwesend waren, denn er sah ganz danach aus, als würde er am liebsten um den Tisch stürmen und sie durchschütteln, so wie an jenem Morgen in der Priory, als sie seinen Heiratsantrag abgelehnt hatte. Sie fragte sich, ob er an diesem Abend auch nur ein einziges Mal ihr aufsehenerregendes Kleid aus heller, pfirsichfarbener Seide bemerkt hatte oder die weiche Art, wie ihre Zofe ihr Haar frisiert hatte, so daß ihre Locken natürlich auf die Schultern hinunterfielen. Pamela seufzte leise, denn sie wußte, daß er nichts davon gesehen hatte. Sie hätte ebensogut bis zum Kinn zugeknöpft in einem quäkergrauen Kleid erscheinen können, das Haar streng zurückgekämmt und zu einem häßlichen Knoten geschlungen, so wenig achtete er auf ihr Äußeres. Aber sie ließ sich nicht entmutigen. Sie betrachtete sein fein geschnittenes Profil, als er sich an ihre Mutter wandte, um eine ihrer atemlosen Fragen zu beantworten. Sie spürte die vertraute Wämre und sagte sich, daß er jede Mühe ihrerseits wert war, wie schwierig es auch sein würde. Er hatte für diesen Abend formelle Kleidung gewählt, und obwohl er sie lässig trug, betonte sie seine Männlichkeit. Über den weißen Falten seines gestärkten Halstuchs war sein ebenmäßiges Gesicht voller Leben, und seine Augen funkelten, als er Lady Sheridan neckte. Pamela fragte sich, ob ihr Plan überhaupt irgendeine Aussicht auf Erfolg hatte. Ihr schien, daß jedes Mädchen auf der Welt ihm wie eine reife Frucht in den Schoß fallen würde, sobald er auch nur das geringste Interesse an ihr zeigte.

»Pamela, ich habe dich schon zum zweiten Mal etwas gefragt. Wo hast du nur deine Gedanken?« fragte ihre Mutter mit tadelnder Stimme.

Pamela kehrte in die Wirklichkeit zurück. »Entschuldige, Mama, ich habe nicht zugehört. Ich ging eben im Geist meine Bekannten nach ihrer Eignung für die hohe Stellung durch, die Luke so begierig anbieten möchte. Sag, Luke, muß die Dame sehr jung sein? Sehr hübsch?«

Lady Sheridan schüttelte verzweifelt den Kopf. Plötzlich lachte Luke laut auf. Überrascht sahen ihn beide Damen fragend an. Er warf einen Blick auf die Diener, und Lady Sheridan entließ sie sofort.

»Verzeihen Sie mir, Ma'am«, sagte Lord Westcott, als sich die

Tür hinter ihnen schloß. »Ich mußte nur eben daran denken, wie absurd dies alles ist. Aber vielleicht gibt es für mich einen anderen Ausweg aus diesem Durcheinander.« Er kniff nachdenklich die hellbraunen Augen zusammen. »Ja, so könnte es vielleicht gehen. Wie wäre es, wenn Sie meinem Onkel Joseph einen Brief schrieben und ihm mitteilen würden, daß ich bei Ihnen wohne werde und entschlossen sei, mein liederliches, verschwenderisches Leben aufzugeben. Vielleicht läßt er sich dadurch erweichen und händigt mir mein Erbe aus. Dann bräuchte ich mich überhaupt nicht an die Kandare nehmen zu lassen.«

Lady Sheridan schüttelte den Kopf und versuchte, eine angemessen bedauernde Miene aufzusetzen. »Du weißt, lieber Luke, ich würde alles für dich tun, was in meiner Macht steht. Aber ich kann dir versichern, dein Onkel würde meinen Brief nicht einmal beantworten. Joseph Westcott hält mich nicht für eine ernstzunehmende Person. Er und deine Tante haben allzu oft meine Liebe zur Ausgelassenheit, zu Partys und Gesellschaften beklagt. Wenn ich dich lobe, würde es sie keineswegs beruhigen, ganz im Gegenteil.«

Lord Westcott war von diesem Argument ziemlich betroffen und versank in tiefe Gedanken. Pamela amüsierte sich, aber es gelang ihr, dies zu verbergen. Sie wandte sich ihrer Mutter zu und machte mit ihr Pläne für einen Besuch bei ihrer Lieblingsmodistin. Man mußte doch sehen, welche neuen Schnitte und Stoffe lieferbar waren.

Als Luke sich nach seinem einsamen Glas Portwein im Salon zu ihnen gesellte, schien er sich mit Pamelas Plan abgefunden zu haben. Er versprach, sie um vier Uhr am nächsten Nachmittag abzuholen, um sich zu überzeugen, welche Damen von ihren Eltern den Ehewilligen dieser Saison vorgeführt wurden. Lady Sheridan verließ nach kurzer Zeit das Zimmer, angeblich, um ihrer Haushälterin etwas aufzutragen. Aber als Luke zurückkam, nachdem er sie hinausbegleitet hatte, setzte er sich nicht wieder hin, sondern begann rasch und unruhig im Salon auf und ab zu gehen. Er fuhr sich nervös mit der Hand durchs Haar und sagte schließlich: »Da du dich weiterhin so absurd verhältst, nehme ich an, ich muß tun, was du vorschlägst. Aber ich bete darum, daß es nicht sehr lange dauert, Pam! Ich habe keine Lust, meine Zeit bei Teegesellschaften und auf Bällen zu vergeuden. Also, je eher ich verlobt bin, desto besser.«

Pamela biß sich auf die Lippen, um sich das Lachen zu verkneifen, denn sie fragte sich, was seine Verlobte wohl tun würde, wenn er seine üblichen Gewohnheiten wieder aufnahm. Würde sie allein dasitzen und ihren Verlobungsring bewundern?

Als er sich schließlich verabschiedete, begleitete Pamela ihn zur Salontür, und Lady Sheridan strahlte, da sie die beiden Arm in Arm sah. Luke beugte sich zu Pamela hinunter und flüsterte ihr mit seiner tiefen, bittenden Stimme ins Ohr: »Bist du sicher, daß du es dir nicht noch einmal anders überlegst, Pam?«

Pam senkte den Blick, damit er in ihren Augen nicht die Sehnsucht sah, genau das zu tun. Aber als er hinzufügte: »Ich würde viel lieber meine alte Freundin Pam heiraten als eine Frau, die ich nicht einmal kenne«, gelang es ihr, mit gleichgültiger Stimme zu erklären, daß sie immer noch strikt gegen eine solche Verbindung war.

Am nächsten Morgen war Lady Sheridan erstaunt über die Menge an Tageskleidern, Ballroben, Kostümen und Reitkleidung, von der ihre Tochter behauptete, sie benötige sie in diesem Frühjahr. Die Garderobe war wesentlich auffälliger und farbenprächtiger als diejenige, die sie früher bevorzugt hatte. Aber da sie kein junges Mädchen war, das gerade erst sein Debüt machte, erhob Lady Sheridan keine Einwände.

Es war fast Mittag, als sie die strahlende Madame Alicia verließen und sich auf die Suche nach Hüten, Schuhen und Handtaschen begaben. Lady Sheridan war gerade im Begriff, in den Landauer zu steigen, als sie in ihrer temperamentvollen Art beschloß, das lavendelfarbene Nachmittagskleid doch nicht zu bestellen. Sie überließ es dem Kutscher, Pamela in den Landauer zu helfen, und eilte in das Geschäft zurück. Pamela war an solche plötzliche Einfälle ihrer Mutter gewöhnt, und sie betrachtete gelassen das geschäftige Treiben in der Bond Street, während sie wartete. Angehörige der höheren Gesellschaft kamen und gingen, Blumenverkäuferinnen priesen ihre Sträuße an und Dienstmänner warteten darauf, einen Penny zu verdienen. Elegante Kutschen und Droschken rumpelten über das Kopfsteinpflaster. Der Tag war kühl und klar. Es wehte nur ein schwacher Wind. Es gab keinen Grund, weshalb sie und Luke nicht später am Nachmittag im Park spazierengehen sollten, wie sie es geplant hatten. Sie überlegte sich gerade, ob sie ihr hellbraunes Taftkleid und den eleganten, dazu passenden Hut tragen sollte oder das hübsche neue Musselinkleid, als sie spürte, daß jemand sie ansah. Sie blickte sich um. Zuerst erkannte sie den Herrn nicht, weil die Sonne sie blendete. Sie sah nur eine große, sportliche Gestalt, die zielstrebig auf die Kutsche zukam.

Und dann, als der Mann vor ihr stand, seinen großen Kastorhut abnahm und sich verbeugte, stockte ihr der Atem. Sie hatte John Pearson seit über zwei Jahren nicht mehr gesehen. Im vergangenen Frühjahr hatte sie gehört, daß er ins Ausland gereist war. Damals war sie froh darüber gewesen. Egal, wie gebildet und zurückhaltend ein Mann auch sein mochte, es war unweigerlich etwas peinlich, wenn er auf die Frau zukam, die seinen Heiratsantrag abgelehnt hatte. Über ihre eigene Reaktion auf eine solche Begegnung brauchte sie sich nicht zu wundern.

John Pearson, Earl of Brant, war der einzige von ihren Verehrern gewesen, dem es gelungen war, ihre ruhige Gelassenheit zu stören, wenn auch nur ein klein wenig. Aber sie gab offen zu, daß er sie verwirrt hatte. Wenn er in ihrer Nähe war und sie mit seinen spöttischen Augen anblickte, begann ihr Herz ein wenig schneller zu schlagen, obwohl sie nicht hätte sagen können, warum. Vielleicht lag es daran, daß er die Fähigkeit zu besitzen schien, tiefer in ihre Gedanken einzudringen, als ihr lieb war. Diese Gabe bewirkte, daß sie sich in seiner Gesellschaft etwas unsicher fühlte, und das widersprach so sehr ihrem normalen Verhalten, daß sie sich über sich selbst ärgerte.

Der Graf hatte ihr eine Freundschaft entgegengebracht, die weder Druck ausübte noch forderte und die von höflicher Aufmerksamkeit und amüsanter, geistreicher Konversation gekennzeichnet war. Sie hatte sie gegen ihren eigenen Willen genosen. Aber als er sie völlig unerwartet gebeten hatte, ihn zu heiraten, hatte sie abgelehnt.

Es war Pech für den Grafen gewesen, daß am Nachmittag vor seinem Heiratsantrag Luke Westcott von einer Reise auf die Bermudas nach England zurückgekehrt war, denn Pamela war noch von seiner stürmischen Begrüßung angefüllt und davon, was für ein wundervolles Gefühl es gewesen war, wieder in seinen Armen zu liegen, mit wirbelnden Röcken hochgehoben und herzhaft geküßt zu werden. Zwischen Luke Westcotts ungestümer Umarmung und der kühlen Bitte des Grafen um ihre Hand gab es keinen Vergleich. Sie erinnerte sich jetzt daran, wie Lord Brant sie überrascht angesehen hatte, als sie ihn höflich, aber bestimmt abgewiesen und gesagt hatte, es bestünde nicht die leiseste Hoffnung, daß sie es sich jemals anders überlegen würde.

Nun lächelte sie ihn freundlich an, obwohl sie mit ganzem Herzen wünschte, er hätte nicht beschlossen, gerade an dieser Saison teilzunehmen.

»Meine liebe Miss Sheridan«, sagte er mit tiefer, ruhiger Stimme, während seine durchdringenden grauen Augen ihr Gesicht musterten. »Sie sind reizender denn je. Darf ich hoffen, daß Sie immer noch — hmmm, ungebunden sind?«

Seine Lippen verzogen sich zu jenem ironischen kleinen Lächeln, an das sie sich so gut erinnerte. Er schien alle menschlichen Schwächen zu verspotten, besonders seine eigenen.

Als sie antworten wollte, hob er eine Hand und fuhr fort: »Aber natürlich sind Sie das. Mein Verstand muß ausgesetzt haben, denn sicher wäre mir das laute Klagen und Wehleiden aller Junggesellen in England zu Ohren gekommen, wenn Sie es nicht wären. Ich hätte es nicht überhören können. Wie schön, Sie nach dieser langen Zeit wiederzusehen. Bleiben Sie während der Saison in London?«

Pamela nickte. Sie hatte sich jetzt gefaßt. »Ja, Mylord. Meine Mutter und ich sind vorgestern eingetroffen, um das Stadthaus für meine Brüder zu öffnen. Wir erwarten sie in Kürze.«

»Ah, ja. Die beiden unbezähmbaren und impulsiven, Matthew und Mark.« Er seufzte. »Ich erinnere mich gut an sie. London war ein wenig langweilig und trist ohne sie. Aber ich bin sicher, daß es jetzt wesentlich — hmmm, wesentlich aufregender und unterhaltsamer werden wird.«

Pamela lachte und blickte ihn an. John Pearson war ein großer, schlanker Mann mit ungewöhnlich breiten Schultern. Sein schwarzes Haar war über seinem klugen, aristokratischen Gesicht glatt zurückgekämmt. Wieder fiel ihr sein besonderes Lächeln auf. Einer seiner Mundwinkel hob sich ein wenig höher als der andere, was ihm ein leicht sarkastisches Aussehen verlieh, das durch die dunklen Augenbrauen betont wurde. Sie hatte gehört, daß man ihn stattlich nannte. Aber er war eine so starke Persönlichkeit, daß sein Aussehen völlig unwichtig wurde, wenn man mit ihm zusammen war.

Als sie ihn jetzt musterte, sah sie, daß seine Erscheinung immer noch anspruchsvolle maskuline Eleganz ausdrückte. Sie hatte ihn niemals nachlässig oder auch nur mit einer einzigen losen Haarsträhne im Gesicht gesehen. Er war allgemein anerkannt als einer der tonangebenden Persönlichkeiten der Gesellschaft. Seine Kleidung und seine Manieren wurden von vielen nachgeahmt, und mit ihm zusammen gesehen zu werden, konnte das Ansehen jeder Frau nur heben. Jetzt stand er vor ihr, vierunddreißig Jahre alt und immer noch unverheiratet.

Sie dachte daran, wie verblüfft sie gewesen war, als er um ihre Hand angehalten hatte. Sie hätte nie vermutet, daß er sich für die Ehe interessierte. Er hatte ihr eine kühle, zurückhaltende Freundschaft entgegengebracht, aber niemals auch nur eine Andeutung von Verliebtheit gezeigt. Sie hatte nicht geglaubt, daß er sich überhaupt verlieben könne. Bei seiner spöttischen Konversation und seinem ironischen Lächeln hatte sie sich gefragt, ob er dieses Gefühl überhaupt kannte. Er hatte für sie immer mehr wie ein

Zuschauer als ein Teilnehmer am Leben gewirkt. Es schien so, als wäre er zufrieden damit, abseits zu stehen, über die Grillen seiner Mitmenschen und ihre Schwächen und Leidenschaften zu lächen, während er selbst über allen menschlichen Untugenden stand. Sein Heiratsantrag schien nicht seinem Charakter zu entsprechen, selbst wenn er ihr seine Liebe beteuert hätte.

Er war ihr fast wie ein unüberlegter, impulsiver Gedanke vorgekommen, der ihm völlig unähnlich sah. Sie waren gemeinsam bei einem Picknick in Twickenham gewesen und hatten sich von den anderen entfernt, um allein am Ufer der Themse spazierenzugehen. Plötzlich war er stehengeblieben, hatte ihre Hände ergriffen und ihr tief in die Augen gesehen. Sie würde seine Worte niemals vergessen, die er nach einem langen, beklemmenden Augenblick des Schweigens geäußert hatte.

»Sie sind so schön, meine Liebe, und Ihre Augen sind so klar und ehrlich. Man könnte Ihnen fast vertrauen, fast hoffen, daß in Ihrem Fall dieses äußerlich sichtbare Zeichen tatsächlich Realität ist. Obwohl ich nie gewünscht habe, daß dies geschehen möge, stelle ich fest, daß ich Sie liebe. Wollen Sie mich heiraten?«

Sie war über seinen Heiratsantrag so verdutzt gewesen, daß sie ihren ganzen Verstand hatte zusammennehmen müssen, um ihn auf eine Art und Weise abzulehnen, die ihn nicht verletzte.

Er hatte sie einen Augenblick ungläubig angesehen, dann ihre Hände losgelassen und leicht mit den Achseln gezuckt, ehe er sich verbeugte. Seine grauen Augen waren kühl und ausdruckslos gewesen; sie hatte darin keine Enttäuschung gesehen, und nach einem Augenblick hatte er mit ruhiger, gelassener Stimme das Thema gewechselt. Sie hatte oft über dieses seltsame Verhalten nachgedacht, aber nie eine befriedigende Erklärung dafür gefunden. Und er hatte nie wieder darüber gesprochen. Der Earl of Brant war ihr ein Rätsel.

Als sie ihn jetzt sah, spürte sie, wie ihr Atem leicht stockte, und sie wußte, daß sie ihn immer interessant und aufregend finden würde.

Sie wurde in die Gegenwart zurückgeholt, als er fragte: »Gesellt sich Lord Westcott zu Ihren Brüdern in der Stadt, Miss Sheridan?«

»Ja, er ist schon eingetroffen«, antwortete sie und senkte den Blick, um ihre Glacéhandschuhe zu glätten.

»Dann steht uns allen ja einiges bevor, nicht wahr?«

Sie blickte erschrocken auf und stellte fest, daß er ihr in die Augen sah, und sie fragte sich, wo ihre Mutter so lange blieb. Die Kehle schien sich ihr zuzuschnüren, als sie fragte: »Was meinen Sie damit, Mylord?«

»Ich habe mich oft über das Wunschdenken Ihrer Eltern gewundert, als sie die Namen Ihrer Brüder wählten«, erwiderte er vage. »Lord Westcotts Eltern müssen ebenso hoffnungsvoll gewesen sein. Schade, daß ihre Hoffnungen zunichte geworden sind. Ich habe niemals drei Männer gesehen, die den heiligen Aposteln weniger geähnelt hätten.«

Er schüttelte in spöttischem Kummer den Kopf, und sie mußte lachen. »Vielleicht ist es Ihre Aufgabe, ihren Ruf wettzumachen, Mylord?« fragte sie ernst. »Da Sie selbst John heißen, haben wir doch ein perfektes Beispiel heiligmäßigen Verhaltens und endloser Güte vor uns. Wir haben trotz Matthew, Mark und Luke wenigstens einen John, der uns allen den Weg zu dem geraden und schmalen Pfad weist, der zur Erlösung führt.«

Die Augen des Grafen leuchteten auf, und er lachte. »Ich habe Sie und Ihren Witz mehr vermißt, als Sie ahnen, Miss Sheridan«, sagte er nach einem Augenblick. »Ah, Lady Sheridan! Ihr gehorsamer Diener, Ma'am«, fügte er hinzu, als Pamelas Mutter zur Kutsche trat.

»Wie schön, Sie zu sehen!« rief sie und erlaubte ihm, ihr in den Landauer zu helfen. Pamela rutschte auf dem Ledersitz beiseite, um ihr Platz zu machen, und es tat ihr keineswegs leid, daß dieses *tête-à-tête* endlich unterbrochen wurde.

Nach ein paar weiteren Minuten Konversation verabschiedete Lady Sheridan den Grafen. Er verbeugte sich vor ihnen beiden, obwohl seine Blicke länger auf Pamelas Gesicht verweilten als auf dem von Lady Sheridan.

»Ich hoffe, Sie bald wiederzusehen, Miss Sheridan«, sagte er und setzte seinen Kastorhut auf sein glänzendes schwarzes Haar. »Ihr Diener, Mylady.«

Lady Sheridan befahl dem Kutscher anzufahren. Sie waren kaum außer Hörweite, als sie sich an ihre Tochter wandte und sagte: »Meine Liebe, er ist immer noch in dich verliebt!«

Pamela spürte, wie sie errötete. »Unsinn, Mama! Bitte sei nicht albern. Er macht mir nur auf seine eigene elegante Art den Hof. Aber sage mir, was um alles in der Welt hat dich so lange aufgehalten? Ich gestehe, daß ich recht ärgerlich auf dich bin.«

Lady Sheridan erklärte Pamela auf ihre umständliche Art, weshalb sie sich gegen das lavendelfarbene Nachmittagskleid entschieden hatte und dann dazu überredet worden war, das gleiche Modell in Dunkelblau zu bestellen. Sie beteuerte, daß Pamela vor Neid sterben würde, wenn sie es sah. Das Thema Lord Brant und die Möglichkeit, daß er ihre Tochter immer noch verehrte, verblaßte sofort in Lady Sheridans Gedanken.

Pamela war froh darüber, aber sie fragte sich, ob das, was ihre Mutter behauptet hatte, möglicherweise wahr sein könnte. Sie sagte sich, daß jede Frau geschmeichelt wäre, wenn sie feststellte, daß ein Mann, der einmal um ihre Hand angehalten hatte, sich nach zwei Jahren immer noch für sie interessierte. Und dann sagte sie sich, daß sie töricht war. Lord Brant liebte sie nicht. Kein Mann, der so kühl und beiläufig in seiner Werbung war, konnte je geliebt haben. Sie kannte diesen Zustand sehr gut, denn liebte sie Luke nicht schon viele Jahre lang heimlich?

Als sie dessen ausdrucksvolles Gesicht vor ihrem geistigen Auge sah, war der Graf aus ihren Gedanken verbannt.

Drittes Kapitel

Später an diesem Nachmittag konnte Pamela sich auch das Vergnügen aus dem Kopf schlagen, das sie dabei empfunden hatte, an Lukes Arm über die Wege des Hyde Park zu schlendern. Sie warf nur einen Blick auf sein unzufriedenes Gesicht und fragte ihn nach dem Grund seiner Mißstimmung.

»Immer das gleiche, Pam. Mit all diesen affektierten Leuten spazierenzugehen, langweilt mich«, erklärte er mürrisch.

»Vielen Dank, Mylord«, sagte sie formell, obwohl sie im stillen lächelte.

»O Gott, so habe ich es nicht gemeint, Pam! Es sieht dir gar nicht ähnlich, wegen so einer dummen Kleinigkeit gekränkt zu sein.«

Pamela versicherte ihm, daß sie an seine liebenswürdige Behandlung zu sehr gewöhnt war, um beleidigt zu sein, und sie gingen ihren Weg weiter, nachdem der Frieden wiederhergestellt war.

Obwohl es erst April war, traf Pamela zu ihrer Freude mehrere Damen und Herren der hohen Gesellschaft, die ihre Landsitze verlassen hatten und in die Stadt zurückgekehrt waren. Sie zeigte Luke eifrig Mädchen aus ihrer Bekanntschaft und fragte ihn nach seiner Meinung über sie.

Aber Lord Westcott blickte Blondinen, Brünette und Rothaarige gleichermaßen voreingenommen an.

Als Pamela ihn zu einer Stellungnahme drängte, sagte er, er nähme an, sie wären ›schon in Ordnung‹, aber näher wollte er sich zu diesem Thema nicht äußern.

Seine Begleiterin seufzte. »Nun hör mir zu, Luke«, befahl sie schließlich, während sie sich lächelnd vor Mrs. Drummond Burrell und ihrer Begleitung verbeugte, die in einem eleganten viersitzigen Landauer vorbeifuhren. »Das wird niemals klappen, wenn du nicht mitmachst. Du bist der schwierigste Mann, den ich je kennengelernt habe. Du mußt mir versprechen, mir zu helfen, sonst überlasse ich dich deinen Gläubigern und dem Schuldgefängnis!«

Lord Westcott grinste sie an, und das tiefe Grübchen in seiner Wange, das sie jedesmal küssen wollte, wenn sie es sah, vertiefte sich. »Also gut, ich spiele das Theater mit«, sagte er resigniert. »Aber das Ganze ist überhaupt nicht nach meinem Geschmack. Frauen! Bah!«

Da Pamela wußte, daß Luke in den vergangenen Jahren mehrere Kücken unter seinen Fittichen gehabt hatte, war sie keineswegs alarmiert über diese angebliche Abneigung gegen das weibliche Geschlecht. Er hatte nur etwas gegen die heiratsfähigen Mädchen aus guter Familie. Sie hatte gehört, daß die übrige Weiblichkeit in ihm einen begeisterten Liebhaber sah.

Sie betrachtete ihn unter dem Rand ihres modischen hellbraunen Hutes hervor. »Also gut, Luke, vielleicht ist es am besten, wenn wir heute erst einmal herausfinden, welcher Typ von Frauen dir gefallen würde — und sage mir nicht noch einmal, daß du nichts für Frauen übrig hast, sonst schreie ich! Ich weiß, daß es anders ist. Komm jetzt, denke nach!«

Lord Westcotts Augenbrauen zogen sich wie befohlen zusammen. Sie gingen ein paar Minuten schweigend weiter, ehe er sagte: »Nun, natürlich muß sie gut aussehen. Es wäre zwecklos, mir irgendeine Schreckschraube anzubieten, Pam!«

»Natürlich. Sie muß so gut aussehen wie du selbst. Es wäre sonst ungerecht«, stimmte sie warmherzig zu. Als er lachte, sagte sie: »Gut, jetzt haben wir einen Anfang gemacht. Zumindest ein hübsches Mädchen oder eine Schönheit, wenn wir eine finden. Du hast keine Ahnung, wieviele Frauen dadurch jetzt schon ausscheiden, mein Freund.«

»Nicht?« fragte er grinsend.

»Also, wie hättest du sie gern?« fragte sie.

Lord Westcott überlegte einige Augenblicke. Dann zuckte er mit den Achseln. »Ich weiß nicht«, gab er schließlich zu.

Pamela kicherte amüsiert. »Du weißt es nicht, Luke? Also schön, ich sehe, ich muß dir beistehen. Ziehst du etwas Großes oder etwas Kleines vor? Füllig oder schlank? Muß sie aufregend sein oder eher eine süße Ausstrahlung haben? Witzig oder ernst, gebildet oder sportlich? Ist ein ausgeglichenes Temperament wichtig? Ich glaube, wir sollten auf jeden Fall ein wohlhabendes Mädchen für dich finden; bei der Art, wie du mit dem Geld umgehst, wäre das eine sehr gute Sache. Natürlich sollte es kein einfaches Mädchen sein. Vielleicht legst du wert auf einen Titel?«

»Hör auf, Pam!« rief Luke und unterbrach diesen verwirrenden Katalog. »Du kannst von mir nicht verlangen, daß ich zwischen alledem wähle!«

»Aber du mußt«, versicherte ihm Pamela, und dann sah sie Miss Elizabeth Powell. Lizbeth, wie sie genannt wurde, war so alt wie sie selbst, und sie kannte sie seit dem Jahr, in dem sie beide ihr Debüt gemacht hatten. An diesem Nachmittag ritt sie wie gewöhnlich ihren schwarzen Hengst. Sie war ein großes, knochiges Mädchen mit einem reinen Teint und schwarzem Haar. Pamela fand, daß sie in ihrem scharlachroten Reitkostüm sehr gut aussah. Sie waren nie besonders eng miteinander befreundet gewesen, denn Pamela hatte bald herausgefunden, daß das einzige, was Miss Powell überhaupt interessierte, der Stall ihres Vaters war. Wenn sich das Gespräch nicht um Zuchtbücher, perfekt zueinander passende Gespanne, Walratsalbe, Handikaps und den besten Sattler in London drehte, wußte Miss Powell überhaupt nichts zu sagen. Aber jetzt dachte Pamela daran, was für ein hervorragender Reiter Luke war und wie oft er davon gesprochen hatte, daß er selbst einmal ein auserlesenes Gestüt besitzen wollte, sobald er sein Erbe angetreten hatte.

»Dort ist ein Mädchen, das sehr gut zu dir passen würde, Luke«, sagte Pamela und deutete auf die Reiterin, die auf sie zugaloppiert kam. Sie erschrak, als Luke mit verblüffter Miene stehenblieb.

»Bei Gott!« hauchte er ehrfürchtig.

Pamela, der ein wenig unbehaglich zumute wurde, erzählte

ihm über Lizbeth Powell, während Pferd und Reiterin in ihre Nähe kamen und dann Rotton Row hinuntergaloppierten.

Wenn Miss Powell überhaupt irgendwo vorteilhaft aussah, dann auf einem Pferd, das mußte Pamela zugeben.

Luke starrte ihr mit offenem Mund nach. Pamela zog ihn am Arm, damit er sich wieder bewegte.

»Glaubst du, daß so jemand zu dir passen würde, Luke?« fragte sie.

»Herrlich! Schlicht und einfach herrlich!« rief Luke begeistert.

Pamela runzelte die Stirn. Bei einiger Phantasie konnte man Lizbeth Powell ein stattliches Mädchen nennen, aber sie war nicht herrlich. Ja, Pamela war sicher gewesen, daß sie nicht annähernd schön genug war für Lord Westcotts hohe Ansprüche. »Nun, das scheint ein Fall von Liebe auf den ersten Blick zu sein«, sagte sie. »Ich bin überrascht.«

»Mmmm?« fragte Luke und warf einen letzten Blick auf die Dame.

»Sie wird in wenigen Augenblicken wiederkommen, Luke. Stehe nicht so einfältig da wie ein Bauerntölpel«, sagte Pamela mürrisch und schluckte den Kommentar hinunter, daß sein Benehmen ihr gegenüber nicht sehr höflich war. »Da du von ihr so eingenommen bist, werde ich versuchen, sie anzuhalten und dich ihr vorstellen.«

Luke schien sie nicht zu hören. »Diese Schultern«, schwärmte er. »Und diese breite, tiefe Brust!«

Pamelas Augenbrauen hoben sich alarmiert.

»Und diese langen, kräftigen Beine, und das Hinterquartier«, fuhr er fort. »Und der Gang, so energisch und doch so kontrolliert und wohlbemessen. Ich war schon lange nicht mehr so begeistert . . .«

Er blieb stehen, als Pamela zu lachen begann. »Meinst du das Pferd, Luke?« gluckste sie und hielt sich an seinem Arm fest.

»Natürlich meine ich das Pferd! Was sonst?« fragte er. Das löste bei ihr noch mehr Gelächter aus, und er schüttelte den Kopf darüber, wie kindisch Frauen doch waren.

»Und was hältst du von der Reiterin?« fragte Pamela, als sie wieder sprechen konnte.

»Ich habe nicht auf sie geachtet«, gab Luke zu. Da Pamela darüber in erneutes Gelächter ausbrach, sah er sich gezwungen, sie an den Schultern zu packen und ihr einen Tadel zu erteilen. »Hör zu, Pam, wenn du dich kindisch benimmst, bringe ich dich sofort nach Hause«, drohte er, so wie er ihr früher gedroht hatte, sie allein in der Priory zu lassen, falls sie redete, wenn er angelte. Jetzt nickte sie und wischte sich über ihre tränenden Augen.

»Ich werde nicht mehr lachen, Luke, ich verspreche es«, japste sie, und verdarb diesen edlen Entschluß, indem sie hinzufügte: »Ich kann nicht mehr. Mein Bauch tut mir schon weh.«

Miss Powell kam wieder in Sicht, und Pamela winkte ihr so heftig, daß Lizbeth aus Höflichkeit den Hengst zum Stehen bringen mußte. Pamela stellte Lizbeth Luke vor, aber sie dachte, wenn sie an Lizbeths Stelle gewesen wäre, dann wäre sie eher gekränkt als erfreut gewesen. Luke verbeugte sich, wiederholte ihren Namen und sagte, er sei entzückt, sie kennenzulernen, aber er wandte den Blick kaum von ihrem Pferd. Doch das schien Miss Powell nicht zu stören. Sie lachte laut, als sie sich vorbeugte und den Hengst am Hals tätschelte.

»Ich sehe, Sie bewundern Black Knight, Sir«, sagte sie mit ihrer dröhnenden Stimme. Luke löste seinen Blick von dem Pferd und sah sie an. Er schenkte ihr ein strahlendes Lächeln. Pamela bemerkte, wie Lizbeth zusammenzuckte, als der volle Glanz von Lukes gewinnendem Lächeln mit dem tiefen Wangengrübchen und den strahlenden hellbraunen Augen ihre ganze Aufmerksamkeit gefangennahm.

»Das tue ich in der Tat, Miss Powell«, sagte er, vollkommen begeistert. »Ein herrliches Pferd! Ich habe noch nie seinesgleichen gesehen.«

Er hob die Hand, um den Hengst zu streicheln. Black Knight versuchte wegzutänzeln, warf den Kopf zurück und wieherte. Miss Powell brachte ihn mit einer leichten Berührung ihrer Reitgerte unter Kontrolle.

»Kommen Sie ihm nicht zu nahe, Mylord. Er hat sich noch nicht an die Stadt gewöhnt, und er hat etwas gegen Fremde«, warnte sie. Ihre blauen Augen verschlangen Lukas ausdrucksvolles Gesicht und seine große, männliche Gestalt ebenso begierig, wie er ihr Pferd musterte. Es war offensichtlich, daß sie noch nie ein so herrliches zweibeiniges Lebewesen gesehen hatte.

»Was hat er für einen Stammbaum?« fragte Luke und verschränkte die Hände auf dem Rücken, damit er nicht in Versuchung kam, den Hengst noch einmal zu berühren.

»Er stammt von Ebony Lady und Thunderer ab«, sagte Miss Powell stolz.

Doch nicht von dem Thunderer des Duke of Mannering?« rief Luke. »Bei Gott, Ma'am, was für ein Prachttier! Reiten Sie mit ihm Rennen?«

»Nein, das tun wir nicht. Wir haben es versucht. Er ist sehr feurig und läuft wie der Wind, aber mein Vater sagt, er hat nicht die nötige Ausdauer. Zu temperamentvoll, sehen Sie nicht? Aber die Rennen sind unwichtig, verglichen mit seinem Wert als Hengst. Es gibt schon einige vielversprechende Füllen, und eines ist darunter, das jede andere Stute in England ausstechen wird. Wir nennen sie Dark Lady; Sie können in einem Jahr in Newmarket auf sie setzen, Mylord. Ich verspreche Ihnen, Sie werden Ihre Wette nicht verlieren.«

Pamela trat von einer beigen Sandalette auf die andere. Sie versuchte, ein Gähnen zu unterdrücken, ohne die Hand vor den Mund zu halten, als Luke sagte, Miss Powell könne sicher sein, daß er auf das Pferd setzen werde. Dann begann er, sie über ihren Stall auszufragen.

Miss Powell schien unter dieser Aufmerksamkeit aufzublühen, und Pamela versuchte, nicht an eine läufige Stute zu denken. Sie überlegte, wie sie diese Begegnung zu ihrem Vorteil wenden könnte, während sich die beiden Pferdeenthusiasten weiter unterhielten.

Sie ging im Geist die Einladungskarten durch, die bereits eingetroffen waren, und unterbrach die hingerissene Konversation der beiden über Stuten und Wallache und Pferde, die mehr als 30 Kilometer in der Stunde zurücklegten, indem sie fragte: »Kommen Sie zum Ball der Countess of Lowden, Lizbeth? Da es die Eröffnungsgala der Saison ist, bin ich sicher, daß Sie es nicht versäumen wollen.«

Miss Powell sah sie zögernd an, bis Pamela hinzufügte: »Ich weiß, daß auch Lord Westcott dort sein wird, oder nicht, Mylord?«

Umgehend sagte Lizbeth, sie würde ebenfalls anwesend sein. Pamela wollte sich gerade dem Problem zuwenden, die beiden Pferdeliebhaber voneinander zu trennen, ehe sie sich noch mehr langweilte, als Luke darauf hinwies, wie ungehörig es von ihm war, Black Knight nach seinem Galopp herumstehen zu lassen, wenn er doch in den Stall gebracht und abgerieben hätte werden sollen. Als Miss Powell an die Pflege ihres wertvollen Tieres erinnert wurde, verabschiedete sie sich rasch, und ihre Blicke liebkosten Luke auf die gleiche Weise, wie die seinen ihren Hengst liebkosten.

Während sie davontrabte, seufzte er, und ein kleines Lächeln spielte um Pamelas Lippen. Ihre braunen Augen leuchteten, als sie fragte: »Nun, das war nicht übel, oder, Luke? Ich bin sicher, Lizbeth ist von dir ganz hingerissen. Wie hat sie dir gefallen?«

Lord Westcott wandte sich ihr geistesabwesend zu. »Miss Powell? War ihr Vorname Lizbeth?«

Pamela verkniff sich ein Lächeln, als er fortfuhr: »Sie scheint ein kenntnisreiches, vernünftiges altes Mädchen zu sein, aber das ist gleichgültig. Pamela, dieses Pferd! Hast du jemals solch ein . . .«

»Nein, ganz sicher nicht, lieber Freund, aber du willst schließlich kein Pferd heiraten«, unterbrach ihn Pamela energisch, um nicht wieder in ein Gespräch über die Vorzüge von Black Knight hineingezogen zu werden.

»Natürlich nicht, rede kein dummes Zeug! Aber vielleicht spricht viel für ein Mädchen, das ein so herrliches Pferd besitzt. Ich frage mich . . .«

Pamela erlaubte ihm, tief in Gedanken versunken zu bleiben,

als sie zum Stanhope Gate gingen. Sie war sehr damit beschäftigt, über den Nachmittagsspaziergang nachzudenken und darüber, was sich vielleicht daraus ergeben konnte. Sie fragte sich, ob Luke versucht wäre zu heiraten, nur um in den Besitz eines Hengstes zu kommen, und mußte zugeben, daß er beeindruckt genug zu sein schien, um genau das zu tun. Offensichtlich war sie gut beraten, wenn sie sofort dafür sorgte, daß Lord Westcott einige andere junge Damen kennenlernte. In der Vielzahl liegt Sicherheit, Pamela, sagte sie sich, als Luke sie über den Park Lane begleitete.

Als sie beim Sheridan House ankamen, ließ sich Luke nicht dazu überreden, zum Tee hereinzukommen, zumal er die Landauer sah, die vor dem Haus standen. Pamela drängte ihn nicht. Er hatte bei dem Spaziergang schon genug gelitten; sie würde ihn bei der Teegesellschaft entschuldigen, die zweifellos im Salon ihrer Mutter versammelt war. Ein distinguiertes gesellschaftliches Ereignis am Tag war für den Anfang genug.

Aber sie ließ Luke nicht gehen, bis sie sein Versprechen hatte, am nächsten Abend ihre Mutter und sie zu einem Empfang bei Mrs. Crawford zu begleiten. Augusta Crawford war eine von Londons ersten Gastgeberinnen und berühmt für ihre Gesellschaften, die meistens ein großes Gedränge waren. Pamela wußte, es wäre eine wunderbare Gelegenheit, Luke mehreren anderen geeigneten jungen Damen vorzustellen. Sie fühlte sich jedoch nicht genötigt, ihm gegenüber zu erwähnen, daß es ein Abend mit Musik und Lesungen sein würde. Das konnte er früh genug herausfinden, wenn er, wie die anderen Gäste, auf einem kleinen vergoldeten Stuhl saß und es kein Entrinnen mehr gab.

Dentworth nahm ihren Hut und ihre Tasche, und sie glättete ihr Haar vor dem Spiegel in der Halle, ehe sie zu ihrer Mutter und deren Gästen hineinging. Mehrere alte Bekannte waren gekommen, darunter ihre enge Freundin Lady Pauline Frances und deren Gatte, Sir Frederick. Pamela war bald der Mittelpunkt einer lebhaften Gruppe. Die Zeit verstrich rasch, denn jeder war begierig, die Neuigkeiten der anderen zu erfahren und was sie alle seit der letzten Saison im vergangenen Herbst erlebt hatten.

Für diesen Abend hatten Pamela und ihre Mutter keine weiteren Verabredungen. Sie hatten gerade im Speisezimmer Platz genommen, als man in der Halle Tumult und Aufruhr hörte.

»Hallo, alle miteinander!« dröhnte eine herzliche Männerstimme, während eine andere rief: »Dentworth, wo sind Sie, Mann? Schicken Sie ein paar Leute. Jemand muß sich um unser Gepäck hier kümmern!«

Lady Sheridan sprang sofort auf, lief hinaus und hieß ihre Söhne willkommen. Pamela folgte ihr gemächlich, denn sie wußte, es würde mehrere Minuten dauern, bevor man ihr erlaubte, die Brüder zu begrüßen.

Sie sah zu, wie beide ihre Mutter umarmten, und sie gab den Dienern die notwendigen Anweisungen. Schließlich riß sich Mark los und küßte seine Schwester.

»Gute, alte Pam!« rief er und erinnerte sie dabei sehr an Luke. »Du bist sichtlich in Hochform, meine Liebe, und du siehst phantastisch aus! Wie ein neuer Pfennig.«

Pamela rümpfte die Nase. Matthew und Mark Sheridan waren stattliche junge Männer, etwas größer als der Durchschnitt, und sie hatten das gleiche dunkle Haar wie ihr Eltern und ihre Schwester. Matthew hatte die blauen Augen seines Vaters und Mark die braunen seiner Mutter. Aber das war auch der einzige Unterschied zwischen ihnen. Obwohl zwei Jahre zwischen ihnen lagen, hielt man sie oft für Zwillinge, denn sie waren unzertrennlich. Sie sahen genau nach dem aus, was sie waren — temperamentvolle, gesunde junge Männer guter Herkunft, die zu jedem Abenteuer und jedem Streich in der Stadt bereit waren. Es war offensichtlich, daß sie reiten, jagen, wetten und gesellige Abende mit ihren Freunden für den wichtigsten Teil des Lebens hielten und keinen ernsten Gedanken in den Köpfen hatten. Sir Roger hatte oft über ihre unstetes Wesen geseufzt. Doch im vergangenen Jahr hatte es erste Anzeichen dafür gegeben, daß Matthew endlich ruhiger wurde. Er hatte sich zum Erstaunen seines Vaters für die Ländereien interessiert. Mark hatte Pamela außerdem erzählt, daß sich Matthew nicht mehr so oft in eine wilde Party stürzte, die bis zur Morgendämmerung dauerte, wie er es in den vorangegangenen Jahren getan hatte. Pamela lächelte, als sie daran dachte, wie Mark sie gefragt hatte, ob sie wohl glaube, daß Matt alt würde und schon über seine Hochblüte hinaus sei.

Jetzt küßte sie ihren älteren Bruder, während Lady Sheridan Mark wieder in die Arme nahm. Inzwischen trugen die Diener das Gepäck nach oben, und Dentworth strahlte sie alle an.

Matthew nahm Pamelas linke Hand und sah sie an. »Nun, wo ist der Ring? Hat Luke sich dir nicht erklärt, Pam?« fragte er, während Lady Sheridan dem Butler Anweisung gab, zwei weitere Gedecke aufzulegen und das Dinner um eine halbe Stunde zu verschieben. »Hat er gekniffen, wie? Ich werde ihm dafür die Hölle heiß machen, dem Feigling!«

Als sie den Kopf schüttelte, hörte Pamela, wie ihre Mutter Mark versicherte, er brauche keine Abendkleidung anzuziehen, denn sie wären *en famille*.

Pamela nahm ihren älteren Bruder am Arm und führte ihn in den Salon. »Nein, er hat nicht gekniffen. Er kam, er sah, aber er siegte nicht, mein Lieber«, sagte sie. Matthew starrte sie verblüfft an, und sie fuhr fort: »Er bat mich, ihn zu heiraten, wie ihr es beschlossen habt, aber ich wies ihn ab.«

Matthew sah sie fassungslos an. »Was soll das, Pam? Luke paßt sehr gut zu dir, das weißt du. Du wirst doch hoffentlich nicht behaupten, daß du Luke nicht magst, denn das wäre der größte Unsinn. Himmel, du bist jahrelang in seinen Fußstapfen getrottet. Luke konnte dich immer zu allem bringen, was er wollte. Ich war der Meinung, wenn er dich auffordern würde, im Dezember in den Fluß zu springen, dann würdest du es tun.«

Pamela blickte in seine ungläubigen blauen Augen und lächelte. »Aber damals war ich noch ein Kind, mein Lieber. Jetzt sehen die Dinge — ganz anders aus.«

»In welcher Hinsicht?« fragte Matthew geradeheraus. Als seine Mutter und sein Bruder dazukamen, sagte er: »Mark, Pam hat Lukes Heiratsantrag abgelehnt. Kannst du dir etwas Schwachsinnigeres vorstellen?«

Mark schüttelte den Kopf, während Lady Sheridan ihnen beiden ein Glas Sherry einschenkte und vor Glück strahlte, daß sie wieder einmal ihre ganze Nachkommenschaft beisammen hatte.

»Hat er dir nicht erklärt, daß er sich fürs Leben binden muß, ehe sein Onkel mit dem Vermögen herausrückt?« fragte Matthew.

»Ja, das war sein stärkstes Argument, um mich dazu zu überreden«, sagte seine Schwester wütend.

Nach dem Essen wußten beide jungen Männer über alles Bescheid. Matthew merkte, daß seine Mutter am meisten sprach, während Pamela ihr Essen ruhig einnahm.

»Also wirklich, Pam!« platzte Mark schließlich heraus. »Du machst doch sicher keine Fisimatenten, oder?«

Als seine Familie ihn erstaunt ansah, fügte er hinzu: »Ich meine, du wirst doch nicht so töricht sein und einen anderen heiraten, oder? Du weißt, wir haben die ganzen Jahre gedacht, was für eine gute Sache es für dich wäre, wenn du Luke heiraten würdest. Auf diese Weise bist du in der Nähe von zu Hause, und wir können dich oft sehen. Und Luke ist ein guter Kerl; ich war sicher, du wärst einverstanden.«

»Willst du damit wirklich sagen, daß ich einen Mann heiraten soll, nur weil du ihn magst, Mark?« fragte Pamela und ihre Augen blitzten.

»Aber du magst ihn ebenso sehr wie wir, vielleicht sogar noch mehr«, erwiderte Mark. »Sage mir nicht, daß du ihn nicht gern hast.«

»Und als wäre ihre Ablehnung seines Heiratsantrags nicht schon schlimm genug«, sagte Lady Sheridan, bevor Pamela auf diese Bemerkung etwas erwidern konnte, »Pamela geht sogar so weit, ihm ihre Hilfe bei der Suche nach einer passenden Frau, die er heiraten könnte, anzubieten. Ich werde Pamela niemals verstehen, niemals!«

Matthew grinste. »Was hast du vor, kleine Schwester?« fragte er neugierig. »Und wen hast du ihm vorgestellt, wenn ich fragen darf?«

»Als wir heute nachmittag im Park spazierengingen, lernte er Elizabeth Powell kennen. Sie waren sehr von einander angetan. Jeder auf seine Weise«, fügte Pamela wahrheitsgemäß hinzu.

»Powell . . . Powell . . .«, überlegte Mark.

»Pferde!« sagte Pamela.

»O Herr, ja! Das große, kräftige Mädchen, Mark, mit dem schwarzen Haar und dem riesigen Hengst«, erklärte Matthew, und die Miene seines Bruders hellte sich auf.

»Luke wird sich niemals etwas aus ihr machen«, sagte Mark. »Sie ist nicht im entferntesten der Typ, den er schätzt. Denke an die letzte Saison, Matt, und diesen kleinen rothaarigen Käfer.«

Plötzlich erinnerte sich Mark Sheridan, in wessen Gesellschaft er sich befand, und er vergrub das Gesicht in seiner Serviette und hustete.

»Luke bewunderte das Pferd«, sagte Pamela ernst, und ihr beiden Brüder brachen in Gelächter aus. »Morgen begleitet er Mama und mich zu Mrs. Crawfords Musikabend«, rief Pamela, um sich Gehör zu verschaffen.

»Luke ist bereit, auf einen Musikabend zu gehen? Luke?« fragte Mark ehrfürchtig. »Er muß noch ärger in der Tinte sitzen, als wir dachten.«

Pamela mußte über seine Miene lachen, dann wechselte sie das Thema und erzählte ihnen, daß Lady Sheridan Luke aufgefordert habe, während der Saison bei ihnen zu wohnen.

»Das ist ein großartiger Vorschlag, Mama!« rief Mark. »Jetzt wird es leichter sein, mit ihm Pläne zu schmieden, wenn wir die Stadt unsicher machen wollen.«

»Falls ihr nicht vorhabt, die distinguierten Bälle und Soireen zu beehren, meine Lieben, werdet ihr in dieser Saison sehr wenig von Luke zu sehen bekommen«, erklärte Pamela. »Er wird die meisten Nachmittage und Abende beschäftigt sein, denn er wandelt auf Freiersfüßen.«

»Aber wann soll er sich vergnügen, Pam?« fragte Mark entrüstet.

»Nun, an den Vormittagen wird er frei sein, glaube ich«, erwiderte seine Schwester und bemühte sich, nicht zu erwähnen, daß manche Männer die Gesellschaft junger Damen als höchst angenehm empfänden.

»Du meinst, vor Mittag?« forschte Mark. »Aber . . . aber, wir sind vor Mittag noch nicht einmal wach.«

Pamela wußte, daß zu der Zeit, zu der sie selbst nach den längsten Abendgesellschaften den Kopf auf ihr Kissen legte und einschlief, für ihre Brüder und Luke der Höhepunkt des Abends erst gekommen war. Deshalb versuchte sie auch nicht, ihnen eine Standpauke zu halten, sie sollten früher zu Bett gehen und zeitiger aufstehen.

Auf der anderen Seite des Tisches schüttelte Lady Sheridan mißbilligend den Kopf, aber sie versuchte ebenfalls nicht, über das Thema zu streiten. Jeder junge Mann der besseren Gesellschaft war während der Londoner Saison zu Stunden auf den Beinen, die für ältere, vernünftigere Leute unvorstellbar waren. Und Matthew und Mark unterschieden sich nicht von den anderen.

Als Matthew vom Tisch aufstand, hörte man Mark im Hintergrund murren. Pamela sah, daß er äußerst mißvergnügt war, weil ihre unerklärliche Zurückweisung des Heiratsantrags Luke und wahrscheinlich auch ihre Brüder zu der zweifellos langweiligsten Saison verurteilte, die sie je hatten über sich ergehen lassen müssen.

Pamela trug an Mrs. Crawfords Musikabend ein schmales Gewand aus narzissenfarbener Seide, mit einem Überrock aus Gaze, der über und über mit zierlichen goldenen Blumen und Bienen bestickt war, die im Kerzenlicht aufblitzten, wenn sie sich bewegte. Der runde Halsausschnitt war sehr tief. Sie trug goldene Armbänder, und ihre Zofe hatte ihre braunen Locken mit goldenen Kämmen hochgesteckt. Pamela wußte, daß sie gut aussah; sie hoffte nur, daß Luke es beifällig bemerken würde.

Er schenkte ihr einen flüchtigen Blick und ein Kopfnicken, als er nach dem Dinner zu ihnen kam, aber er war bald mit ihren

Brüdern ins Gespräch vertieft. Pamela seufzte. Von ihrer Enttäuschung war ihr jedoch nichts anzusehen. Sie hörte Mark sagen, daß er und Matthew mal bei Jonathan's hineinsehen würden, einem neuen Spielsalon, der wegen der hohen Einsätze und der schlechten Gesellschaft bekannt war. Pamela merkte, daß Luke nicht einmal versuchte, seinen Grimm zu verbergen, weil er auf einen solch vergnügten Abend verzichten mußte.

Später, als er mit Pamela und ihrer Mutter in der Stadtkutsche der Sheridans Platz genommen und Mark und Matthew nachgewinkt hatte, die zu ihrer Abendunterhaltung gingen, war sein Gesicht so finster wie eine Gewitterwolke.

»Bitte versuche so zu wirken, als würdest du es genießen, Luke«, sagte Pamela. »Es ist Mama und mir gegenüber überhaupt nicht höflich, herumzulaufen und ein Gesicht zu machen wie ein verurteilter Mann auf dem Weg zum Galgen.«

Die volle, vorgeschobene Unterlippe verschwand augenblicklich, und Lord Westcott grinste, als er sich vorbeugte und die Hand ihrer Mutter küßte. »Oh, Mutter Sheridan weiß, daß ich nicht unhöflich sein möchte, nicht wahr?«

Wie gewöhnlich war Mary Sheridan unfähig, ihn angesichts dieses spitzbübischen, charmanten Lächelns zu tadeln.

Luke ließ sich nicht herab, Pamela um Verzeihung zu bitten, aber sie sagte sich, daß sie für ihn schließlich nur die ›gute, alte Pam‹ war.

Als sie Mrs. Crawfords großen Salon betraten, bemerkte Pamela, daß Lady Cynthia Warren von einer Menge junger Männer umgeben war. Das einzige Wort, das auch nur annähernd angemessen zur Beschreibung Lady Cynthias paßte, hieß — blendend. Sie hatte silbrig blondes Haar, große blaue Augen und die entzückendste Figur, die man sich vorstellen konnte. Niemand konnte sagen, daß sie zu groß oder zu klein war, zu füllig oder zu mager. Auch an ihren Gesichtszügen war nichts auszusetzen — ob man sie einzeln oder als Ganzes betrachtete. In der Tat, es war schwer, irgendeinen Makel an ihr zu finden. An diesem Abend trug sie weiße Seide, und sie hatte nichts an sich, was für eine Debütantin unpassend gewesen wäre. Der Stoff lag nicht zu eng an, noch enthüllte das Dekolleté zu viel. Lady Cynthia verschmähte es, ihren Unterrock zu stärken, damit sich ihr Kleid an ihre Figur anschmiegte. Es war auf eine unerklärliche Weise ebenso erotisch wie das durchsichtigste Negligé.

Die Göttliche Cynthia, wie sie genannt wurde, war erst im vergangenen Jahr, als sie achtzehn Jahre alt geworden war, zur höheren Gesellschaft gestoßen. Obwohl sie eine Unzahl von Verehrern angezogen hatte, war sie nicht nur unverheiratet, sondern auch unverlobt auf die Ländereien ihres Vaters zurückgekehrt. Pamela, die mit ihrer Cousine, Lady Frances, gut befreundet war, kannte den Grund dafür. Sie hatte gelacht, als Pauline ihr anvertraute, daß Cynthia nicht die Absicht hatte, irgend jemanden unter dem Rang eines Herzogs zu heiraten, obwohl sie sich eventuell auch mit einem Marquis zufriedengeben würde, sofern er reich war. Jetzt zögerte Pamela nicht, Luke auf diese Dame aufmerksam zu machen, denn so stattlich er auch war: er war nur ein niedriger Viscount, der außerdem noch Schulden hatte und deshalb in den Augen der Dame sicher kein ernsthafter Bewerber.

»Würdest du Lady Cynthia gern kennenlernen, Luke?« fragte sie und sah, wie seine Augen aufmerksam wurden und das erste Lächeln des Abends sein Gesicht erhellte.

»Ja, allerdings«, sagte er, und seine Stimme klang begierig, als er ihre Hand unter seinen Arm schob und sie zielstrebig zu Lady Cynthia hinüberführte.

Die reizende Silberblondine schien erfreut, ihre Bekanntschaft mit Miss Sheridan zu erneuern. Sie hieß Lord Westcott als den neuesten Rekruten in ihrer Armee von Verehrern willkommen. Sie schenkte ihm ein schwaches, kleines Lächeln und dann errötete sie, während sie die dichten, feingeschwungenen Wimpern über den blauen Augen senkte. Pamela spürte, wie Luke sich straffte, und sie hörte ihn tief einatmen und stieß ein Dankgebet aus, daß die Göttliche Cynthia so strikt darauf beharrte, eines Tages als ›Eure Gnaden‹ angeredet zu werden.

Sie blieben bei Lady Cynthia, bis Mrs. Crawford ihre Gäste zu ihren Plätzen drängte. Luke nahm nicht einmal wahr, daß er im Begriff war, mit Musik und Dichtung unterhalten zu werden, als Pamela auf die Stühle neben Lady Sheridan deutete. Lady Cynthia hatte Mr. Robertson zu ihrer Linken und Lord Macauley zur Rechten. Erst nachdem sie versprochen hatte, die Harfe zu spielen und zu singen, hatten die anderen jungen Männer es akzeptiert, daß sie sich von ihrer Seite entfernte.

»Sie ist schön wie ein Engel!« hauchte Luke, als er sich wie betäubt neben Lady Sheridan setzte.

»Wer?« fragte Lady Sheridan stirnrunzelnd.

»Luke meint Lady Cynthia Warren«, erklärte Pamela und schüttelte leicht den Kopf wegen des überraschten Erschreckens ihrer Mutter.

»Lady Cynthia! Mein lieber Luke, ich bitte dich, du wirst dich doch nicht in sie verlieben, denn . . .«

»Mama, hör auf zu reden«, unterbrach sie Pamela und warf ihrer Mutter einen warnenden Blick zu.

»Warum sollte ich nicht?« fragte Luke, und sein Blick haftete auf dem Rücken der eleganten Dame, die drei Reihen vor ihnen saß.

»Mama fürchtet, daß du in deiner Liebe vielleicht enttäuscht werden könntest, wenn du dein Herz an sie verlierst. Sie ist die reizendste Dame der besseren Gesellschaft und hat unzählige Verehrer«, erklärte Pamela. Lady Sheridan, die den Mund geöffnet hatte, um ihren Satz zu vollenden, schloß ihn abrupt und machte ein nachdenkliches Gesicht.

Es dauerte nicht lange, bis Luke unruhig auf seinem Sitz hin und her rutschte. Er verschränkte die Arme und sah finster aus, als zuerst ein Streichquartett spielte und dann ein Bariton die Gäste mit einigen Liedern unterhielt. Und dazu noch auf deutsch. Wenn Lady Cynthias Name nicht unmittelbar nach dieser Darbietung angekündigt worden wäre, hätte Luke versucht zu entrinnen, das wußte Pamela. Klugerweise erwähnte sie nichts von dem Dichter, der danach folgen würde.

Lady Cynthia setzte sich an die goldene Harfe, die drei Herren zu ihrer Zufriedenheit aufstellen. Sie vertraute einem von ihnen ihr Taschentuch an, einem anderen ihre Handschuhe und dem dritten ihren Fächer. Die Herren zogen sich zurück und hielten selig ihre unverhoffte Beute.

Pamela hatte Lady Cynthia schon früher spielen gehört. Sie hatte oft gedacht, es wäre gerechter gegenüber dem Rest ihres Geschlechts gewesen, wenn die Dame überhaupt kein musikalisches Talent besessen hätte. Aber leider ist das Leben selten gerecht. Während Bewunderung bei jedem Mann aufstieg und bitterer Grimm in einer Anzahl von Frauen, unterhielt sie Lady Cynthia. Sie hatte einen klaren, schönen Sopran, ihr Spiel war fehlerlos, und der Anblick, wie die Harfe auf ihrer Schulter ruhte und ihre anmutigen, rundlichen Arme sich ausstreckten, als sie die Saiten zupfte, gab manch einem Mann die Gewißheit, daß der Himmel keinen schöneren Anblick bieten konnte. Pamela war eine der wenigen Damen, die begeistert applaudierten, als Lady Cynthia ihre Darbietung beendete.

Während der Dichter seine endlosen Verse vortrug, spielte ein verträumtes Lächeln auf Lukes Lippen. Pamela tauschte Blicke mit ihrer Mutter aus und war sicher, daß er die Gedichte nicht einmal hörte, denn er schien mit seinen Gedanken in weiter Ferne zu sein.

Als eine Pause angekündigt wurde, sprang er auf und bat darum, sich entschuldigen zu dürfen. Lady Sheridan nickte seinem Rücken nach, als er an Lady Cynthias Seite eilte.

»Ich hoffe, du weißt, was du tust, Pamela«, flüsterte sie, während sie ihre Sachen zusammenraffte und sich anschickte, ins Speisezimmer zu gehen. »Mir scheint, du kannst Luke schon jetzt gratulieren. Die ›Göttliche Cynthia‹, meine Güte!«

Ehe ihre Tochter etwas erwidern konnte, sagte eine vertraute Stimme hinter ihr: »Lady Sheridan und Miss Sheridan. Was für ein Vergnügen!«

Pamela drehte sich um und sah das schmale Lächeln des Earl of Brant. »Wie reizend Sie heute abend wieder aussehen, Miss Sheridan. Sie stellen den Frühling in den Schatten«, bewunderte er sie, verbeugte sich und küßte die Hand, die sie ihm reichte.

Lady Sheridan lächelte und entschuldigte sich, denn sie hatte eine alte Freundin winken gesehen.

»Immer galant und höflich, Mylord. Sie sind ein Musterbeispiel, dem nachzueifern anderen Herren wohl anstehen würde«, sagte Pamela und dachte plötzlich an Lukes Gleichgültigkeit, wenigstens was sie anbetraf. Sie wünschte, er wäre neben ihr gewesen und hätte das Kompliment des Grafen gehört.

Lord Brant blickte dorthin, wo Lord Westcott in Lady Cynthias Gedränge von Bewunderern stand.

»Ich sehe, der Freund Ihrer Brüder hat uns heute abend mit seiner Anwesenheit beehrt. Wie äußerst ungewöhnlich! Ich hätte nicht gedacht, daß Musik und Dichtung ihn interessieren«, sagte er.

Pamela zwang sich dazu, Luke den Rücken zuzukehren. Sie fand, daß er sich lächerlich benahm, und sie wollte ihm dabei nicht zusehen. Obwohl sie sich anfangs darüber gefreut hatte, daß ihr Plan, ihn von Lizbeth Powell als möglicher Braut abzulenken, so gut gelungen war.

»Er wird bei den meisten Gesellschaften dieser Saison zugegen sein, Mylord«, erwiderte sie, und dann wünschte sie, sie hätte lieber geschwiegen.

Der Graf reichte ihr seinen Arm, und als sie wegschlenderten, fragte er: »Und wie kommt das, Miss Sheridan? Lord Westcott hat bisher kein Interesse an den gesellschaftlichen Ereignissen gezeigt. Das paßt überhaupt nicht zu ihm.«

Pamela zuckte mit den Achseln und erlaubte ihm, ihr ein Glas Champagner vom Tablett eines Dieners zu reichen, ehe sie antwortete. »Wer kann das sagen? Vielleicht hat er sich entschlossen, sich zu bessern, Mylord?«

»Wenn es ein anderer als Lord Westcott wäre, würde ich annehmen, er möchte sich binden und ist hier, um die Möglichkeiten zu sondieren«, bemerkte der Graf amüsiert. Pamela versuchte, nicht befangen zu wirken.

Lady Sheridan trat mit rauschenden Röcken zu ihnen und sagte lachend: »Meine Lieben, schaut euch dieses Kleid von Lady Kindle an, und das in ihrem Alter!«

Sie lächelte beide an, während Pamela sich abwandte, um einen Gruß von Lord Carlisle zu erwidern, der kurz mit ihr plauderte. Er war ein sehr guter Freund ihres Vaters. Während er mit ihr sprach, hörte sie die atemlose Stimme ihrer Mutter hinter sich. Sie vernahm ganz deutlich, wie sie zum Grafen sagte: »Ja, Lord Westcott ist uns allen sehr teuer — er gehört praktisch zur Familie. Er wohnt in dieser Saison bei uns in der Charles Street.«

Lord Carlisle war sich dessen nicht bewußt, daß er einen Monolog führte, sondern redete weiter, während Pamela den Grafen sagen hörte: »Wirklich? Dann können wir uns alle auf eine interessante Bekanntmachung freuen, verehrte Ma'am.«

Lady Sheridan lachte, und Pamela spürte, wie sich das Haar an ihrem Nacken sträubte. »Was das anbetrifft, so erzähle ich keine Geschichten, Mylord«, sagte ihre Mutter. Ihre Stimme war so selbstgefällig und geheimnistuerisch, daß Pamela wünschte, sie könnte sie zwicken. »Ich bin sicher, es käme für niemanden überraschend, denn Luke und meine Tochter stehen sich sehr nahe, wirklich sehr nahe. Sie kennen sich seit ihrer Kindheit.«

»Das weiß ich«, sagte der Graf. Pamela zuckte zusammen, als er hinzufügte: »Und diese Kinderfreundschaften führen oft zu Enttäuschungen. Bitte laden Sie mich zu allen Ihren Gesellschaften ein, Ma'am. Das scheint eine höchst amüsante Saison zu werden. Ich bin sehr froh, daß ich herkam.«

Viertes Kapitel

Lord Brant blieb während der ganzen Pause an Pamelas Seite. Er begleitete sie in das Speisezimmer und holte ihr selbst einen Teller Delikatessen, nachdem er sie an einen kleinen Tisch für zwei gesetzt hatte. Trotz ihrer früheren Befürchtungen, daß die Gesellschaft eines abgewiesenen Verehrers peinlich sein könnte, fand es Pamela angenehm, so gut bedient zu werden. Der Graf war ein Mann, der schier unauffällig einen Kellner herbeirufen konnte, der ihre Wünsche kannte, ohne daß sie diese zu äußern brauchte. Außerdem lag in seinem Verhalten kein fortgesetzter Vorwurf und keine Steifheit, die ihre Eintracht gestört hätte. Er erwähnte niemals ihre Beziehung von vor zwei Jahren, und Pamela entspannte sich und genoß seine Konversation, wie sie es immer getan hatte.

Sie unterhielten sich gerade über das Streichquartett, als Lady Cynthia und ihr Hofstaat hereinkamen, zu dem immer noch Luke Westcott gehörte. Pamela hielt im Gespräch kurz inne, und da der Graf mit dem Rücken zur Tür saß, konnte er nicht wissen, was sie beunruhigt hatte. Sie sprach sofort weiter und achtete darauf, nicht in jene Richtung zu sehen, obwohl die Gruppe viel Aufmerksamkeit auf sich lenkte. Drei junge Männer stritten darum, wer den Vorzug haben sollte, die Dame zu bedienen, und wem die Ehre zuteil werden würde, zu ihrer Rechten zu sitzen.

Lord Brant drehte sich um, weil er sehen wollte, was die Unruhe zu bedeuten hatte, und dann sagte er: »Natürlich, die Göttliche Cynthia. Ich wundere mich, daß ich mir die Mühe gemacht habe, hinzusehen. Diese einfältigen Tölpel brauchen eine Ewigkeit, um sich über die Sitzordnung und die Bedienung klarzuwerden. Sollte man nicht denken, daß einer von ihnen den Verstand besäße, die Dame einfach zu einem Stuhl zu führen und sich neben ihr hinzusetzen?«

Pamelas Lächeln schien ein wenig gekünstelt, als sie erwiderte: »Einer von ihnen hat eben genau dies getan. Lord Westcott muß Ihre Gedanken gelesen haben, Mylord.«

Sie wunderte sich über das verächtliche Lachen des Grafen und darüber, wie er beinahe ärgerlich den Mund verzog, ehe sich eine Maske der Gleichgültigkeit über seine Züge legte und er bemerkte: »Sie ist ganz reizend, nicht wahr, Miss Sheridan? Und doch geraten nicht alle Männer in ihren Bann. Ich zum Beispiel würde heute abend meinen Platz nicht tauschen wollen, selbst wenn die Dame mir ihr wärmstes und verführerischstes Lächeln schenken würde.«

Pamela sah ihn mit großen braunen Augen an. Ihm schien, daß sie erschrocken war. Er wurde an ein Reh erinnert, das er auf einen frühmorgendlichen Streifzug durch den Wald auf seinem Besitztum in Surrey aufgescheucht hatte. Ein wenig amüsiert lächelte er sie an, als er sein Glas hob und ihr zuprostete.

Pamela war in der Tat erschrocken. Sie konnte die Wärme und Bewunderung im Blick des Grafen nicht ignorieren, und ebensowenig seine Worte. Fühlte er sich immer noch zu ihr hingezogen, wie ihre Mutter behauptete? Dachte er daran, noch einmal um ihre Hand anzuhalten? Sie hoffte, er würde es nicht tun, denn sie mochte ihn zu sehr, um ihn noch einmal enttäuschen zu wollen.

»Ich danke Ihnen für das Kompliment«, sagte sie leichthin, »aber es käme auf eine Prüfung an. Wenn Lady Cynthia Sie anlächeln sollte, und Sie würden nicht darauf reagieren, könnte man Sie für kalt und gefühllos halten.«

Jetzt war es am Grafen, sie erschrocken anzusehen, als sie fortfuhr: »Und Sie haben vergessen, daß es außer ihrer Schönheit noch ihr musikalisches Talent zu bewundern gibt. Solch eine melodiöse, klare Stimme, solch eine zarte, aber sichere Berührung der Harfensaiten.« Sie seufzte tief und fügte mit trauriger Stimme hinzu: »Wie schade, daß sie nicht Trompete spielen gelernt hat, oder vielleicht sogar die Tuba.«

In seinem Amüsement über den Scherz vergaß der Graf seine vorherige Bemerkung und lachte, während er einem Kellner bedeutete, ihre Gläser wieder aufzufüllen. »Es ist wirklich höchst unfair, da stimme ich Ihnen zu. Aber das Mädchen muß irgendeinen Fehler haben. Niemand ist vollkommen.«

»Leider weiß ich nichts zu ihrem Nachteil zu sagen. Da mehrere Damen sehr aufmerksam auch nur nach dem geringsten Makel an ihr gesucht haben, bin ich sicher, ich hätte davon gehört. Nein, sie ist ein anziehendes, bescheidenes Mädchen, und ihre Konversation ist immer angenehm.«

»Sie hat keine verborgenen Mängel? Vielleicht hat sie einen zänkischen Charakter oder ist zu boshaftem Klatsch geneigt, oder sie behandelt ihre Dienstboten schlecht?« sagte er. »Sie sollen mir doch gewiß nicht einreden, daß sie sich anderen Mädchen nicht überlegen fühlt und deshalb selbstgefällig und hochmütig ist? Kommen Sie, Miss Sheridan, es muß einen Fehler geben!«

Pamela hatte während seiner ganzen Rede belustigt den Kopf geschüttelt, und jetzt lächelte sie über seinen ungläubigen Blick. »Nein, sie hat keinen Fehler«, sagte sie. »Sie verhält sich ebenso engelhaft wie sie aussieht.«

»Aha! Dann habe ich eben einen sehr schwerwiegenden Makel an ihr entdeckt«, sagte er befriedigt. Und auf ihren fragenden Blick hin erklärte er: »Wenn sie tatsächlich so vollkommen wäre, dann wäre es unmöglich, mit ihr zusammenzuleben. Kein Mann könnte eine Frau ertragen, die immer nur lächelt und heiter ist, selbst wenn sie die schlimmste Erkältung hat oder stolpert und die Treppe hinunterfällt oder ein Tablett voller Champagnergläser über ihr liebstes Abendkleid gegossen bekommt. Solche Vollkommenheit würde jeden sterblichen Mann außer sich bringen. Das versichere ich Ihnen. Makellose Güte ist zwar ein wundervoller Zug, den wir alle anstreben sollten. Aber wenn die Güte übertrieben wird, kann sie langweilig sein. Das arme Mädchen ist eher zu bedauern als zu bewundern.«

Pamela vergrub ihr Gesicht in der Serviette, und in ihren Augen schimmerten Tränen, so sehr hatte sie lachen müssen. Der Graf lächelte sein schräges, kleines Lächeln. Er war sehr zufrieden mit ihrer Reaktion. Und Pamela fand, daß es niemanden gab, dessen Gesellschaft sie mehr genoß. Lord Brant besaß einen Witz, der ihrem eigenen gleichkam, und einen Humor, auf den sie völlig eingestimmt war. Sie hatten sich immer gut miteinander unterhalten und in vollkommener Harmonie lachen können.

Jetzt fügte er hinzu: »Aber vielleicht sollte ich sagen, es ist eher ihr künftiger Gatte, der zu bedauern wäre. Ich bin gespannt, wen sie wählen wird. Ich kenne niemanden im Adel, der ihrer Heiligkeit gleichkommt. Wissen Sie, ich nehme an, daß nur ein Titel für eine solche Vollkommenheit angemessen ist.«

Pamela wischte sich über die Augen und sagte ohne nachzudenken: »Oh, es muß ein Herzog sein, wenn er nicht von königlichem Geblüt ist.«

Sie unterbrach sich erschrocken und sah aus, als wünschte sie, sie könne ihre übereilten Worte zurücknehmen, ehe sie lahm hinzufügte: »Wenigstens habe ich das Gefühl, daß ein anderer nicht passend wäre.«

Der Graf nickte, aber ihm fiel auf, wie rasch Pamela das Thema wechselte. Lady Cynthia wollte also einen Herzog. Warum nicht? Er war nicht im geringsten überrascht über ihren Ehrgeiz. Nach seiner Erfahrung waren Frauen kaltblütige Wesen, die nichts dabei fanden, sich an den Mann vom höchsten Rang oder den wohlhabendsten Herrn zu verkaufen, den sie bekommen konnten. Trotz ihres Geredes über Liebe und ihrer von Herzen kommenden Seufzer über romantische Romane hatte im wirklichen Leben Liebe sehr wenig damit zu tun, wenn sie schließlich jemandem ihre Hand gaben. Als er in die goldgefleckten braunen Augen seines Gegenübers sah, berichtigte er diese pauschale Verdammung.

Miss Sheridan war nicht wie der Rest ihres Geschlechts. Denn hatte sie nicht vor zwei Jahren seinen Heiratsantrag abgelehnt? Er schob die Erinnerung daran beiseite und bemühte sich, Pamela in eine zwanglose Konversation zu verwickeln und freute sich, wenn sie über seine Komplimente lächelte und über seine Scherze lachte.

Später, als Pamela mit ihrer Mutter und Luke nach Hause fuhr, dachte sie an die Konversation des Grafen. Wie amüsant er war in seiner weltmännischen Art.

Lady Sheridan, die ihrer Tochter einen Blick zuwarf, sah das kleine Lächeln, das um ihre Lippen spielte, und sie wunderte sich darüber. Hatte Pamela nicht bemerkt, wie sich Luke wegen Cynthia Warren zum Narren gemacht hatte? Mehrere ihrer eigenen Freundinnen hatten Bemerkungen darüber ausgetauscht, und doch saß Pamela hier und sah glücklich und zufrieden aus. Lady Sheridan redete auf Luke ein, da sie glaubte, sie könne ihm ein paar Gedanken darüber einhämmern, wie unmöglich es wäre, daß Lady Cynthia ihn jemals glücklich machen könnte. Aber Luke schien nicht einmal zuzuhören. Er saß da, blickte hinaus auf die Straße mit dem gleichen einfältigen Lächeln auf seinem schönen Gesicht, das sie auch auf dem ihrer Tochter sah. Lady Sheridan war bestürzt. Ganz entgegen ihrer Art schwieg sie den Rest der Fahrt, denn sie machte Pläne, die ihre Tochter erstaunt und erschreckt hätten. Sie wollte Lord Westcott und Lady Cynthia voneinander trennen.

Am nächsten Morgen zog Lord Westcott mit seinem Diener und seiner ganzen Habe in das Haus in der Charles Street. Die Aktivität und das Poltern einer seiner Koffer auf der Treppe weckten Mark und Matthew, die aus ihren Zimmern kamen. Sie schienen keineswegs begeistert zu sein, ihren alten Freund zu sehen, wie er es erwartet hatte.

»Kommt, ihr faulen Brüder!« rief er und lachte über Marks schläfriges Gesicht und Matthews zerzaustes Haar. »Höchste Zeit, daß ihr beide auf die Beine kommt!«

»Du hast gut reden«, grollte Matthew, als er den Gürtel seines Morgenrocks festzog. »Zweifellos bist du um Mitternacht zu Bett gegangen.«

Mark fuhr sich mit der Hand an die Stirn und zuckte zusammen. »Könntest du vielleicht ein wenig leiser sprechen, Luke?« fragte er schwach.

Luke schlug Mark zu dessem großem Mißvergnügen auf die

Schulter. »War etwas nicht in Ordnung mit dem Burgunder bei Jonathan's, Mark?« fragte er, und dann lachte er laut. Mark schüttelte den Kopf, verschwand stöhnend in seinem Zimmer und schloß energisch, wenn auch sanft die Tür.

Ein Stockwerk darunter lächelte Pamela ihrem Spiegelbild zu. Sie saß vor ihrem Toilettentisch und ließ sich das Haar bürsten. Luke war endlich hier, und nun, da er tatsächlich im Haus wohnte, würden die Dinge viel glatter vonstatten gehen. Dessen war sie sicher.

Ihre Blicke wanderten nicht zum ersten Mal zu dem Veilchenstrauß, den der Earl of Brant früh an diesem Morgen geschickt hatte. Über die Karte, die sein Geschenk begleitete, hatte sie lachen müssen, denn darauf stand: »Meine Komplimente für Miss Sheridan, die nur zu fünfundneunzig Prozent vollkommen ist, Gott sei Dank!«

Die Karte trug keine Unterschrift, nur die kleine Zeichnung einer Birne, die seine früheren Geschenke und Briefe geziert hatte. Sie dachte wieder, wie sehr sie sich zu John Pearson hingezogen fühlte. Er mochte zynisch sein, sogar ungehalten über das einfältige Betragen, das einige Mitglieder der feinen Gesellschaft zur Schau trugen. Aber zu ihr war er immer freundlich gewesen. Nein, mehr als das. Er hatte sie als seinesgleichen behandelt in der Gewißheit, daß auch sie über das lachen würde, was er amüsant oder absurd fand.

Sie hörte Gelächter im oberen Stockwerk, und über ihrem Kopf vernahm sie schwere Schritte, die sie an Luke Westcott erinnerten. Ihr Blick wurde verträumt. Wenn es Luke auch nur einmal einfallen würde, ihr Blumen und amüsante Botschaften zu schicken, dachte sie. Dann lächelte sie. Wenn er es täte, wäre er vollkommen, und wie der Graf am letzten Abend gesagt hatte, wäre es äußerst schwierig, mit der Vollkommenheit zusammenzuleben. Doch bei Luke wäre sie mehr als bereit, es zu riskieren, wie sie sich eingestand.

Ehe ihr Mädchen mit der Frisur fertig war, kam Lady Sheridan herein und schwenkte einen weiteren Packen Einladungen.

»Meine Liebe, hat es so etwas schon einmal gegeben?« fragte sie, und ihre lächelnden Augen und ihr glückliches Gesicht zeigten Entzücken. »Wir werden höchstens einen von neun Abenden zu Hause verbringen. Bitte sage mir, welche Einladungen wir annehmen und welche wir ablehnen sollen.«

Pamela nahm den Stapel und begann zu lesen. »Zum Jersey-Ball gehen wir gewiß. Lord Carlisles Ausflug nach Richmond – wundervoll. Ich glaube, zu der Party der Damen Bassett gehen wir nicht, Mama. Viel zu langweilig für Luke. Ich glaube auch nicht, daß er sich aus einem künstlerischen Nachmittag etwas macht, nicht einmal in Mrs. Whyte-Gordans Salon. Aber hier ist ein Kostümball bei den Frances, den er amüsant finden wird.«

Sie nahm eine weitere Karte, und plötzlich wurden ihre Augen größer, als sie laut vorlas: »Lady Powell bittet um das Vergnügen Ihrer Gesellschaft bei einem kleinen Tanz, der am Freitag nächster Woche gegeben wird. Sieh einer an!«

Lady Sheridan löste sich von dem großen Spiegel, vor dem sie sich mit den Bändern ihres Morgenrocks zu schaffen gemacht hatte. »Ich muß gestehen, das verstehe ich nicht, Pam. Lillian Powell war nie eine von meinen engen Freundinnen gewesen. In der letzten Saison war sie sogar sehr kühl zu mir, nachdem die Jungen ihre Einladung zu einer Reit-Picknick-Party abgelehnt hatten.«

»Ich glaube, du wirst feststellen, daß diese besondere Einladung auf Betreiben von Miss Powell zurückgeht, Mama. Und sie könnte ebensogut direkt an Luke adressiert sein. Lady Powell sind wir anderen völlig gleichgültig. Aber sie muß uns einladen, um sicher zu sein, daß Luke erscheint.«

Ein großer Gegenstand, der im Stockwerk über ihnen zu Boden fiel und dann mehrmals aufschlug, ließ sie zusammenzucken.

»Der gute Luke«, sagte Lady Sheridan und richtete ihren Blick nach oben. »So ein lieber, temperamentvoller Junge, nicht wahr? So voller Energie!«

Der Gegenstand, was immer es auch war, schlug noch einmal auf, und sie zuckte wieder zusammen, ehe sie sich auf einen Stuhl neben dem Fenster setzte. »Pamela, mein Liebe, bitte entlasse jetzt Betsy. Wir müssen über sehr wichtige Dinge miteinander sprechen.«

Pamela drehte vor dem Spiegel ihren Kopf von einer zur anderen Seite. Dann lächelte sie ihr Mädchen an. »Das sieht sehr hübsch aus, Betsy, danke.«

Das Mädchen machte einen Knicks und ging hinaus. Lady Sheridan wartete kaum, bis sie die Tür hinter sich geschlossen hatte, ehe sie näherrückte und flüsterte: »Pamela, was sollen wir nur mit Luke und Lady Cynthia tun? Ich kann dir nicht sagen, wie besorgt ich gestern abend war. Es ist sehr leichtsinnig von dir, ihn direkt in ihre Arme zu treiben. Er wich den ganzen Abend nicht von ihrer Seite.«

Pamela stand von ihrem Toilettentisch auf und setzte sich neben ihre Mutter. »Aber es gibt keinen Platz, wo ich ihn lieber sehen würde, Mama«, sagte sie augenzwinkernd. »Er ist dort sehr sicher.«

»Sicher?« fragte Lady Sheridan und machte eine Miene, als hätte ihre Tochter plötzlich den Verstand verloren. »Sicher? Bei der Göttlichen Cynthia?«

»Der Earl of Brant hat mir versichert, daß es kein Mann ertragen könnte, mit solch einer Vollkommenheit zusammenzuleben, Mama«, erklärte Pamela.

»Und was hat das zu sagen, bitte? Er ist immer noch so verliebt in dich, daß er keine andere Frau ansieht.« Lady Sheridan deutete auf den Blumenstrauß. »Denke an die Veilchen, Pamela. Dentworth sagte, sie wurden schon vor neun Uhr heute früh abgegeben.«

Ihre Stimme klang so beeindruckt, daß Pamela lächelte. »Mama, du glaubst doch nicht etwa, daß der Graf sie selbst in der Morgendämmerung gepflückt hat, oder? Nicht der Graf! Wie er sich über die bloße Vorstellung amüsieren würde«, spottete Pamela. Dann ergriff sie die Hand ihrer Mutter und sah ihr direkt in die Augen. »Ich versichere dir, der Graf ist nicht in mich verliebt, Mama. Er mag mich natürlich, und es besteht eine gewisse Vertraulichkeit zwischen uns, die noch von unserer Bekanntschaft von vor zwei Jahren herrührt. Aber er liebt mich nicht.«

Lady Sheridan machte den Eindruck, als würde sie diese Bemerkung gern bestreiten, aber Pamela fuhr fort: »Wie kann ich es dir erklären, Mama? Lord Brant ist nämlich kein warmherziger Mann. Ich glaube nicht, daß er zu amourösen Gefühlen überhaupt fähig ist. Es ist wahr, daß er mich gebeten hat, ihn zu heiraten. Aber er wirkte keineswegs niedergeschlagen, als ich ablehnte. Er zuckte einfach mit den Achseln und wechselte das Thema. Und jetzt ist er wieder da mit seinen hübschen Komplimenten und Blumen. Aber er ist ebenso selbstbeherrscht, reserviert und ironisch wie immer. Ich glaube, er ist ein überzeugter Junggeselle. Ich kann ihn mir nicht leidenschaftlich vorstellen oder überwältigt von Verlangen, gleichgültig in welcher Situation.«

Lady Sheridan machte ein nachdenkliches Gesicht. Wenn sie nicht gewollt hätte, daß Pam Luke Westcott heiratete, dann hätte sie es sich angelegen sein lassen, Lord Brant genau zu sagen, woran seine Werbung gescheitert war.

Eine Frau mochte vielleicht wünschen, daß ihr Gatte ganz kühle Höflichkeit und reservierte Vornehmheit war, aber sie wollte, daß er in seiner Werbung verrückt wurde vor Liebe, daß er unfähig wäre zu essen, zu schlafen oder an etwas anderes zu denken als an sie. Wie kam es, daß Männer, selbst die intelligentesten, so dumm sein konnten? fragte sich Lady Sheridan nicht zum ersten Mal in ihrem Leben.

»Kommst du heute früh mit mir zu Madame Alicia, Mama? Ich habe eine letzte Anprobe meines Abendkleides für den Ball der Countess.«

Lady Sheridan sah zu, wie ihre Tochter die Bänder ihres Hutes befestigte und dann nach ihren Handschuhen und der Handtasche griff. Gleichzeitig hörte sie auf der Treppe eilige Schritte und wie Luke seinem Diener etwas zurief. »Nimm Betsy oder einen Diener mit, Pamela«, sagte sie. »Ich muß sicher sein, daß der gute Luke alles hat, was er für seine Bequemlichkeit braucht.«

Sie ging Arm in Arm mit ihrer Tochter zur Tür. Plötzlich fiel ihr ein, daß das Gespräch, das sie über Luke und Lady Cynthia hatte führen wollen, nicht zustandegekommen war. Sie seufzte. Sie wußte, daß es für den Rest des Tages schwierig sein würde, einen Augenblick mit Pamela allein zu sein. Die Saison hatte zwar eben erst begonnen, aber sie waren so beschäftigt, als wäre sie schon wochenlang voll in Gang. Pamela war für diesen Nachmittag zu einem Ausritt mit einigen ihrer Bekannten verabredet, und sie selbst war zu einem Mittagessen und einem Kartenspiel am Nachmittag eingeladen. Und dann würden natürlich beim Dinner alle Jungen anwesend sein. Sie lächelte, als sie ihre Tochter zum Abschied küßte.

Es war so schön, wieder alle beisammen zu haben. Wenn nur der gute, gute Sir Roger sich zu ihnen gesellen würde, dann wäre ihr Glück vollkommen.

Die nächsten Tage verliefen so geschäftig, wie Lady Sheridan es vorausgeahnt hatte. Sie war froh, daß Luke und Pamela viel Zeit miteinander verbrachten. Aber sie wäre nicht so erfreut darüber gewesen, wenn sie gewußt hätte, daß Lord Westcott den größten Teil dieser Zeit dazu benutzte, über Lady Cynthia zu schwärmen, jedes einzelne Wort zu wiederholen, das sie an ihn gerichtet hatte, und ihre Schönheit zu preisen.

Pamela ertrug alles kommentarlos. Doch am Morgen des Balls bei Lady Lowden, als sie mit dem Landauer zu Hectons Bibliothek fuhr, um ihr Buch zurückzugeben, erkannte sie erschrocken, wie erholsam es war, nicht in seiner Gesellschaft zu sein. Und dann wunderte sie sich über diese Veränderung, die in ihr vorgegangen war, bis ihr bewußt wurde, daß es nur Lukes Verliebtheit in eine andere Frau war, was ihr derartig auf die Nerven ging. Wenn er sich von seiner Faszination erholt hatte, würde ihre Freude an ihm zurückkehren. Dessen war sie sicher. Lady Sheridan rang zwar immer noch die Hände wegen seiner Verliebtheit in Lady Cynthia. Aber Pamela war froh darüber. Wenigstens für den Augenblick. Denn sie hatte die sehnsüchtigen Blicke gesehen, die ihm von einigen jungen Damen zugeworfen worden waren. Es waren sehr attraktive, begehrenswerte junge Mädchen gewesen, und daher hatte sie nichts dagegen, daß er weiterhin dieser entschlossenen künftigen Herzogin treu blieb.

Pamela hatte sich vorgenommen, ihn ins Gebet zu nehmen, ehe sie an diesem Abend den Ball besuchen wollten. Aber da er sie mit der großzügigen Geste eines Mannes, der seine Pflicht tat, um den ersten Tanz gebeten hatte, blieb ihr nichts anderes übrig, als anmutig anzunehmen, statt ihm die Ohren langzuziehen. Sie wußte, daß er an Lady Cynthias Seite eilen würde, sobald er diese lästige Pflicht hinter sich hatte. Doch es wäre der Gipfel der Unhöflichkeit, wenn er nicht auch mit anderen jungen Damen tanzen würde, besonders mit der Tochter der Countess, Lady Virginia. Und da war da noch Lizbeth Powell. Sie hatten sie mehrmals im Park getroffen. Luke war immer stehengeblieben, um sich nach ihren Pferden zu erkundigen. Lizbeth nahm diese Aufmerksamkeit sicherlich als ein Zeichen für Lukes Interesse an ihr selbst und würde erwarten, daß er mit ihr tanzte. Irgendwie mußte Pamela dafür sorgen, daß Luke sich an das korrekte Benehmen im Ballsaal hielt, das selbst von dem verliebtesten jungen Herrn erwartet wurde.

Pamela blickte hinaus auf die überfüllten Straßen, durch die sie fuhr, und runzelte ein wenig die Stirn. Sie hatte viele Gedanken und viel Geld auf ihr Ballkleid verwandt, aber sie würde keinen Penny darauf wetten, daß Luke es überhaupt bemerkte. Manchmal, sagte sie sich düster, als die Kutsche vor der Bibliothek vorfuhr und der Kutscher herbeigeeilt kam, um ihr beim Aussteigen zu helfen, wäre ich froh, wenn ich ihn anschreien könnte, diesen unmöglichen Mann.

»Was um alles in der Welt hat Sie so betrübt, meine liebe Miss Sheridan?« erkundigte sich eine tiefe, ruhige Stimme. Pamela blickte auf und sah den Earl of Brant die Treppe der Bibliothek herabkommen. Er bot ihr seinen Arm an. »Falls jemand Sie geärgert hat, dann würde ich es für eine Ehre halten, wenn Sie mir erlaubten, mich mit dem Herrn selbst zu befassen.«

Pamela lächelte und sah ihm in die schmalen, zusammengekniffenen grauen Augen. »Sind Sie so sicher, daß es ein Mann war,

Mylord?« fragte sie, als er die Tür für sie aufhielt. »Frauen können einen ebenfalls sehr ärgern.«

»Es war ganz überflüssig, mir das zu sagen, Miss Sheridan«, sagte er ruhig und folgte ihr in die Bibliothek. »Ich habe nur wenige Frauen kennengelernt, die nicht beinahe ständig aufreibend waren.«

Pamela hob die Augenbrauen, obwohl ihre braunen Augen vor Vergnügen über seine Worte strahlten.

»Wirklich, Sir? Ich bin sicher, ich weiß, wie ich das auffassen muß. Obwohl ich mich darüber wundere, daß Sie es wagen, vor mir meine Mitmenschen herabzusetzen.«

Er beugte sich zu ihr herüber und raunte: »Natürlich schließe ich Sie in mein Verdammungsurteil nicht ein, sonst hätte ich es nicht geäußert. Sie sind mir immer eine Freude.«

Beunruhigt über die ungewöhnliche Wärme in seiner tiefen Stimme wechselte Jessica rasch das Thema. »Aber Sie waren doch eben im Begriff, die Bibliothek zu verlassen, nicht wahr, Mylord? Ich darf Sie nicht aufhalten.«

»Wie kommen Sie auf eine solche Idee, Ma'am, zumal ich fest entschlossen bin, Ihnen zu helfen? Wie, wenn der Band, den Sie suchen, auf einem hohen Regal steht oder zu staubig ist? Nein, nein, daran ist nicht zu denken! Außerdem lerne ich jetzt Ihren Geschmack kennen, was Bücher betrifft. Man kann viel über einen Menschen erfahren, wenn man weiß, was er liest.« Er nahm das Buch, das sie zurückbrachte, und las den Titel. »Ah, von Miss Austen. Ich kann Ihnen nicht sagen, wie erleichtert ich darüber bin.«

Auf ihren fragenden Blick hin, erklärte er: »Nehmen wir nur einmal an, dieses Buch wäre einer der leidenschaftlichen Liebesromane gewesen, voller romantischer Prinzen und Spukschlösser. Ich müßte Sie dann für eine Liebhaberin von solch gräßlichem Zeug halten, und das würde meine gegenwärtige Einschätzung Ihrer Intelligenz und Ihres guten Geschmacks völlig umwerfen. Aber sagen Sie, hat Ihnen das Buch von Miss Austen gefallen?«

Pamela überlegte einen Augenblick. »Ja. Zuerst dachte ich, es käme nicht an *Stolz und Vorurteil* heran. Außerdem gefiel mir die Heldin nicht, denn sie war so ein albernes, schwärmerisches Mädchen, so edel und so bescheiden.« Lord Brant sah sie amüsiert an, als sie hinzufügte: »Ich hätte sie am liebsten geschüttelt oder ihr wenigstens eine tüchtige Lektion erteilt.«

Seine Augen leuchteten. »Etwas in der Art der vollkommenen Dame, über die wir neulich abends sprachen, meinen Sie?«

Pamela schüttelte den Kopf. »Sie war überhaupt nicht wie Lady Cynthia. Dieses Mädchen war geistlos und versuchte nicht einmal, ihr Leben selbst in die Hand zu nehmen. Ich wurde ungehalten über sie, bis ich erkannte, daß ihr in der Stellung, in der sie war, nichts anderes übrig blieb. Im Gegensatz dazu ist Lady Cynthia äußerst lebhaft und fröhlich, und sie hat ihr Leben gut in der Hand. Aber mit der kleinen, armen Fanny als Heldin glaube ich nicht, daß *Mansfield Park* auch nur annähernd den Erfolg von Miss Austens anderen Werken haben wird.«

Lord Brant blieb bei ihr, bis sie alles erledigt hatte. Sie lächelte über seine Ratschläge. Ein Buch, das er vorschlug, war ein schwerer Band mit Predigten, von denen er meinte, sie würde sie erhebend finden. Ein anderes war ein Pamphlet, das sich mit den Korngesetzen befaßte, und sie lachte laut auf, als er ihr ein Buch empfahl, in dem das komplizierte Funktionieren von Dampfmaschinen erklärt wurde. Er sagte, er wisse, daß sie ganz erpicht darauf sein müsse, dies zu studieren.

Als sie die Bibliothek verließen, fragte ihn Pamela, ob sie ihn irgendwohin mitnehmen solle, um ihn für eine so fachmännische Hilfe zu entschädigen. Er akzeptierte eine Fahrt zum St.James's Place. Er half ihr in die Kutsche, nahm dann neben ihr Platz und fragte: »Sehe ich Sie heute abend auf dem Ball der Countess of Lowden, Miss Sheridan?«

Pamela versicherte ihm, daß sie dort sein würde. Er begann, über den Abend zu plaudern, der ihnen bevorstand, und bat sie, einen Walzer und den Tanz vor dem Essen für ihn zu reservieren.

»Das wäre schön, Mylord«, stimmte Pamela mit ihrem hellsten Lächeln zu. Als die Kutsche langsamer fuhr, blickte sie sich um.

Im warmen Sonnenschein kamen ihr Bruder Matthew und Luke Westcott auf sie zugeschlendert. Der Graf hörte, wie sie den Atem einsog, und er bemerkte, wie ihre Augen aufleuchteten, als sie winkte, und ihr Lächeln die reine Freude ausdrückte.

»Ah, natürlich! Ich habe oft beobachtet, daß Lord Westcott das strahlendste Lächeln in Ihr Gesicht zaubern kann, Miss Sheridan«, sagte er.

Pamela drehte sich um und sah ihn an, beunruhigt darüber, wie rauh seine Stimme klang. Er schien sich zur Ordnung zu rufen, denn er fügte in seinem gewöhnt ruhigen Tonfall hinzu: »Sollen wir anhalten? Wollen Sie die beiden Herren mitnehmen?«

Gefesselt von diesen strengen, grauen Augen konnte Pamela nur den Kopf schütteln. Sie wurde durch Lord Brants schräges Lächeln belohnt. »Gut«, bemerkte er und tippte sich an den Hut, als die Kutsche an Luke und Matthew vorbeifuhr. »Ich möchte Sie nämlich mit niemandem teilen«, fügte er in seinem verbindlichsten Tonfall hinzu. »Nicht einmal mit Ihrem Bruder oder solch einem — hmmm, solch einem guten alten Freund.«

Fünftes Kapitel

Am Abend, als die Sheridan-Kutsche vor dem Stadthaus des Earl und der Countess of Lowden in der Park Lane vorfuhr, hatte Pamela Lord Brants beunruhigendes Verhalten vor Hecton's Bibliothek vergessen. Sie hatte nicht nur Luke seine Instruktionen erteilt, sondern ihm auch das Versprechen abgenommen, daß er nicht seine ganze Zeit Lady Cynthia widmen würde. Sie wollte, er hätte das Versprechen bereitwilliger gegeben. Seine hellbraunen Augen hatten ungestüm unter seiner gerunzelten Stirn geblitzt. Er hatte die Unterlippe bedrohlich vorgeschoben und mit den Fingern rasch auf die Armlehne seines Sessels getrommelt.

Seine finstere Miene hätte jedermann, der ihn nicht so gut kannte wie Pamela, dazu veranlaßt, innezuhalten und rasch klein beizugeben. Sie jedoch hatte ihm gesagt, wenn er so bedrohlich aussah wie ein Bär, enthöbe ihn dies nicht der Höflichkeit, die man von einem Gentleman erwartete, und deshalb könne er genausogut sofort damit aufhören, sich zum Schafskopf zu machen.

Es hatte ein unheilschwangeres Schweigen in der Bibliothek geherrscht, wohin sie ihn für ihre Lektion geführt hatte. Dann hatte Luke den Kopf zurückgeworfen und gelacht. Er war von dem Sessel aufgestanden, in den er sich geworfen hatte, war auf sie zugekommen und hatte sie auf die Füße gezogen und umarmt. »Du fürchtest dich also immer noch nicht davor, dich mit mir herumzuplagen, eh, Kätzchen?« fragte er und gab ihr nachlässig einen Kuß auf ihr braunes Haar. »Also gut, ich werde dich in Erstaunen versetzen, indem ich ein erstklassiger Londoner Gentleman sein werde. Die Gecken werden sich wundern. Warte nur ab und sieh.«

Pamela hatte nicht widerstehen können und ihn umarmt. »Auch ich werde staunen über solch ein musterhaftes Verhalten, lieber Luke.«

Er hatte kurz ihre Arme gedrückt und sie dann zu ihrem großen Bedauern losgelassen. Sie war enttäuscht gewesen, weil er nicht einmal bemerkt hatte, wie sie in völliger Hingabe dahingeschmolzen war.

»Und um meine guten Absichten zu beweisen, werde ich meine alte Freundin Pam um den Tanz vor dem Essen bitten und um den ersten Tanz überhaupt«, hatte er großmütig erklärt.

Pamela hatte gewünscht, sie hätte ihn anschreien können, aber sie hatte nur tief Luft geholt. Irgendwie war ihr wohler zumute gewesen, weil sie ihm hatte sagen können, daß sie leider auf den Hochgenuß verzichten mußte, da sie bedauerlicherweise für den Tanz vor dem Essen schon verabredet war.

Luke hatte auf dem Weg zur Tür innegehalten. »Mit dem Earl of Brant?« hatte er gefragt, und die unschuldigen Worte hatten nicht zu seinen boshaften Augen gepaßt.

Pamela hatte genickt und sich gefragt, weshalb sie den Atem anhielt.

Luke hatte grinsend gesagt: »Mir scheint, du verbringst eine Menge Zeit mit diesem speziellen Lord, Pam. Habe ich dich nicht heute früh mit ihm ausfahren gesehen? Paß auf dich auf, mein Mädchen, sonst findest du dich rasch unter der Haube. Diesmal wird er ›Nein‹ als Antwort nicht akzeptieren. Also überlege gut, was du tust, wenn du ihn so sehr ermutigst.«

Pamela hätte am liebsten laut gejauchzt, denn Luke hatte tatsächlich bemerkt, daß der Graf sie bewunderte. Vielleicht hatte er sogar etwas dagegen und fürchtete, sie wäre drauf und dran, John Pearsons Heiratsantrag anzunehmen? Aber seine nächsten Worte hatten sie sofort wieder auf die Erde zurückgeholt.

»Ich möchte ihm keinen Strich durch die Rechnung machen, und ich bin in keiner Weise ein Feigling. Aber vielleicht hat die Unerreichbare endlich einen Ebenbürtigen gefunden? Du kannst es mir ruhig sagen, Kätzchen.«

Pamela erlaubte Luke, ihr und ihrer Mutter aus der Kutsche zu helfen, und dabei dachte sie daran, was er gesagt und wie er gelacht hatte, als sie ihm nicht antworten wollte. Ihre weichen, vollen Lippen versteiften sich.

Ihr Bruder Matthew, der mit auf den Ball gekommen war um zu sehen, wie Luke sich fortwährend musterhaft benahm, behandelte Pamela aufmerksam und bot ihr den Arm an. Als sie Luke und Lady Sheridan die mit einem roten Teppich ausgelegten Stufen hinauf folgten und zwischen den sich verbeugenden Dienern hindurchgingen, flüsterte Matthew: »Warum bist du so nervös, Pam? Es kann doch nicht sein, daß du unglücklich bist, weil du einen Ball besuchst? Man hat mir gesagt, daß Frauen nichts lieber täten. Und du siehst heute abend großartig aus. Dieses Kleid steht dir vorzüglich.«

Pamela blickte an dem auffallenden orangefarbenen Seidenkleid mit dem schmalen Rock und dem tiefen Halsausschnitt hinab, der mit einem perlenbesetzten Samtband eingefaßt war, und sie versuchte, einen Seufzer zu unterdrücken. Als sie schließlich die Treppe heruntergekommen war, hatte Luke lediglich gesagt, er habe noch nie verstehen können, weshalb Frauen so lange brauchten, um sich anzukleiden, wenn sie so wenig anhätten, und daß sie eindeutig einen Schal benötige, denn der Abend sei kühl. Sie schlug sich ihr schwierigstes Problem aus dem Kopf und lächelte Matthew an. »Danke, mein Lieber, es ist hübsch, nicht wahr?«

Sie gesellten sich zu den anderen Gästen und gingen langsam die Treppe hinauf, um ihre Gastgeberin und deren Tochter zu begrüßen, die sie an den Türen des Ballsaals empfingen. Pamela sah mehrere ihrer Freundinnen und freute sich, als Lady Frances ihr lächelnd zuwinkte.

Lady Pauline Frances und Pamela Sheridan waren während Pamelas erster Saison gute Freundinnen geworden. Das war ungewöhnlich, denn Lady Frances war sieben Jahre älter, aber Pamela hatte schon bei ihrer ersten Begegnung das Gefühl gehabt, als würden sie einander seit ewigen Zeiten kennen. Lady Frances war eine große, schlanke Frau mit seidigem braunem Haar. Sie war keine Schönheit, aber ihr Gesicht drückte eine solche Güte aus, ihre Augen eine solche Freundlichkeit und ihre Konversation eine so ruhige Intelligenz, daß ihr Mangel an Schönheit nie bemerkt wurde. Es gab niemanden, den Pamela mehr bewunderte. Oft war sie zu ihrer Freundin gefahren und hatte bei ihr Rat gesucht. Paulines Heirat hatte ihre Freundschaft nicht beeinträchtigt, denn Sir Frederick war ebenso gütig und liebenswert wie seine Frau.

Die Sheridans erreichten endlich die Countess. Sie trug violetten Samt und einen mit wippenden Straußenfedern geschmückten Turban. Sie schien offensichtlich aufzutauen, als sie Matthew Sheridan und Viscount Westcott sah. Pamela bemerkte, mit welch ausgesuchter Freundlichkeit sie ihre Tochter Luke vorstellte. Lady Virginia war ein hübsches Mädchen mit rotblondem Haar und dem hellen Teint, der diese Haarfarbe so oft begleitet. Als sie ihre grauen Augen zu Lukes Gesicht hob, errötete sie verwirrt beim Anblick des Adonis, der vor ihr stand.

Pamela hörte Luke fragen, ob Lady Virginia ihn mit einem Tanz beehren würde, und war froh, daß er ihre Anweisungen so getreu befolgte. Sie bemerkte, daß auch ihr Bruder um einen Tanz bat, und war verblüfft über die Wärme seines Lächelns, als er dies tat.

Als sie den Ballsaal betraten, stellte sich die erste Gruppe zum Tanz auf. Luke blieb zwar an Pamelas Seite. Sie konnte aber sehen, wie seine hellbraunen Augen aufmerksam den Raum absuchten. Erst als er Lady Cynthia inmitten ihrer Bewunderer entdeckte, entspannte sich seine besorgte Miene.

Lady Virginia eröffnete den Ball mit ihrem Bruder, und Pamela nahm mit einem freundlichen Lächeln, von dem sie hoffte, daß es ihren Ärger und ihren Verdruß verbarg, die Hand von Luke. Sie bemühte sich, ungezwungen zu plaudern, während sie tanzte, und obwohl er höflich antwortete und ihr ständig ins Gesicht sah, bemerkte sie, daß jedes Mal, wenn sie eine Drehung machten, Lady Cynthia irgendwo in der Nähe war. Dies machte es ihr schwer, Vergnügen daran zu finden, in seinen Armen gehalten zu werden.

Als der Tanz endete, war sie keineswegs überrascht, daß sie direkt neben Lady Cynthia und ihrem Tanzpartner standen. Die Dame schenkte ihnen beiden ihr engelhaftes Lächeln. Sie glänzte an diesem Abend in einem seidenen Gewand in hellstem Blau. Die Saphire in ihrem Haar und um ihren schlanken Hals konnten aber nicht mit ihren strahlenden Augen konkurrieren. Nur dadurch, daß Pamela Luke kniff, hielt sie ihn davon ab, sie auf der Tanzfläche stehenzulassen und blindlings Lady Cynthia zu folgen, als diese wegging.

Aber ihr Ärger verschwand im Nu, als sie feststellte, daß Luke nicht der einzige war, der seine Partnerin manipulierte, um in der Nähe des Gegenstands seiner Zuneigung zu sein. Lizbeth Potter zerrte praktisch den Herrn, mit dem sie zusammen war, in ihre Nähe, um sich an Pamela und Luke zu heften. Irgendwie sah sich Luke gezwungen, sie um den nächsten Tanz zu bitten, während Pamela den Kopf abwandte und ihr Lächeln hinter ihrem Fächer verbarg.

Als der Earl of Brant erschien, um das einzufordern, was sich als der erste Walzer herausstellte, versuchte sie immer noch, ihrer Belustigung Herr zu werden. Luke sah in der Falle, in die er geraten war, beinahe verzweifelt aus. Und Pamela wußte, daß Lizbeth nicht vorhatte, ihn freizulassen.

Sie begann über Pferde zu sprechen, und während sich der Graf gekonnt mit Pamela im Kreis drehte, fing sie einige Brocken der Konversation auf, die Lizbeth mit ziemlich dröhnender Stimme führte.

»Das Gespann paßt perfekt zusammen, bis auf eine weiße Blesse« ... »unser Oberstallknecht macht einen heißen Breiumschlag, der ...« »deshalb sagte mein Vater natürlich, wir müssen ihn kastrieren lassen, denn Sie müssen wissen, er ...«

Sie konnte ein Lächeln nicht unterdrücken, und die Hände des Grafen hielten sie fester. »Weshalb habe ich den niederdrückenden Eindruck, daß das entzückende Lächeln, das auf Ihrem reizenden Mund liegt, nicht das Geringste mit mir zu tun hat?« fragte er gespielt traurig.

Pamela rief sich zur Ordnung. »Ich bitte Sie um Verzeihung, Sir. Aber um ehrlich zu sein, muß ich zugeben, daß Sie recht haben. Ich habe unwillkürlich Lizbeth Powells Konversation mit Viscount Westcott mitangehört.«

»Wer hätte das nicht«, sagte er, und dann senkte er seinen dunklen Kopf und fügte hinzu: »Ist es möglich, daß die Dame hofft, ihn mit Stallgesprächen zu umgarnen? Ich selbst würde das überhaupt nicht romantisch finden. Aber natürlich müssen wir dankbar dafür sein, daß sie nicht mit ihm flirtet. Es wäre äußerst störend, sich Liebeserklärungen anhören zu müssen, die mit einer solch dröhnenden Stimme vorgetragen werden.«

Pamela kicherte und sah ihn lächelnd an. Sie hielt den Atem an, als er fortfuhr: »Jemand sollte der Dame einen Wink geben. Wenn man auf der Tanzfläche amourös sein will, dann rückt man näher ... so, und dann beugt man den Kopf herunter ... so, und senkt die Stimme ... um so etwas zu sagen.«

Als er seine Worte in die Tat umsetzte, wurde Pamela eng an seine Brust gepreßt, und ihre Schenkel berührten die seinen, während er weitertanzte. Sie spürte seinen warmen Atem in ihren Locken und das Klopfen seines Herzens und nahm den Geruch der Lotion wahr, die er benutzte. Und wieder fühlte sie bei der seltsamen Zuneigung, die sie für ihn empfand, wie eine Schwäche sich in ihrem Inneren regte und ausbreitete. Und dann ließen seine zärtlichen Worte ihre Augen größer werden. »Meine liebste Pamela, wie schön Sie heute abend sind! Ihr Kleid leuchtet wie die Flammen, die Sie in meinem Herzen entzündet haben. Wie kann ich mich Ihrem Bann entziehen, wenn Ihre Augen in einem solch goldenen Feuer leuchten? Ich verehre alles an Ihnen, von Ihren graziösen Händen, Ihrer weichen Haut bis zu Ihrem lieblichen Gesicht mit diesen Lippen, die zu küssen ich mich sehne. Ich werde Sie immer verehren, meine Geliebte.«

Pamela hätte fast den Schritt verfehlt, aber Lord Brants kräftiger Arm lag um ihre Taille, und seine Hand hielt die ihre fester und verhinderte, daß sie aus dem Rhythmus kam. »Mylord«, hauchte sie erschrocken. Er lockerte seinen Griff, damit er ihr

Gesicht sehen konnte, und sie wünschte, sie würde sich nicht dazu gezwungen fühlen, ihm in seine hypnotischen Augen zu blikken. Sie hielten sie noch stärker gefangen als seine Arme. Erschrocken sah sie, daß seine gewöhnlich zynische Miene vollständig verändert war. Auf seinem Gesicht spiegelte sich eine Mischung aus Begierde und Wärme, und seine grauen Augen schienen sie fast anzuflehen.

Als er ihr erlaubte, sich ein wenig mehr von ihm zu lösen, legte sich die gewohnte Maske wieder über sein Gesicht, und er sagte in seinem normalen, spöttischen Tonfall: »So würde ich Ihnen meine Liebe erklären, wenn — hmmm —, wenn ich das jemals tun sollte. Vielleicht geben Sie Miss Powell eine Anweisung? Ich bin sicher, Sie wüßten genau, was Sie zu Lord Westcott sagen würden, nicht wahr?«

Pamela kam es so vor, als stünde ihr Kopf in Flammen. Was meinte er wirklich damit? Ahnte er, daß sie Luke liebte? Nein, das konnte nicht sein, da sie immer so sehr darauf geachtet hatte, es zu verbergen. Und doch war da seine Bemerkung in der Kutsche an jenem Morgen, die darauf hindeutete, daß er wußte, sie wünschte, Luke wäre mehr als ihr alter Freund. Sie zwang sich dazu, leichthin zu sagen: »Zweifellos könnte ich das tun, aber es würde überhaupt nichts nützen. Lord Westcott nimmt niemanden zur Kenntnis außer Lady Cynthia. Lizbeth würde eine Enttäuschung bevorstehen, was immer ich ihr auch für Anleitungen gäbe. Sie kann ebensogut über Pferde sprechen, denn dann hat sie wenigstens einen Teil seiner Aufmerksamkeit. Er ist genauso verliebt in das Thema wie sie.«

Sie hielt inne und sah ihm in die Augen, wobei ihre Miene ein wenig herausfordernd war. Er nickte, als akzeptierte er ihre Antwort, und drang nicht weiter in sie.

Pamela war erleichtert, als er über andere Dinge zu sprechen begann, aber trotzdem konnte sie seinen begierigen, flehentlichen Gesichtsausdruck nicht vergessen oder die Worte, die er ihr ins Ohr geflüstert hatte, und ebensowenig seine leidenschaftliche, belegte Stimme. Sie hatte überhaupt nicht seinem gewöhnlich sarkastischen, ruhigen Tonfall geähnelt. Entweder war Lord Brant ein hervorragender Schauspieler, oder er liebte sie tatsächlich. Das letztere zu glauben, fiel ihr sehr schwer, und doch — war dies der gleiche, kalte Mann, der vor zwei Jahren um ihre Hand angehalten hatte? Sie war froh, als der Walzer endete. Auf ihre Bitte hin führte sie der Graf zu Lady Frances. Nach wenigen Worten verbeugte er sich und zog sich zurück.

Lady Frances lächelte, als sie den Gesichtsausdruck ihrer Freundin sah, während Lord Brant davonschlenderte. Amüsiert sagte sie: »Wenn ich neugierig wäre, liebe Pamela, würde ich fragen, was um alles in der Welt hat der Graf zu dir gesagt, daß du in einem solch seligen Zustand bist? Du siehst aus, als hätte er dir die schönste Liebeserklärung gemacht. Aber das ist auf einer überfüllten Tanzfläche ganz unmöglich.«

Pamela öffnete den Mund, um etwas zu erwidern, aber Lady Frances kam ihr zuvor. »Nein, nein, gib dir keine Mühe, es abzustreiten, Liebste. Ich sah in seinen Augen deutlich ein Leuchten, und du bist verdächtig errötet. Aber da ich Klatsch verabscheue, frage ich nicht weiter.«

»Pauline, ich kann es nicht glauben«, sagte Pamela und ignorierte völlig die noble Zurückhaltung ihrer Freundin. »Es geschah alles unter einem Vorwand, aber ... aber kann es sein, daß er nach dieser langen Zeit ... oder vielleicht zieht er mich nur auf und hofft, daß ich mich in ihn verliebe, damit er mir meine Zurückweisung heimzahlen kann ... Nein, nein, eine solche Gemeinheit traue ich ihm nicht zu. Ich muß es mißverstanden haben. Es war vielleicht nur ein Scherz von ihm, und ich nehme seine Worte zu ernst, aber trotzdem ...«

Lady Frances lachte und drückte Pamelas Hand. »Dummkopf! Du bist blind für jeden Mann außer Lord Westcott! Ich vermute, der Graf ist sehr verliebt in dich, und er kennt seinen Rivalen genau, der arme Mann.«

Pamela runzelte die Stirn. »Benehme ich mich so auffällig, Pauline? Ich war sicher, es bliebe mein Geheimnis, denn ich habe Luke niemals irgendwie anders behandelt als meine zwei Brüder.«

»In dieser Hinsicht bist du schuldlos. Aber nicht einmal du kannst immer deine Augen, deine Gesichtsfarbe oder deine Miene unter Kontrolle halten. Ich dachte, nur deine Mutter und ich wüßten es, aber vielleicht kann ein Mann, der dich liebt, es erraten. Genau wie du kann er seinen Gesichtsausdruck nicht immer beherrschen, wenn er diejenige ansieht, die er verehrt.«

Pamela machte ein erschrockenes Gesicht, und Pauline drückte ihre Hand. »Es ist so schade, er wäre ein guter Gatte für dich, und du wärst ein Segen für ihn und könntest ihn hinter seiner Mauer aus Zynismus hervorziehen, hinter der er sich verbirgt.«

»Aber du verstehst nicht, Pauline! Der Graf ist unfähig zu lieben. Vor zwei Jahren wählte er mich aus, weil er glaubte, es sei für ihn an der Zeit zu heiraten oder weil wir unserer Herkunft nach zueinander passen oder einfach deshalb, weil er mich bewunderte und ich ihn niemals langweile. Er liebt mich nicht mehr als ich ihn.« Pamela hielt inne, und dann flüsterte sie: »Ich kann ihn nicht lieben, Pauline. Ich mag ihn und verehre ihn, aber das ist auch alles.«

Lady Frances unterdrückte eine scharfe Erwiderung, daß Pamela vollkommen schwachsinnig sein müsse, wenn sie nicht sehen könne, daß sie sich für einen Mann begeisterte, der ihrer nicht würdig war. Aber sie wußte aus Erfahrung, daß es niemals einen Sinn hatte, wenn man verliebten Männern oder Frauen sagte, daß ihre Leidenschaft irregeleitet war. Man entfremdete sie sich höchstens dadurch.

Sie wollte Pamela Sheridans Freundschaft nicht verlieren, denn sie spürte, daß sie die Schwester war, die sie selbst nicht gehabt hatte. Trotzdem wünschte sie, das Mädchen könnte sehen, daß unter Lord Brants kühlem, distinguiertem Äußeren ein Herz schlug, das so warm und leidenschaftlich war, wie es sich eine Frau nur wünschen konnte, und daß es, wenn ihre Vermutung zutraf, nur für Miss Sheridan schlug.

Sie wechselte das Thema und begann das Kleid ihrer Freundin zu bewundern, und schon war das gefährliche Thema abgeschlossen, obwohl keine der beiden Damen es vergessen hatte.

Pamela tanzte wieder mit Luke, mit ihrem Bruder und mit mehreren anderen Herren ihrer Bekanntschaft. Sie fürchtete den Tanz vor dem Essen und betete darum, es möge nicht noch ein Walzer sein, obwohl sie auf irgendeine widersinnige Art und Weise feststellte, daß sie begierig darauf wartete. Sogar Lukes geflüsterte Geständnisse, daß Cynthia ihm zwei Tänze geschenkt hatte, und seine aufgeregte Wiedergabe jedes Wortes, das sie ihm gesagt hatte, konnte sie nicht ablenken.

Von seinem Platz in einer Gruppe von Herren aus beobachtete Lord Brant sie mit schmalen, nachdenklichen Augen. Sie schien nicht mehr so fröhlich zu sein wie vorher, eher ein wenig still. Ich habe Ihnen, meine liebe Miss Sheridan, etwas zum Nachdenken gegeben, nicht wahr? dachte er. Über etwas anderes als diesen wohlgestalteten Nichtsnutz, der Ihnen ständig im Kopf herumgeht! Der Graf verschränkte die Arme und lehnte sich gegen die mit Brokat bespannte Wand, und seine Miene wurde kalt und bedrohlich.

Pamela — ja alle Anwesenden — wären verwundert gewesen, wenn sie gewußt hätten, mit was für einem verborgenen Zorn der Earl of Brant Luke Westcott betrachtete. Es entsprach nicht seiner Art, denn Pamela hatte seinen Charakter sehr gut definiert, als sie ihn mehr als einen Zuschauer denn als einen Beteiligten am Leben bezeichnet hatte. So war er bis vor zwei Jahren gewesen. Und dann hatte er sich zu seiner eigenen großen Überraschung in Pamela Sheridan verliebt. Er hätte es nie für möglich gehalten, daß er noch einmal lieben würde nach der großen Enttäuschung, die er neun Jahre zuvor erlebt hatte. Damals war er noch der einfache Mr. John Pearson gewesen, denn sein Onkel, der Graf, und sein Vetter waren beide noch am Leben gewesen, und die Chance, daß er je den Titel erben würde, war äußerst gering gewesen.

Da er niemals darauf gehofft hatte, war er ganz zufrieden mit seinem kleinen Besitztum gewesen, seinem ansehnlichen Erbe und dem ruhigen Leben auf dem Land.

Aber als er dreiundzwanzig wurde, war eine Miss Hungerford in der Nachbarschaft den Sommer über zu Besuch gekommen, und er hatte sie auf einer Gesellschaft kennengelernt. Die junge Dame war schön, anmutig und geistreich gewesen. Sie hatte Mr. Pearson erlaubt, mit ihr zu tanzen und sie zu unterhalten, und sie hatte mit allen Anzeichen der Genugtuung beobachtet, wie aus seiner Bewunderung tiefe Liebe wurde. Aber als er sie bat, ihn zu heiraten, nachdem er alle seine Herzenssehnsüchte vor ihr ausgebreitet hatte, hatte sie nur gelacht. Miss Hungerford, die grausam und herzlos war, hatte ihn sogar verhöhnt, weil er so vermessen gewesen war, zu glauben, daß er, ein bloßer Landedelmann ohne Titel oder Vermögen, jemals nach ihrer Hand streben konnte. Sie behauptete, er habe sie beleidigt, denn sie sei weit über ihn erhaben. Dann erklärte sie ihm, sie sei mit einem wohlhabenden Peer verlobt und hätte sich nur auf einen kleinen Flirt mit ihm eingelassen, um sich die Zeit zu vertreiben. John Pearson war als gebrochener Mann weggegangen, und ihr ungläubiges Lachen über seine Anmaßung hallte ihm in den Ohren. Er schwor sich, daß er nie wieder einer Frau erlauben würde, Macht über ihn zu gewinnen, aus welchem Grund auch immer.

Seit damals war er in seiner schlechten Meinung über die Frauen noch bestärkt worden. Die Selbstsucht und Kleinlichkeit seiner Mutter ebenso wie die ständigen Forderungen seiner verwöhnten jüngeren Schwester nach mehr Kleidung, mehr Partys, mehr von allem, als er ihr geben konnte, hatte nichts dazu beigetragen, seine Überzeugung zu ändern, daß alle Frauen seicht, töricht und falsch seien.

Nachdem sein Onkel gestorben und sein Vetter knapp ein Jahr später von einem Fieber hingerafft worden war, wurde er der Earl of Brant. Als solcher erlebte er nicht nur nichts, was seine Ansicht über das weibliche Geschlecht geändert hätte, sondern seine schlechte Meinung wurde noch bestätigt. Jetzt wurde ihm geschmeichelt und der Hof gemacht wegen seines Titels und Vermögens, und er zog sich noch mehr in sich selbst zurück. Er wurde kalt, sarkastisch und unverbindlich. Er sagte sich, er würde auf der Hut bleiben, damit er nicht zweimal den gleichen Fehler beging. Deshalb war er überrascht, als er trotz seiner Vorsichtsmaßnahmen feststellte, daß sein künftiges Glück von einem Paar goldgefleckter brauner Augen abhing, die ein wenig schräg standen in einem reizenden, ovalen Gesicht, und von ihrem warmen Leuchten. Pamela Sheridan war nicht wie die anderen Frauen, dessen war er sicher.

Da er sie von ganzem Herzen liebte und sich danach sehnte, sie zu seiner Frau zu machen, hatte er sich dazu gezwungen, sehr langsam und vorsichtig vorzugehen, um sie nicht zu erschrecken. Er hatte sich vor Augen gehalten, daß sie erst zweiundzwanzig Jahre alt und daher fast noch ein Mädchen war. Außerdem war sie kühl und elegant. Er wußte, er mußte sich beherrschen. Wie sehr er sich auch danach sehnte, sie in die Arme zu nehmen und zu küssen, bis sie atemlos und fügsam war.

Deshalb war er höflich zu ihr gewesen, besorgt um ihr Wohlergehen und hatte sie auf eine unaufdringliche, ruhige Art und Weise umworben. Er hatte ihr nicht seine Leidenschaft gezeigt oder auch nur einen einzigen verzehrenden Blick zugeworfen, der ihr gezeigt hätte, daß ihr und nur ihr allein seine ganze Liebe gehörte.

Als sie ihn zurückgewiesen hatte, freundlich, aber bestimmt, war er wie betäubt gewesen. Er hatte nicht vorgehabt, sie an jenem Tag bei der Picknick-Party zu fragen, aber der Anblick ihres reizenden, lachenden Gesichts und das Gefühl, wie ihre Hand leicht auf seinem Arm gelegen hatte, als sie am Ufer der Themse entlanggeschlendert waren, hatte ihn veranlaßt, alle Vorsicht in den Wind zu fegen. Er hatte sich sofort unter Kontrolle genommen und das Thema gewechselt, obwohl ihm ihre Worte fieberhaft im Geist herumgegangen waren. Warum, warum hatte sie seinen Antrag abgelehnt? Es hatte so ausgesehen, als möge sie ihn — nein, mehr als das. Oft hatte er gespürt, wie sich seine Stimmung gehoben hatte, wenn sie ihm in die Augen sah und sie gemeinsam über eine dumme Bemerkung, die in ihrer Hörweite geäußert wurde, lächelten oder über ein erheiterndes Vorkommnis in der höheren Gesellschaft. Wenn sie sich miteinander unterhielten, entnahm er dem Funkeln ihrer Augen, daß sie es genossen hatte, es ihm an Witz gleichzutun. Wie konnte er sich so irrren?

Aber nach ihrer Ablehnung hatte er es nicht über sich gebracht, sich von ihr zurückzuziehen, obwohl er wußte, daß er es um seines Seelenfriedens willen hätte tun sollen. Deshalb hatte er sie ein paar Abende später mit Lord Westscott beobachtet, der gerade von den Bermudas zurückgekehrt war.

Der Graf sah, wie ungezwungen sie sich dem jungen Mann gegenüber benahm, aber er hatte auch für eine kurze Sekunde ihr Herz in ihren Augen gesehen, als Mylord sich abwandte, um mit einem ihrer Brüder zu sprechen. Daß sie einen anderen Mann so ansehen konnte, gab ihm das Gefühl, als wäre er erdolcht worden.

Und noch schwerer zu verstehen war es, weshalb Lord Westcott weder zu wissen noch darauf zu achten schien, daß ihm ihre ganze Liebe gehörte.

Verzweifelt war John Pearson weggefahren, aber als die Monate verstrichen, stellte er fest, daß auch dies keine Lösung gewesen war. Seine Liebe zu ihr verblaßte nicht. Egal, wohin er ging oder was er tat, Pamela war immer bei ihm.

In diesem Frühjahr hatte er der Versuchung nicht widerstehen können und war nach London zurückgekehrt. Er wußte, daß Miss Sheridan immer noch ledig war. Deshalb war es klar, daß der junge Mann, nach dem sie sich sehnte, von ihrer Bewunderung immer noch nichts bemerkt hatte. Oder vielleicht lag es daran, daß sich ihre Gefühle für ihn geändert hatten? Vielleicht habe ich immer noch eine Chance, hatte er sich gesagt, als er in die Stadt gefahren war und die Kilometer gezählt hatte, die sie ihm näherbrachten.

Jetzt wußte er, daß dies nicht der Fall war. Obwohl sie ihre Gefühle niemals in auffälliger Weise verraten hatte, konnte Miss Sheridan die Tatsache nicht verbergen, daß sie immer noch Luke Westcott liebte. Nicht vor einem Mann, der sie so aufmerksam studierte und der so genau jeden Ausdruck beobachtete, der sich auf ihrem geliebten Gesicht zeigte.

Er fragte sich, was mit dem Viscount los war, daß er selbst es nicht bemerkte. War er so gefühllos, so unaufmerksam? Der Graf hatte von einem Freund in seinem Club gehört, daß Lord Westcott schwer verschuldet war. Rodney Horton hatte ihm kopfschüttelnd erzählt: »Er lebt jetzt schon seit einigen Jahren auf großem Fuß. Ich stelle mir vor, der Tag der Abrechnung ist gekommen. Ich frage mich, warum er nicht heiratet und sein Vermögen einbringt«, hatte Horton geschlossen, ohne zu wissen, welche Furcht er im Herzen seines Freundes weckte.

Nun schien es so, daß es genau das war, was der sorglose junge Peer beabsichtigte. Der Graf kam zu dem Schluß, daß er herausfinden mußte, was vorging. Er hatte Luke Westcott oft in Gesellschaft der Damen Sheridan gesehen, aber er hatte auch gesehen, wie rasch Pamela ihm Lady Cynthia Warren vorgestellt hatte. Warum hatte sie das getan? fragte er sich. Es war ein Mysterium, aber er war sicher, daß er es mit der Zeit enthüllen konnte.

Und wer hatte vorgeschlagen, daß Westcott in diesem Frühjahr bei den Sheridans wohnen sollte? War es Lady Sheridan gewesen? Sie hatte ihm praktisch rundheraus gesagt, daß ihr der Viscount als Schwiegersohn willkommen wäre. Oder hatte Pamela ihre Mutter darum gebeten, den Mann, den sie liebte, einzuladen?

Der Graf runzelte die Stirn, als er sich dies überlegte. Wenn Lord Westcott ständig in ihrer Nähe war, würde es Pamela leichterfallen, ihn wissen zu lassen, daß sie nicht zögern würde, seinen Antrag anzunehmen. Hilfloser Zorn stieg in ihm auf. Dieser Mann war einer so vortrefflichen Frau wie Pamela Sheridan nicht würdig. Sicher, er sah gut aus, aber der Graf glaubte nicht, daß er sie glücklich machen würde. Denn auf seine Art war Westcott ebenso selbstsüchtig und egoistisch, wie Miss Hungerford es gewesen war. Warum liebte ihn Pamela immer noch, da seine Mängel doch so offenkundig waren?

Aber sie liebte ihn tatsächlich. Lord Brant wußte nicht, was er dagegen tun konnte. Auch wenn er sich vornahm, sie nicht kampflos aufzugeben, gleichgültig, was für Kriegslisten er anwenden mußte. Und diesmal würde er ihr seine Liebe deutlicher zeigen, sooft er die Möglichkeit dazu bekam. Mit kühler Zurückhaltung hatte er nichts gewonnen. Vielleicht würde nacktes Verlangen sie überzeugen. Er war froh, daß er während des Walzers die Gelegenheit gehabt hatte, ihr eine kleine Probe davon zu geben.

Er wurde in die Gegenwart zurückgerufen, als Lord Alvanley fragte, was mit ihm los sei, weil er Mr. Hortons zweimal gestellte Frage nicht gehört hatte. Aber er konnte sich Pamela Sheridan nur dadurch aus dem Kopf schlagen, daß er der Tanzfläche den Rücken zuwandte.

Lady Sheridan, die mit einigen Freundinnen zusammensaß, beobachtete Luke und ihre Tochter ebenso aufmerksam wie der Graf. Sie war froh, als sie sah, daß Luke sich so eifrig mit Pamela unterhielt. Aber seine Miene hatte ihr nicht gefallen, als Lady Cynthia seine Tanzpartnerin gewesen war. Wenn es irgendein anderer gewesen wäre als der gute Luke, so hätte sie gesagt, er sähe so verliebt aus, daß er wie ein Trottel erschien. Und obwohl sich Lady Cynthia niemals unschicklich benahm, war es Lady Sheridan so vorgekommen, als behandelte sie Luke wärmer als irgendeinen anderen ihrer Verehrer. Sie preßte die Lippen zusammen. Cynthia Warren sollte nicht das künftige Glück ihrer Tochter zerstören, nicht, wenn sie etwas dabei zu sagen hatte. Und egal, was Pamela dachte, sie würde einen Weg finden, um Luke von der wonnigen, kleinen Blondine zu trennen, und wenn es das letzte war, was sie jemals tat.

Sie blickte sich in dem überfüllten Ballsaal um und freute sich, als sie auf der anderen Seite Lord und Lady Warren allein beisammensitzen sah. Sie entschuldigte sich und ging zu ihnen hinüber und versuchte, sich den Anschein tiefer Besorgnis zu geben.

Das Ehepaar Warren war nicht so beliebt wie ihre Tochter. Erstens waren sie nicht annähernd so attraktiv. Manche Leute waren sogar der Ansicht, Lady Warren sei ihrem Gatten vor vielen Jahren untreu gewesen, denn wie konnte so ein Paar häßlicher Entchen solch einen prächtigen Schwan hervorbringen? Sie waren beide klein und untersetzt, mit einfachen, blassen Gesichtern und mausbraunem Haar, und sahen eher wie Bruder und Schwester aus als wie Gatte und Gattin. Lord Warren wußte wenig zu sagen, und Lady Warren noch weniger, sofern das Gespräch sich nicht um ihr einziges, schönes Kind drehte. Bei jeder Party, bei jeder Gesellschaft saßen sie zusammen an der Wand und wandten keinen Blick von dem engelhaften Wesen, das ihnen irgendwie geboren worden war. Wie ein paar Wachhunde behüteten sie eifersüchtig ihren kostbaren Schatz. Sie musterten aufmerksam jeden Mann, mit dem Cynthia tanzte oder sprach. Gelegentlich beugten sie sich zueinander hinüber und flüsterten miteinander. Die Gesellschaft überließ die beiden gern sich selbst, denn da sie an nichts anderes dachten als an ihre Tochter, waren sie außerordentlich langweilig. Es war ein Wunder, daß Lady Cynthia nicht eingebildet und arrogant geworden war, denn sie hatten ihr niemals einen Wunsch abgeschlagen und hoben sie fortwährend in den Himmel. Aber trotz ihrer Verehrung, oder vielleicht gerade deswegen, blieb sie ein sanftmütiges, nettes, bescheidenes Mädchen.

Lady Warren kannte sehr gut den Ehrgeiz ihrer Tochter, einen Herzog zu heiraten, und sie war völlig einverstanden damit. Nicht, als ob sie glaubte, daß überhaupt irgendein Mann ihrer würdig wäre. Aber da eine Ehe nun einmal unvermeidlich war, mußte Cynthias Gatte vom höchsten Rang sein. Lady Warrens stärkstes Gefühl war ein heftiges Bedauern darüber, daß George III. oder der Regent nicht einen Prinzen im passenden Alter besaß. Denn sie fand wie Pamela, daß königliches Geblüt noch angemessener wäre. In der vergangenen Saison hatte sie Cynthia von mehreren unwürdigen jungen Herren abgeraten, und sie freute sich, daß ihre Tochter keineswegs abgeneigt war, jede Verbindung abzubrechen, die ihre Eltern nicht billigten. Ihr war nicht bewußt, daß dies nicht auf töchterlichen Gehorsam zurückzuführen war, sondern auf Cynthias Gleichgültigkeit gegenüber ihren Verehrern.

Nun lächelten die Warrens dünn, als Lady Sheridan sie begrüßte und neben ihnen Platz nahm. Doch es dauerte nicht lange, bis ihre geflüsterten, vertraulichen Mitteilungen Lord Warren die Stirn runzeln und rot anlaufen ließen und Lady Warren ihr Taschentuch umklammerte und mit gequälter Miene auf dem Stuhl nach vorn rutschte, während sie versuchte, den Blick ihrer Tochter auf sich zu lenken. Lady Sheridans Miene war heiter und beschwingt, als sie endlich wegging. Aber sie ließ zwei gleichermaßen entsetzte Eltern zurück. Wenn sie irgendwelches Bedauern über die Art und Weise empfand, wie sie Luke herabgesetzt hatte — sie hatte seine ungeheuren Schulden erwähnt, die es notwendig machten, daß er Geld heiratete, und dies so rasch wie möglich, seinen unsteten Charakter, seine Liebe für ständiges Vergnügen und seine unzähligen Liebschaften — so sagte sie sich, daß es einer guten Sache diente. Außerdem würde er es niemals erfahren.

Pamela schlief am nächsten Morgen lange, denn sie hatte eine Weile gebraucht, bis sie endlich eingeschlafen war. Zum ersten Mal hatte das Gesicht, das ihr beim Aufwachen in den Sinn kam, keine hellbraunen Augen und kein tiefes Grübchen. Statt dessen schienen sie Lord Brants graue Augen und sein wissendes Lächeln zu verspotten, und sie runzelte die Stirn. Sie griff nach der Klingel, um ihr Mädchen zu rufen. Doch dann zögerte sie und sank in ihre Kissen zurück, um die Ereignisse des vergangenen Abends noch einmal zu durchdenken.

Der Graf war pünktlich erschienen, als der Tanz vor dem Essen angekündigt wurde, aber während des ganzen Tanzes hatte er mit keinem Wort oder einem Blick seine früheren geflüsterten Liebesbeteuerungen wiederholt. Pamela sagte sich, daß sie froh darüber war, aber jetzt fragte sie sich, ob sie nicht doch darauf gewartet hatte. Sie war enttäuscht gewesen, als er sie zu einem großen Tisch mit Bekannten führte, anstatt einen Tisch für zwei zu suchen, und sie schalt sich selbst wegen ihrer Gefühle. Die lebhafte Gruppe hatte sich über die jüngsten Schauspiele und die Oper unterhalten, über ein Konzert mittelalterlicher Musik und die letzten politischen Neuigkeiten und die neuesten *on dits.* Es war fesselnd, witzig und lebhaft zugegangen, aber trotzdem hatte sie ein leichtes Bedauern empfunden. Bei dem einzigen privaten Gedankenaustausch zwischen ihnen hatte Lord Brant erwähnt, daß er eben Jane Austens Buch zu Ende gelesen hatte und ihre Meinung darüber teilte. Seine grauen Augen strahlten, als er gestand, daß auch er das Bedürfnis gehabt hatte, die Heldin zu schütteln, weil sie so beschränkt und nicht die arme kleine Fanny war. Pamela mußte jetzt daran denken, wie sie gelacht hatte, wobei sie ein merkwürdiges Gefühl überkam, daß er das Buch nur deshalb gelesen hatte, um mit ihr darüber sprechen zu können.

Alle diese widersprüchlichen Gedanken ergaben keinen Sinn, sagte sie sich. Sie benahm sich einfach lächerlich. Und doch erinnerte sie sich, wie ihre Blicke sich für einen Augenblick völliger Übereinstimmung getroffen hatten, als Lady Yates sich begeistert über den neuesten Liebesroman geäußert hatte, der von einem böhmischen Spukschloß und einem sehr, sehr bösen Prinzen handelte.

Jetzt seufzte Pamela. Der Graf war mehr als ein angenehmer Gesellschafter; er war witzig und intelligent. Ja, sie hatte vor ihm noch keinen Mann kennengelernt, der so viel über Kunst, Musik und Literatur wußte; in seiner Gesellschaft verging die Zeit in der Tat sehr rasch. Aber abgesehen von seinem brillanten Geist war er auf eine Art und Weise liebenswürdig, die man in der höheren Gesellschaft niemals vermutete. Diese ruhige Stimme mochte wohl spotten, aber sie verletzte nie absichtlich. Pamela wußte, er hätte Lady Yates' ganze Freude an dem Abend verderben können, indem er eine spitze Bemerkung über ihren literarischen Geschmack äußerte. Aber er hatte geschwiegen. Nur Pamela entnahm diesem einen, vielsagenden Blick, was er über den Roman dachte, und sie teilte vollständig seine Meinung.

Als sie endlich nach ihrem Mädchen läutete, fragte sie sich, ob sie und Luke jemals so miteinander übereinstimmen würden, und sie runzelte ein wenig die Stirn. Wie betäubt erkannte sie, daß sie in vieler Hinsicht wünschte, Luke würde dem Grafen ähneln. Aber dann tadelte sie sich wegen ihres Wankelmuts. Wenn Luke sich in sie verliebte, dann war sie sicher, daß er ebenso aufmerksam und liebenswürdig zu ihr wäre wie Lord Brant. Und vielleicht würde er, wenn noch ein paar Jahre vergingen, ruhiger und ebenso geistreich und gebildet sein wie dieser.

Sie glaubte, den Grafen ungläubig über einen solchen Optimismus lachen zu hören. Da warf sie die Bettdecke zurück und war entschlossen, sich solche verräterische Gedanken aus dem Kopf zu schlagen.

Als sie zum Fenster ging um zu sehen, was für ein Tag es zu werden versprach, sagte sie sich, daß es ihr nichts ausmachen würde, selbst wenn Luke sich niemals änderte, weil sie ihn genau so liebte, wie er war.

Sechstes Kapitel

Pamela und Lady Frances gingen an jenem Nachmittag zur Royal Academy, um sich die neueste Ausstellung anzusehen. Pamela wußte nicht, ob sie froh darüber war oder ob es ihr leid tat, daß sie keine Gelegenheit hatte, über den Ball zu sprechen. Denn die Gemälde waren ausgezeichnet, und die beiden Frauen waren bald so aufmerksam in ihre Betrachtung vertieft, daß Pamela völlig von ihrem Problemen mit Luke und dem Grafen abgelenkt war.

Als sie sich später verabschiedeten, sagte Pauline, sie freue sich darauf, Pamela auf dem Tanzabend bei den Powells wiederzusehen. Pamela, die sich ein wenig verspätet hatte, lief ins Sheridan House, um sich für ihren Ausritt im Park mit ihren Brüdern und Luke umzuziehen. Ihr neues Reitkostüm war bernsteinfarben und erst am Tag zuvor geliefert worden. Sie freute sich darauf, es zu tragen. Es war das aufsehenerregendste Reitkostüm, das sie je gesehen hatte, enganliegend und mit Litzen *á la hussar.* Dazu trug sie einen großen, eleganten Hut, den sie schräg aufsetzte. Als sie angekleidet war, hielt sie einen Moment inne, ehe sie nach ihren Handschuhen und ihrer Reitgerte griff. Sie sah mit Wohlgefallen, wie das Reitkostüm ihre Figur betonte, ihre schmale Taille und ihren hohen Busen. Pamela war sicher, daß es Luke gefallen mußte. Es war unmöglich, daß er das Kostüm nicht bewundern würde, denn es hatte etwas an sich, das noch verführerischer war als ein tief ausgeschnittenes Ballkleid.

Aber als sie zu ihren Brüdern hinunterging, war Luke nicht da. Er hatte ihr auch keine Nachricht hinterlassen, wohin er gegangen war. Beiläufig berichtete ihr Mark, daß Luke schon etwas früher aufgebrochen sei.

»Du kannst sicher sein, daß ich ihm deswegen die Leviten gelesen habe«, sagte Mark über die Schulter, als er zum Hyde Park vorausritt.

Pamela hielt den Kopf hoch und versuchte, den Kloß in ihrem Hals zu ignorieren. »Nur weil Luke bei uns wohnt, heißt das noch nicht, daß er an allen unseren Unternehmungen teilnehmen muß, Mark«, erklärte sie und war stolz darauf, daß ihrer Stimme nicht eine Spur von Enttäuschung anzuhören war.

Matthew, der auf seinem Rotschimmel-Wallach neben ihr herritt, stimmte ihr zu. »Trotzdem wäre es netter von ihm gewesen, wenn er es Pam selbst gesagt hätte.«

»Das sehe ich nicht ein«, widersprach Mark. »Er hat es mir gesagt, und ich habe es ihr ausgerichtet. Weshalb also das Theater?«

Pamela wechselte das Thema. Sie war unwillkürlich traurig über Lukes Mißachtung und verletzt wegen seiner Manieren. Sie war zwar nur die ›gute alte Pam‹, aber sollte man nicht denken, daß er zu einem Mädchen freundlicher wäre, das er als seine Schwester betrachtete? Später wurde ihre Stimmung noch gedrückter, als sie ihn in der Kutsche der Warrens sah. Zwar war Lady Cynthias Mutter dabei und wirkte merkwürdig unfreundlich, wie Pamela fand, und dazu zwei andere Herren. Aber daß Luke von den Warrens überhaupt mitgenommen wurde, war ein so deutliches Zeichen der Gunst, daß Pamela alarmiert war. Konnte es sein, daß Cynthia vielleicht ihre Träume aufgegeben hatte, Herzogin zu werden? Hatte Luke sie in einem solchen Maß für sich eingenommen? Pamela beschloß, so bald wie möglich mit Pauline darüber zu sprechen und die junge Dame aufmerksam zu beobachten, wenn sie das nächste Mal in Lukes Gesellschaft war. Sie fragte sich, ob Lady Cynthia zu Powells eingeladen worden war. Doch dann schalt sie sich selbst deswegen. Lizbeth Powell war nicht blind oder dumm. Das war wenigstens ein Abend, an dem sie sich wegen der reizenden Silberblonden keine Sorgen zu machen brauchte.

Als sie im Park ankam, sah Matthew die Countess of Lowden und ihre Tochter mit ihrem Mädchen spazierengehen. Er entschuldigte sich, ritt zu ihnen hinüber und begrüßte sie. Pamela lächelte, denn Matthew schien von Lady Virginia sehr eingenommen zu sein.

Sie war überrascht, als Mark neben ihr fauchte: »Wenn ich geahnt hätte, daß diese Saison so flau wird, wäre ich in der Priory geblieben! Daß Luke befohlen wurde zu heiraten, war schon schlimm genug. Aber wozu muß er sich auch noch verlieben. Bah! Und wenn ich die Sache nicht mißverstehe, ist Matt im Begriff, in seine Fußstapfen zu treten. Sind die beiden verrückt geworden? Ich kann Luke nicht mehr überreden, zu einem Jagdausflug oder einem Hahnenkampf mitzukommen. Und er war bis jetzt noch nicht ein einziges Mal bei Jonathan's.«

»Das ist ja schrecklich, mein Lieber«, stimmte Pamela ernst zu. »Und wenn man an all die männlichen Aktivitäten denkt, die er versäumt! Ich mag es mir gar nicht vorstellen!«

»Aber was noch schlimmer ist«, fuhr Mark fort und ignorierte ihren Spott. »Luke will nicht mehr zu Jackson's gehen und nicht einmal mehr mit seinen alten Freunden Karten spielen. Ich glaube nicht, daß er auch nur auf ein einziges Pferd gesetzt hat, seit er in der Stadt ist. Man wird bald darüber reden. Das kann ich dir versichern!«

»Das ist bei Luke kaum zu glauben, nicht wahr?« stimmte Pamela wieder zu. »Aber man muß hoffen, daß dies nicht von Dauer ist. Es kommt so oft vor, daß Männer, wenn sie glauben, sie seien heftig verliebt, eines Tages aufwachen und feststellen, daß es ein Trugbild war. Dies könnte bei Luke sehr gut der Fall sein.«

Mark schien durch diese Analyse des Problems getröstet. Sogar konnte Pamela sich einreden, daß schon seltsamere Dinge geschehen waren, und alles würde vielleicht ein gutes Ende finden.

Nach nur zwei Runden um die Rotten Row schlug Mark vor, wieder nach Hause zu reiten. Es war so warm und schwül wie im Hochsommer, und Pamela konnte es Mark gut nachfühlen, als er seinen Hut abnahm und sich den Schweiß von der Stirn wischte.

»Verteufelt heiß für Mai, Pam«, beklagte er sich. »Vielleicht fahre ich zur Priory zurück. Was gäbe ich jetzt darum, wenn ich im See schwimmen könnte.«

Pamela nickte und wünschte, sie hätte ein leichteres Reitkostüm angezogen. Doch da fuhr der Earl of Brant in Mr. Hortons

Phaeton vorbei, und sie war froh, daß sie dies nicht getan hatte, so lästig es auch war. Er lächelte sie an und nickte beifällig, als er seinen Hut zog.

Er hatte ihr an diesem Morgen ein Bukett mit goldgelben, fast orangeroten Rosen geschickt. Sie dachte daran, wie enttäuscht sie gewesen war, weil nichts auf der Karte gestanden hatte, die den Strauß begleitete, außer der kleinen Zeichnung einer Birne. Als sie die leuchtende Farbe der Blumen bewunderte, war sie sicher, daß er sie an die Worte erinnern wollte, die er ihr während des Walzers zugeflüstert hatte. Als sie jetzt an das Bukett dachte, hob sich ihre Stimmung, die durch die Gedanken an Luke niedergedrückt worden war.

Sie war froh, daß sie sich ausruhen und einen ruhigen Abend zu Hause mit ihrer Mutter verbringen konnte, obwohl Luke und ihre Brüder sofort nach dem Abendessen ausgegangen waren. Sie hatte bemerkt, daß Luke bei Tisch nachdenklich gewesen war, und sie hatte sich gefragt, weshalb. Eigentlich hätte die Auszeichnung, als einer der wenigen Herren in der Warren-Kutsche ausfahren zu dürfen, ihn fast von Sinnen vor Glück machen müssen. Und doch war er geistesabwesend und für seine Verhältnisse unnatürlich ruhig gewesen. Sie dachte darüber nach, bis das Teetablett hereingetragen wurde, und hörte nicht einmal die Hälfte der atemlosen Rede ihrer Mutter.

Am Tag vor dem Tanzabend bei Powells war sie überrascht, als sie feststellte, daß sowohl Mark als auch Matthew beschlossen hatten mitzukommen, und sie hob verwundert die Augenbrauen, als Luke in der Kutsche Platz nahm. Lady Sheridan lächelte, weil sie alle ihre Lieben um sich versammelt hatte. Sie sorgte sich nicht im geringsten darum, daß durch das Erscheinen von drei stattlich gewachsenen Herren in ihrer Kutsche ihre Seidenröcke zerknittert wurden.

»Wie schön, liebster Mark, ich freue mich so, daß du mitkommst«, schwärmte sie.

»Es ist todlangweilig, ohne Matthew und Luke auszugehen, beschwerte sich ihr jüngster Sohn. »Da kann ich genausogut mit euch anderen den Galan spielen.«

Lady Sheridan lachte. »Lillian Powell wird im siebten Himmel sein, das schwöre ich, wenn so viele stattliche, begehrenswerte Männer ihre Gesellschaft zieren. Ich bitte euch alle, zerstört nicht ihre Illusionen und fordert Lizbeth zu einem Tanz auf.«

Mark schnaubte abfällig, als Pam sagte: »Du brauchst ihr keine blumigen Komplimente zu machen oder mit ihr zu flirten, Mark. Du kannst ruhig mit ihr über Pferde sprechen, stimmt's, Luke?«

Matthew lachte, aber Luke, der zum Kutschenfenster hinausstarrte, schien sie nicht gehört zu haben. Pamela, die ihm gegenübersaß, so daß ihre Knie einander berührten, wünschte, sie könne ihn fragen, warum er während der letzten paar Tage so geistesabwesend gewesen war. Er war am Tag nach ihrem Ausritt mit ihren Brüdern im Park in den Frühstückssalon gekommen und hatte sie für seine Verhältnisse recht bescheiden um Verzeihung gebeten.

Pamela hatte sich in seine Arme geworfen und ihn an sich gedrückt. »Es ist schon gut, Luke. Ich verstehe es«, hatte sie gemurmelt und dabei ihr Gesicht an seine grobe Tweedjacke gepreßt und die Augen geschlossen, damit sie seinen harten, muskulösen Körper spürte und den berauschenden Duft seiner Haut noch mehr genießen konnte.

Luke hatte sie weggeschoben und sie angesehen. »Nein, Matt hat recht, es war ungehörig von mir, aber du weißt, Pam, ich würde dich niemals absichtlich verletzen. Es liegt nur einfach daran, daß ich seit ein paar Tagen völlig aus dem Gleichgewicht bin.«

Dann hatte er geseufzt und war sich mit einer Hand durch die braunen Locken gefahren, ehe er geistesabwesend im Zimmer auf und ab ging.

Pamela hatte darauf gewartet, daß er sich ausführlich äußern würde. Aber schon nach ein paar Schritten im Zimmer hatte er sie verlassen, ohne ein weiteres Wort zu sagen. Fast so, als hätte er vergessen, daß sie anwesend war.

Es mußte an Cynthia liegen, dachte Pamela jetzt, als sie seine nachdenklichen Augen und seine herabgezogenen Mundwinkel sah. Sie wunderte sich selbst, als ihr bewußt wurde, wie leid es ihr tat, daß er unglücklich war. Aber sie sagte sich, daß es um so besser für ihn war, je eher er seine Verliebtheit überwand.

Pamela und ihre Mutter tauschten amüsierte Blicke aus, als sie bei Powells den Salon betraten. Dort war eine so kleine Gesellschaft versammelt, daß es ganz offensichtlich war, zu welchem Zweck der Tanz stattfand. Zwar war der Earl of Brant anwesend und das Ehepaar Frances und einige Damen und Herren aus der höheren Gesellschaft, aber es waren nur wenige junge Debütantinnen da. Und diese waren einfache Mädchen, die keinen Anspruch auf Schönheit erheben konnten. Die einzige, die Pamela bewunderte, war Lady Virginia Lowden. Pamela bemerkte, daß Matthew sofort zu ihr ging und daß das Mädchen errötete, als sie ihn begrüßte. Mark blickte sich mit einer belustigten Miene um, als er Lady Powell mit einer ihrer jüngeren Schwestern im Schlepptau auf sich zukommen sah, und er beeilte sich, zu seinem Bruder zu treten.

Der Abend war schwül, denn die Hitze, die sich während der letzten Woche über London gelegt hatte, hielt die Stadt immer noch fest im Griff. Pamela war begeistert, als sie sah, daß Lady Powell Lampen im Garten hatte aufstellen lassen, der neben dem Haus lag, und daß mehrere Stühle und Tische auf der Terrasse standen.

Als wäre die Ankunft der Sheridan-Sippe das Signal gewesen, die Festlichkeiten zu eröffnen, begann das Orchester zu spielen. Und wie auf dem Ball bei den Lowdens mußte Luke feststellen, daß er eine strahlende Lizbeth auf die Tanzfläche führte. An diesem Abend trug Lizbeth ein sehr kunstvolles Kleid aus rosarotem Satin, reich verziert mit Bändern und Krausen, vielleicht in der Hoffnung, die fragwürdige Aufmerksamkeit von Lord Westcott zu erregen. Sie sah in dem Kleid noch fülliger aus, als sie es war, doch ihre lächelnden Augen und glühenden Wangen verliehen ihr einen Hauch von Schönheit. Pamela beobachtete, wie Matthew sich vor Lady Virginia verbeugte, während Mark auf sie selbst zugeeilt kam. Er verneigte sich flüchtig und drängte sie fast zur Tanzfläche.

»Mein Gott, beeile dich, Pam! Der alte Drachen bringt jeden Augenblick ein anderes schreckliches Mädchen angeschleppt, mit dem ich tanzen soll!«

Pamela lachte und nahm seinen Arm, ein wenig enttäuscht darüber, daß der Graf sie nicht zuerst erreicht hatte, denn sie hatte gesehen, daß auch er in ihre Richtung sah. Jetzt, als er neben dem Ehepaar Frances Platz nahm, fragte sie sich, weshalb sie so froh darüber war, daß er keine andere Dame zum Tanz aufforderte.

Es wäre zuviel erwartet gewesen, daß Mark Sheridan Lady Powell vollständig hätte entrinnen können, und bis zur ersten Pause hatte er mit mehreren jungen Damen getanzt, die sie ihm zugeführt hatte. Sie war hartnäckig neben ihm stehengeblieben, bis er genötigt war, sie zum Tanz aufzufordern. Sein schönes Gesicht war voll verdrießlicher Falten, was noch stärker auffiel, wenn man ihn mit seinem verzückt lächelnden Bruder verglich. Luke schien sich wie in einem schlafwandlerischen Zustand zu befinden, selbst wenn er mit Pamela tanzte. Sie wollte, sie hätte ihn durchschütteln können.

Als der Abend voranschritt, war sie froh, daß sie sich zu ihrer Freundin Pauline und deren Gatten setzen und lebhaft mit dem Fächer wedeln konnte. Im Saal war es jetzt stickig, nicht nur durch die vielen Kerzen, die in den Wandleuchtern brannten, sondern auch wegen der tanzenden Menschen. Der Earl of Brant trat zu ihnen und verbeugte sich.

»Darf ich vorschlagen, daß wir uns auf die Terrasse zurückziehen, meine Freunde?« fragte er und hielt Pamela seine Hand hin. »Draußen ist es kühler, und ich bin sicher, Sie werden sich dort wohler fühlen. Ich habe Champagner für uns alle bestellt. Lady Frances — Freddie, alter Junge, begleitet ihr uns, damit Miss Sheridan das Erröten erspart bleibt?«

Pauline stand auf, und in ihren blauen Augen leuchtete der Schalk. »Komm mit, mein Lieber«, befahl sie. »Wir müssen wieder einmal die Rolle von Anstandspersonen spielen.«

Als der Graf unter einem kleinen vergoldeten Tisch für Pamela einen Stuhl hervorzog, bemerkte er: »Es ist hier draußen natürlich nicht wirklich kühler, Miss Sheridan. Ich fürchte, das ist eine Illusion. Es ist nur dunkler.«

Pauline ließ sich auf einen Stuhl nieder und fächelte sich Luft zu. »Ich habe nicht gewußt, daß es in London so früh im Jahr so heiß sein kann«, klagte sie. »Ich frage mich, was um alles in der Welt wir hier tun, wenn es so viel vernünftiger wäre, sich aufs Land zurückzuziehen.«

»Reisen wir morgen ab! Du brauchst nur ein einziges Wort zu sagen!« erwiderte Sir Frederick sehnsüchtig.

»Das ist doch sicher nicht dein Ernst, Freddie?« fragte der Graf und hob in vorgetäuschtem Entsetzen die Augenbrauen. »Die Stadt verlassen? Während der Saison?«

Sir Frederick grinste. »Warum nicht? Ich habe genügend Saisons mitgemacht, daß es mir ein Leben lang reicht. Wenn Pauline nicht darauf bestanden hätte, dann hätte ich mir nicht noch eine weitere aufgehalst.«

Sein rundes, gerötetes Gesicht strahlte, als seine Frau ihm mit dem Fächer auf den Handrücken klopfte. »Wie außerordentlich großmütig von dir, mein Lieber. Und doch glaube ich, du würdest es ebenso vermissen wie ich, wenn du nicht deine Freunde, die neuesten Theaterstücke und Ausstellungen sehen könntest. Siehst du, Pamela?« fragte sie und wandte sich an ihre Freundin. »Siehst du, wie Ehefrauen herabgesetzt werden? Es ist allein meine Schuld, daß wir uns so unwohl hier fühlen. Mir schaudert, wenn ich an die Strafe denke, die ich wegen meiner Unbesonnenheit werde erleiden müssen.«

Pamela und der Graf lachten, denn sie wußten sehr gut, daß Sir Frederick seine Frau liebte und ihr gern in allem ihren Willen ließ.

Der Graf nahm Pamelas Fächer und wedelte ihn sanft vor ihrem Gesicht hin und her. »Und Sie, Miss Sheridan? Fühlen Sie sich auch unwohl in der Stadt? Sie haben niemals diesen Eindruck gemacht. Sie wirken immer so beherrscht und kühl.«

Pamela lächelte ihn an. »Sehr hübsch, Mylord, und sehr unrichtig. Ich stimme Pauline zu. London ist in diesem Frühjahr wie ein heißer Backofen.«

»Dann bringe ich Sie weg«, sagte der Graf ruhig. Sie sah ihn rasch und ein wenig erschrocken an, und er fügte hinzu: »Wir werden alle zusammen nach Kent fahren. Wie Sie wissen, liegt Brant Hall nahe am Ärmelkanal, und die Seebrise wäre jetzt erfrischend. Ich werde eine Landpartie arrangieren, wenn ich sicher sein kann, daß Sie mitmachen.«

Sir und Lady Frances stimmten rasch und mit allen Anzeichen der Freude zu, aber Pamela war zurückhaltend, und ihre braunen Augen wirkten ein wenig beunruhigt. Obwohl sie John Pearsons Heim gern gesehen hätte, war die Einladung eine so große Ehre, daß sie fürchtete, er könnte falsche Schlüsse ziehen, wenn sie annahm. Außerdem wollte sie Luke — und Lady Cynthia — ungern allein in London lassen. Sie fragte sich gerade, wie sie die Einladung ablehnen könnte, als der Graf ihre Hand nahm und sagte: »Keine Sorge, Miss Sheridan, ich werde Ihre Mutter bitten mitzukommen, und Ihre Brüder ebenfalls. Nun lassen Sie mich sehen ... Wen sonst könnten wir noch dazu einladen?«

Seine grauen Augen leuchteten spöttisch, und Pamela biß sich auf die Unterlippe. Sie wollte Lord Westcott nicht vorschlagen, aber das wäre eine perfekte Lösung gewesen! Es würde ihn von der Göttlichen Cynthia trennen, und sicherlich würde sie auf dem Land in der entspannteren Atmosphäre einer kleinen Gruppen endlich seine Liebe gewinnen.

»Darf ich Lady Virginia vorschlagen, wenn Sie vorhaben, Matthew Sheridan einzuladen?« sagte Pauline und unterbrach diese schönen Träume. »Die beiden scheinen auf Wolken zu schweben, finden Sie nicht?«

»Und natürlich müssen wir Luke Westcott einladen«, sagte der Graf und erlöste freundlicherweise Pamela von ihrer Spannung. »Er ist ja ein so guter alter Freund aller Sheridans!«

»Das gibt eine ungerade Zahl, John«, sagte Sir Frederick. »Es sind zu viele Männer.«

»Es kann nie zu viele Männer geben, mein Lieber«, erwiderte seine Frau bestimmt, und der Graf lachte.

»Vielleicht sollte ich auch Lady Cynthia Warren einladen«, schlug er vor. Pamelas Herz stockte, aber sie konnte nichts gegen diesen Vorschlag einwenden.

»Ich glaube, dann wäre unsere Gesellschaft vollständig«, sagte der Graf. »Wir werden eine kleine, exklusive Runde sein. Außerdem möchte ich, daß Sie alle es bequem haben und sich bewegen können, wenn wir mit meiner Jacht ausfahren. Wir werden an der Küste picknicken, angeln und spazierengehen. Vielleicht könnten wir sogar einen Tanz im Freien veranstalten? Ich werde sehr glücklich sein, wenn ich Ihnen Brant Hall, seine Gärten und das ganze Besitztum zeigen kann.«

Pamela strich ihre Röcke glatt, und irgendwie spürte sie, daß er sie direkt ansah. Sie wagte nicht aufzublicken aus Furcht, er könne in ihren Augen die Enttäuschung darüber ablesen, daß die Göttliche Cynthia dabei sein sollte.

Ehe der Tanz vorüber war, hatte der Graf schon mit seinen Vorbereitungen begonnen. Er hatte Lady Sheridan beiseite genommen, und er hatte auch Pamelas Brüder und Lord Westcott gefragt. Das einzige glückliche Lächeln des Abends erhellte Lukes Miene, als er erfuhr, daß auch Lady Cynthia eingeladen werden sollte. Das war auch das einzige, worüber er während der Rückfahrt zur Charles Street sprach. Auch Matthew lächelte zufrieden, denn Lady Virginia hatte gesagt, sie würde mit Freuden kommen, falls ihre Mama es erlaubte. Nur Mark schien unzufrieden zu sein. Aber schließlich hatte er einen miserablen Abend verbracht, an dem er von einer Schreckschraube zur anderen geführt worden war, und seine wutschnaubende Beschreibung der Tanzpartnerinnen und ihrer Konversation und seine inbrünstige Weigerung, jemals wieder an einem solchen Tanzabend teilzunehmen, amüsierten seine Mutter und seine Schwester sehr.

Als die Kutschen drei Tage später die Stadt verließen, war Lady Cynthia allerdings nicht unter den Gästen, und dies war Lady Sheridan zuzuschreiben. Sie hatte keine Zeit verloren und am

Morgen nach dem Tanz so früh wie möglich die Mutter der jungen Dame besucht, um sie von der bevorstehenden Einladung des Grafen zu unterrichten und von den Gefahren zu sprechen, die sich daraus ergeben könnten.

»Ich bin sicher, Sie glauben mir, daß ich nur das Beste will, Lady Warren«, sagte sie zu der entsetzten Dame mit einem Seufzer. »Aber ob meine schwachen Bemühungen Erfolg haben, kann ich nicht sagen. Es ist so schwierig, die jungen Leute in der freieren Atmosphäre einer Landpartie zu beaufsichtigen. Und junge Männer sind so . . . so leidenschaftlich und impulsiv.«

Lady Warren stöhnte, und ihre Besucherin fuhr fort: »Und dann muß ich auch auf meine eigene Tochter achtgeben. Sie geht mir natürlich vor.«

Wenn Lady Warren nicht so sehr um Cynthias Ruf besorgt gewesen wäre, hätte sie sich wegen der unheilverkündenden Äußerungen Lady Sheridans gefragt, ob Pamela Sheridan vielleicht mannstoll war. Obwohl sie ganz gewiß niemals angenommen hatte, daß ein Mädchen, das den Spitznamen ›die Unerreichbare‹ trug, an einem so unerwünschten Charakterzug leiden könnte.

Jetzt preßte sie jedoch nur ihr Taschentuch vor den Mund und rief: »Oh, das ist ja furchtbar! Aber wenn Cynthia gern mitfahren würde, wüßte ich wirklich nicht, wie ich sie daran hindern könnte.«

Lady Sheridan dachte angestrengt nach. »Aber sie braucht doch gar nicht zu erfahren, daß sie eingeladen wurde. Ich bin überzeugt davon, Sie können die Einladung des Grafen abfangen — Sie kennen doch natürlich sein Wappen? Die Einladung wird wahrscheinlich heute vormittag eintreffen. Und dann können Sie für Ihre Tochter antworten und ablehnen, und niemand wird sich etwas dabei denken. Das versichere ich Ihnen.«

Lady Warren war erleichtert, obwohl sie immer noch unsicher war. Lady Sheridan fügte beruhigend hinzu: »In solchen Angelegenheiten ist eine kleine Ausflucht oft notwendig. Es wird unser Geheimnis bleiben, liebe Ma'am. Und es ist soviel besser, als das Risiko einzugehen, daß ich Ihnen Lady Cynthia vielleicht in irgendeiner Weise, äh — nicht mehr unbescholten zurückgeben kann.«

Lady Warren erschauerte vor Entsetzen und griff nach ihrem Riechsalz. Ungerührt fuhr Lady Sheridan fort: »Wir brechen übermorgen auf. Darf ich außerdem vorschlagen, daß Sie Ihre Tochter bis dahin von jeglichem Kontakt mit dem Viscount zurückhalten? Es wäre verhängnisvoll, wenn Luke die Einladung vor ihr erwähnen würde.«

Lady Warren sah noch eine Spur bekümmerter aus, wenn das überhaupt möglich war. »Aber wie soll ich das anstellen?« fragte sie.

»Vielleicht könnten Sie krank werden? Dann müßte Ihre Tochter zu Hause bleiben und Sie pflegen«, sagte ihre Besucherin lebhaft und fragte sich dabei, wie eine Frau mit so wenig Phantasie überhaupt in der Welt zurechtkam.

»Aber ich bin niemals krank«, erklärte Lady Warren.

Lady Sheridan seufzte ungeduldig. »Um so mehr Grund wird Lady Cynthia haben, sich um Sie zu kümmern, wenn etwas so Ungewöhnliches geschieht. Ich bin sicher, Sie werden es großartig meistern.«

Als Lady Sheridan sich verabschiedete und hinausging, gratulierte sie sich im stillen zu ihrer Klugheit.

Der Graf war ein wenig überrascht, wie steif Lady Warren seine Einladung an ihre Tochter ablehnte, aber er kannte die Familie nicht gut und nahm es deshalb kommentarlos hin. Er brauchte sich nicht lange zu überlegen, wen er an Cynthias Stelle einladen sollte, denn als er an diesem Nachmittag zu Lady Powell fuhr, um ihr für den Tanzabend zu danken, mußte er ihre Einladung zu einem gemeinsamen Ausritt ablehnen, indem er enthüllte, daß er mit Freunden aufs Land fuhr. Irgendwie hatte Lady Powell zu seinem großen Amüsement herausgefunden, daß Lord Westcott zu der Landpartie gehörte. Als sie sich voneinander verabschiedeten, hatte sie den Grafen dazu gebracht, ihre Tochter Lizbeth miteinzuladen.

Bis zum letzten Augenblick dachte Luke, Lady Cynthia würde

ihnen Gesellschaft leisten, und als er statt ihrer Lizbeth Powell sah, drückte seine Miene bittere Enttäuschung aus. Einen Moment lang dachte Pamela, er würde sich weigern mitzukommen. Aber nicht einmal Luke konnte gegenüber dem Earl of Brant und seinen Gästen so unhöflich sein. Er schwang sich in den Sattel, denn er und Mark ritten neben der Kutsche her, und würdigte Lizbeth auf ihrem schwarzen Hengst keines Blickes, so, als wäre sie gar nicht anwesend. Pamela war es sehr viel leichter ums Herz. Sie lehnte sich in die Polster zurück und bereitete sich darauf vor, Lady Virginia näher kennenzulernen, denn diese fuhr in ihrer Kutsche mit, und Pamela fragte sich, weshalb ihre Mutter so selbstgefällig wirkte.

Als sie sich von der Stadt entfernten, wurde die Luft frischer. Und als die Kutschen einen Tag später die Einfahrt zur Brant Hall nahe der Stadt Sandwich hinauffuhren, fühlten sich alle wesentlich wohler. Pamela ließ sich vom Grafen aus der Kutsche helfen, und sie sog tief die klare, nach Tang riechende Luft ein, während sie sich interessiert umblickte.

Brant Hall war ein ansehnlicher, regelmäßig angelegter Gebäudekomplex aus rosarotem Backstein. Das Haus war offensichtlich im Laufe der Zeit von den Vorfahren des Grafen erweitert worden, einer hatte hier einen Flügel angebaut, ein anderer dort eine Reihe von Terrassen, und ein weiterer einen gotischen Wachturm an der Ecke des Nordflügels. Trotz der unterschiedlichen Architekturstile paßte alles sehr gut zusammen, und obwohl das Haus ziemlich groß war, wirkte es heimelig und einladend. Pamela konnte die ausgedehnten Gärten sehen, die kurz vor der Blüte standen, und dahinter Wiesen mit Obstbäumen in voller rosaroter und weißer Blüte. Ihr süßer Duft lag in der Luft. Da war der Fluß, von dem der Graf ihr erzählt hatte, und weiter in der Ferne sah man den Ärmelkanal schimmern – eine große, blaugrüne Fläche, gesprenktelt mit Schaumkronen und ein paar wenigen weißen Segeln, die an den Horizont gemalt zu sein schienen.

»Wie wunderschön, Mylord!« rief sie. »Ich frage mich nur, wie

Sie es fertigbringen, etwas so Vollkommenes gegen den Schmutz und das Getriebe der Großstadt einzutauschen.«

Der Graf antwortete nicht sofort, und sie drehte sich um und blickte ihn an. Sie ertappte ihn mit einem glücklichen, warmen Ausdruck in seinem Gesicht und fand, daß ihn dies um Jahre jünger aussehen ließ.

»Es hat erst jetzt seine Vollkommenheit erreicht, Miss Sheridan«, sagte er.

Der Graf schien sich zur Ordnung zu rufen, und Pamela war froh, als er sich abwandte, um seinem Butler und den Dienern einige Anweisungen zu geben. Lady Sheridan drückte ihren Arm.

»Liebste Pamela, ist es nicht herrlich hier? Ich bin so froh, daß wir herkamen.« Dann fügte sie flüsternd hinzu: »Mache dir nichts aus Lukes finsterer Miene, meine Liebe. Er wird die Göttliche Cynthia bald vergessen haben, jetzt, da wir auf dem Land sind. Warte nur ab.«

Sie lachte und raffte ihre Röcke, als sie die Halle betrat, und bedeutete Pamela und Virginia, ihr zu folgen.

Nach einer erfrischenden Tasse Tee zerstreuten sich die Gäste, um auszuruhen und sich für das Abendessen umzuziehen. Pamelas Zimmer lagen zum Ärmelkanal hin, und sie öffnete die hohen französischen Fenster weit, um die Nachmittagsbrise hereinzulassen. Sie zog ihr Reisekleid aus und einen seidenen Morgenrock an, ehe sie auf den kleinen Balkon hinaustrat und sich auf einer Chaiselongue ausstreckte, die dort aufgestellt war. Nach ein paar Augenblicken hatte sie die warme, salzige Luft, das Summen der Bienen und das Vogelgezwitscher in einen erholsamen Schlaf gebracht.

Luke legte sein finsteres Aussehen an den folgenden Tagen nicht ab. Obwohl er nicht unfreundlich war, wenn er angesprochen wurde, ritt er oft allein aus und lehnte es ab, sich der übrigen Gesellschaft anzuschließen. Pamela beobachtete ihn mit einem leichten Stirnrunzeln, denn sein Verhalten grenzte gefährlich an Unhöflichkeit. Sie bemerkte, daß er auch zu viel trank, und ihr wurde es schwer ums Herz. Nur Mark schien ihm näherkommen zu können, und sie war froh, daß ihr jüngerer Bruder dabei war, obwohl sie fürchtete, daß er selbst nicht erwachsen genug war, um Luke zu einem schicklichen Betragen anzuhalten. Lizbeth Powell gelang es, die meiste Zeit an Lukes Seite zu sein, wenn sie in Gesellschaft waren, obwohl man nicht sagen konnte, daß er sie in irgendeiner Weise dazu ermutigte.

Nachdem Lady Sheridan ihr Ziel erreicht hatte, entspannte sie sich und schickte sich an, den Aufenthalt auf dem Land zu genießen. Der Graf schien erfreut. Doch ob das auf den Erfolg seiner Party zurückzuführen war oder darauf, daß Pamela in seinem Heim weilte und Luke Westcott sich schlecht benahm, war schwer zu sagen.

Drei Tage nach ihrer Ankunft vereinbarten Pamela und Pauline, sich die Zeit am Nachmittag damit zu vertreiben, indem sie die Nordfassade des Hauses zeichneten, und zwei Diener brachten ihnen Wolldecken und Gartenstühle. Eine Weile arbeiteten sie schweigend, aber Pamela konnte einen Seufzer nicht unterdrücken, als sie Luke wieder allein davongaloppieren sah. Ihre Freundin legte die Holzkohle hin, und ihr gutmütiges Gesicht war diesmal ernst.

»Er benimmt sich sehr schlecht, nicht wahr?« fragte sie scharf. »Wenn es für dich nicht so schmerzlich wäre, würde ich fast über ihn lachen, Pamela. Der einsame Liebhaber mit dem finsteren Blick und dem ständigen Verlangen nach Einsamkeit — was für eine Farce! Wer hätte je gedacht, daß aus Lord Westcott ein in sich gekehrter Byron-Held werden würde?«

Pamela wandte sich um und sah sie an. »Kann es sein, daß er sich ernsthaft in Lady Cynthia verliebt hat, Pauline?« fragte sie verblüfft. »Ich war sicher, das würde vorübergehen, aber jetzt ...« Ihre Stimme starb ab, und sie ließ ihr Skizzenbuch ins Gras fallen. »Vielleicht war es falsch, daß ich in der Priory seinen Heiratsantrag abgelehnt habe. Aber ich war so sicher, daß er mich schließlich so lieben würde wie ich ihn.«

Lady Frances schluckte eine Million Fragen hinunter — sie hatte von Westcotts Heiratsantrag nichts gewußt —, als Pamela fortfuhr: »Ich war der Meinung, daß ich seinen Antrag nicht annehmen sollte –, nicht, wenn ich für ihn immer noch nur ›die gute alte Pam‹ bin.«

Ihre braunen Augen betrachteten traurig das rosarote Backsteinhaus. »Wenn ich nicht so unzugänglich gewesen wäre, dann wäre ich jetzt die Viscountess Westcott. Mama hatte recht. Ich wollte zu klug sein und habe mich selbst aus dem Spiel gebracht.«

Dem Himmel sei Dank für kleine Gunstbezeigungen, dachte Pauline. Laut sagte sie: »Es scheint festzustehen, daß er sehr verliebt ist. Aber da dies das erste Mal ist, daß er sich diesem Gefühl hingibt, kann er es vielleicht noch einmal überwinden. Und du weißt, meine Liebe, Cynthia und ihre Eltern sind ganz versessen auf einen Herzog. Ich glaube nicht, daß seine Liebe Früchte tragen wird.«

Sie war erleichtert, daß Pamelas Stirnrunzeln verschwand, obwohl sie den Mann nicht schätzte, den ihre Freundin ausgewählt hatte, und ihn zum Teufel wünschte. Dann lachte sie und deutete mit ihrer Holzkohle auf den Stall.

Da ist Lizbeth Powell. Ich habe mich schon gefragt, wie lange es wohl dauern würde, bis sie aufbricht und Lord Westcott nachreitet. Wie zielbewußt sie vorgeht!«

Pamela lächelte, und dann sah sie den Grafen über den Rasen auf sie zukommen und winkte. Pauline täuschte großes Interesse an ihrer Zeichnung vor.

Der Graf war gekommen, um sie zu bitten, mit ihm und Sir Frederick zum Fluß hinunter zu gehen. »Freddie will unbedingt mit mir um die Wette rudern, Pauline«, sagte er und bewunderte, wie das Sonnenlicht Pamelas braunes Haar mit goldenen Flammen durchzog. »Sagen Sie doch bitte, daß Sie in mein Flußboot steigen, Miss Sheridan, und spornen Sie mich an.«

Es war ein angenehmer Nachmittag. Der Graf hatte dafür gesorgt, daß auf einer kleinen Insel ungefähr eine Meile stromaufwärts Tee serviert wurde, und er schien keineswegs enttäuscht zu sein, als Freddie ihn auf dem Weg dorthin mühelos überholte. Aber vielleicht kam dies daher, dachte Lady Frances, daß er von dem Anblick ihrer Freundin abgelenkt war, die ein schlüsselblumengelbes Musselinkleid trug. Sie ruhte auf Kissen im Bug, und ihr Gesicht lag im Schatten eines zierlichen Sonnenschirms. Freddie, der seit vier Jahren verheiratet war, hatte kein solches Handikap.

Am nächsten Tag regnete es, und die Gäste waren gezwungen, im Haus nach Vergnügungen zu suchen. Der Graf führte Lady Sheridan und Pamela selbst durch das Herrenhaus. Er erzählte ihnen die Geschichte der verschiedenen Flügel und erklärte die Porträts in der langen Bildergalerie. Als sie wieder in die große Empfangshalle hinuntergingen, hörte Pamela Luke und ihren Bruder Mark im Billardraum schallend lachen, und ihre Augen leuchteten auf. Die Miene des Grafen spannte sich an, und das ironische kleine Lächeln, das er während ihres ganzen Aufenthaltes hier nicht zur Schau getragen hatte, war wieder da.

Lady Sheridan entschuldigte sich, und der Graf führte Pamela in seine Bibliothek, damit sie ein Buch auswählen konnte. Sie blickte sich in dem behaglichen Raum mit seinen tiefen Ledersesseln, dem polierten Schreibtisch und den Wänden voller Bücher um.

»Wie anziehend Ihr Heim ist, Mylord«, bemerkte sie und fragte sich, weshalb er jetzt so ernst wirkte und so still war. »Und es scheint so, als wären alle diese Bücher gelesen worden. Wie schön!«

Der Graf hob seine dunklen Augenbrauen. »Aber natürlich, Miss Sheridan. Bücher sind dazu da, um gelesen zu werden.«

Pamela begann, die Regale abzusuchen. »Aber Sie wissen doch sicher, Mylord«, sagte sie über die Schulter, »daß sie in vielen Häusern nur zur Dekoration dastehen. Man muß eine Bibliothek besitzen, und dazu braucht man Bücher. Aber es ist absolut nicht notwendig, daß jemand sie aus dem Regal nimmt außer den Dienstboten, um sie abzustauben.«

Endlich lächelte der Graf wieder und zeigte ihr einige seiner Lieblingsbücher — einen abgenützten Band mit Gedichten, einen Bericht über Reisen im Ausland und einen großen Folioband mit

Vögeln und anderen Tierdarstellungen. Er wünschte, er könne sich darauf freuen, sie während aller kommenden Jahre in diesem Raum zu sehen. Wie wundervoll wäre es, an einem kalten Winterabend von einem Buch aufzublicken und sie sich gegenübersitzen zu sehen, über einen dieser Bände gebeugt, und zu wissen, daß sie in kurzer Zeit zusammen als Mann und Frau die Treppe hinaufgehen würden . . .

Der ernste Ausdruck starrer Selbstkontrolle legte sich wieder auf sein Gesicht, und er entschuldigte sich ziemlich abrupt.

Nach dem Mittagessen kehrte Pamela mit Lady Virginia in die Bibliothek zurück. Pamela mochte das Mädchen sehr gern und hoffte, daß sie und ihr Bruder ein Paar würden. Lady Virginia würde gut zu Matthew passen, dachte sie. Sie ist ein freundliches, ruhiges Mädchen, gut erzogen und angenehm. Sie setzten sich, um zu lesen. Lady Sheridan war in ihr Zimmer gegangen und ruhte sich aus, und Pauline schrieb Briefe. Wo die anderen waren, wußte Pamela nicht. Doch sie hatte gehört, daß Luke und Mark vorhatten, in den Stall zu gehen.

Eine Weile war es ruhig im Haus, und dann hörte sie, wie kräftig an die Vordertür geklopft wurde. Überrascht blickte sie von ihrem Buch auf. Sie hörte den gemessenen Schritt des Butlers und dann seinen erschrockenen Ausruf. Sie stand auf, als Luke schrie: »Geh hinein, Captain! Sofort!«

Sie hörte Mark lachen und Lizbeth Powells dröhnende Stimme. Dann vernahm sie etwas, das verdächtig wie Pferdehufe klang, die auf dem Parkettboden klackten.

Ihr Buch fiel auf den Teppich, als sie zur Tür eilte, gefolgt von Lady Virginia. Sie kamen gerade recht um zu sehen, wie Luke mit seinem Lieblingsbraunen zu der breiten Treppe ritt, die in den ersten Stock führte. Er trieb ihn mit seiner Reitgerte an und lachte dabei wie ein Mann, der verrückt geworden war.

»Du bekommst ihn nie die Treppe hinauf, Luke!« rief Mark triumphierend. Er lehnte sich gegen die Tür. »Ich gewinne diese Wette, du wirst es sehen!«

»Nur weiter, Luke! Ich weiß, Sie schaffen es!« rief Lizbeth.

Aus den Augenwinkeln sah Pamela, daß sich auch die übrigen Hausgäste versammelt hatten. Lady Sheridan hielt sich die Hand ans Herz und schaute mit großen Augen über das Geländer. Pauline und Sir Frederick wirkten schockiert, und Matthew runzelte ein wenig die Stirn, nachdem er Lady Virginias entsetzte Miene gesehen hatte. Von der Rückseite der Halle kam der Graf, begleitet von zwei Dienern, und seine Miene war undurchdringlich.

»Hinauf, Captain! Hinauf!« schrie Luke wieder.

Das Pferd wieherte vor Angst und bäumte sich auf, und Lukes Kopf schlug gegen den Kronleuchter in der Mitte der Halle und ließ alle Prismen klimpern. Einige Locken seines rotbraunen Haars fielen über seine breite, gerötete Stirn, als er sich unter dem schwankenden Kristalleuchter bückte. Pamela konnte sehen, daß er getrunken hatte. Aber einen Augenblick war die Furcht, daß er sich verletzten könnte, größer als ihr Abscheu.

»Luke, höre sofort damit auf!« rief sie und ging impulsiv auf ihn zu. Der Graf trat ihr in den Weg, legte einen Arm um sie und zog sie zurück in die Sicherheit unter der Bibliothekstür.

»Nein, nein, Miss Sheridan. Er hat es sich in den Kopf gesetzt, und da das Pferd sich fürchtet, ist es unberechenbar. Ich kann nicht dulden, daß Sie verletzt werden.« Er hielt sie fest. Mehr konnte Pamela nicht tun.

Luke führte das Pferd in einem engen Kreis, und dann gab er ihm die Sporen, schlug es mit seiner Peitsche und befahl ihm laut, es solle die Treppe hinaufsteigen. Er lachte dabei. Captain ging jetzt gehorsam zur Treppe. Als wolle er diese Verrücktheit so rasch wie möglich hinter sich bringen, begann er plötzlich, die Stufen hinaufzusteigen. Der Lärm, der von der eichenen Treppe widerhallte, klang für Pamelas Ohren so, als wäre ein ganzer Kavallerietrupp in die Halle eingedrungen, und sie hielt den Atem an, bis Pferd und Reiter sicher auf dem oberen Treppenabsatz angekommen waren.

»Diese Wette hast du verloren, Mark, alter Junge!« rief Luke triumphierend, als er seine Peitsche schwang, ehe er sich herunterbeugte und den Hals seines schwitzenden Pferdes tätschelte. Hinter ihm klagte Lady Sheridan: »Oh, liebster Luke, findest du, das hättest du tun sollen? Wie willst du ihn wieder hinunterbekommen?«

Der Graf ließ Pamela los und trat vor. »Steigen Sie ab, Sir. Wenn Sie versuchen, auf ihm herunterzureiten, wird er sich ein Bein brechen — oder Sie brechen sich selbst eins.«

Pamela fand nicht, daß seine Stimme wegen dieser letzteren Möglichkeit besorgt klang, und sie rief: »O bitte, Luke! Bitte! Führe ihn herunter!«

Captain wieherte, und dann herrschte plötzlich Stille in der Halle. Luke blickte sich um, als sähe er die anderen zum ersten Mal. Er war ein wenig errötet wegen der Mißbilligung, die er in so vielen Gesichtern sah, und der verächtlichen Miene des sonst teilnahmslosen alten Butlers. Wortlos stieg er ab und führte sein Pferd langsam die Treppe hinunter. Er sprach jetzt leise mit ihm, um es zu beruhigen. Pamela sah, daß der Braune zitterte. Das Weiße seiner Augen zeigte die Angst. Es schien eine Ewigkeit zu dauern, und alle hielten den Atem an, bis Luke und das Pferd sicher unten ankamen.

Der Graf winkte einem Diener. »Führe das Pferd des Viscount in den Stall, Mannion«, sagte er mit ruhiger Stimme. »Und bringe eine Schaufel mit, wenn du wiederkommst.«

Pamela kam es so vor, als brenne ihr Gesicht vor Zorn. Sie sagte angespannt: »Wie konntest du das tun, Luke? Wie konntest du so etwas Verrücktes tun? Du hättest umkommen oder Captain so verletzen können, daß du ihn hättest töten müssen. Und wozu? Eine stupide, kindische Tat eines Betrunkenen!«

Ihre Augen schimmerten golden in ihrem Zorn, und Luke streckte ihr die Hand hin. »Aber hör mal, Pam! Ich mußte es tun. Es war eine Wette! Und ich bin nicht betrunken. Niemand, der beschwipst ist, hätte das geschafft«, prahlte er. Als sie ihn ungläubig ansah, fügte er trotzig hinzu: »Ich hätte nie gedacht, daß ausgerechnet du wegen solch einer dummen kleinen Sache solch ein Gehabe machst, nicht meine gute alte Pam.«

Pamela sah ihn ärgerlich an und ging dann in die Bibliothek.

Luke blickte sich verwundert um. Bald traten Mark und Lizbeth zu ihm, während die anderen Gäste sich schweigend entfernten.

Als der Graf an Lady Frances vorbeiging, murmelte sie: »Ich glaube, Lord Westcott hat seiner ›guten alten Pam‹ etwas zum Nachdenken gegeben, finden sie nicht, Mylord? Meine Güte! Ich weiß nicht, wann ich jemals in meiner Meinung so bestärkt worden bin.«

Der Graf sah sie erstaunt an und blinzelte. Dann tauschten sie ein breites Lächeln aus, ehe sie sich ohne ein weiteres Wort voneinander trennten.

Siebentes Kapitel

Die Regenschauer hörten spät an diesem Nachmittag auf, und Pamela freute sich, daß sie hinausgehen und einen einsamen Spaziergang machen konnte. Nach dem, was im Haus vorgefallen war, ertrug sie es nicht, in Gesellschaft zu sein, bis sie Zeit zum Nachdenken gehabt hatte.

Lady Virginia hatte sich mit erschrockenen Ausrufen und atemlosen Fragen Luft gemacht, aber für Pamela hatte es keine Erleichterung gegeben, selbst nachdem sie sich entschuldigt hatte und in ihr Zimmer hinaufgegangen war, denn Lady Sheridan war zu ihr hereingekommen und hatte noch einmal über Lukes Eskapade gesprochen.

Sie wußte, daß ihre Mutter den Vorfall zwar für bedauerlich hielt, aber nicht annähernd so erregt darüber war wie sie selbst. Sie sagte Pamela, es sei nur ein typischer Jungmännerstreich gewesen, und behauptete, Pamela würde ihm viel zu viel Bedeutung beimessen. Sie stimmte zu, daß es anständig wäre, wenn Luke sich beim Grafen entschuldigen würde, doch dann lachte sie und sagte, sicher wäre alles in kurzer Zeit vergessen, und ob das Pferd auf der Treppe nicht lustig ausgesehen habe.

Pamela war verwirrt, als Lady Sheridan sie schließlich verließ. War sie die einzige in ihrer Familie, die überhaupt feinfühlig war? fragte sie sich. Matthew hatte zwar die Stirn gerunzelt, aber wenn Lady Virginia kein so entsetztes Gesicht gemacht hätte, dann hätte wahrscheinlich auch er nur gelacht. Das wußte sie. Und Mark hatte Luke eindeutig angespornt, indem er diese törichte Wette mit ihm abgeschlossen hatte.

Als sie über die feuchten Gartenwege ging, sagte sie sich, daß sie ein langes Gespräch mit Luke führen mußte, und zwar so bald wie möglich. Ein solches Verhalten war nicht zu entschuldigen – zuerst sein einsames Brüten, und nun sein Ritt die Treppe hinauf, nachdem er zu viel getrunken hatte. Seine unglückliche Liebe war noch lange kein Freibrief für schlechte Manieren.

Und ihr wurde klar, daß sie auch mit Lord Brant sprechen mußte. Sie mußte ihn für Luke um Verzeihung bitten. Sie erinnerte sich an seine undurchdringliche Miene und schämte sich, nicht nur für Luke Westcott, sondern auch für sich selbst. Und dann fragte sie sich, warum sie dies eigentlich tat.

Sie ging lange spazieren, und schließlich setzte sie sich auf eine Bank in der Gartenlaube, die am Flußufer stand. Sie befand sich in einiger Entfernung vom Haus. Deshalb rechnete sie nicht damit, gestört zu werden. Aber nur wenige Minuten später hörte sie Schritte auf dem Kiesweg, und als sie sich umdrehte, sah sie den Grafen die Stufen heraufkommen.

»Warum machen Sie ein so finsteres Gesicht, Miss Sheridan?« fragte er, als er sich neben sie setzte. »Der Regen hat aufgehört, und morgen wird sicher die Sonne scheinen.« Er hielt inne und sah sie aufmerksam an, ehe er hinzufügte: »Ich hoffe, Sie sind nicht immer noch über Lord Westcotts Streich verärgert. Schließlich wurde kein Schaden angerichtet.«

»Aber es ist unverzeihlich, Sir«, platzte Pamela heraus. »Ich ... ich möchte Sie um Entschuldigung bitten.«

»Was soll das?« fragte er, nahm ihre Hände und beugte sich zu ihr herüber. »*Sie* bitten mich um Entschuldigung? Wofür, um alles in der Welt? Es ist Lord Westcotts Sache, sich zu entschuldigen, obwohl ich nicht gerade mit angehaltenem Atem darauf warte. Aber seine Handlungen liegen in keiner Weise in Ihrer Verantwortung. Es sei denn, Sie meinen, es gäbe irgendeinen Grund dafür?«

Die letzte Frage klang beinahe scharf, und Pamela zwang sich dazu, in seine durchdringenden grauen Augen zu sehen. Sie schluckte, ehe sie sagte: »Nein, natürlich gibt es keinen Grund. Aber Luke ist eben wie ein Familienmitglied. Ich würde mich genauso elend fühlen, wenn Matthew oder Mark solch eine Torheit begangen hätten.« Ihr Tonfall änderte sich, als sie eindringlich sagte: »Aber obwohl es so entsetzlich war, hatte Luke nichts Böses im Sinn, Mylord, nichts Niederträchtiges. Er ist einfach unbekümmert und jung und überlegt sich nicht immer, was er tut ...«

Der Graf ließ ihre Hände los, stand auf und lehnte sich an eine der weißen Säulen. Sie blickte hinaus über den Garten.

»Wie alt ist Luke Westcott, Miss Sheridan?« fragte er ruhig.

Überrascht sagte Pamela: »Er wird im Juli fünfundzwanzig, Mylord.«

»Fast fünfundzwanzig«, wiederholte der Graf und schüttelte den Kopf. Seine Stimme klang ruhig, als er fortfuhr: »Das ist recht außergewöhnlich. Fast fünfundzwanzig und immer noch nicht erwachsen. Ich fürchte, er wird noch ein Junge sein, wenn er alt ist. Manche Männer werden niemals erwachsen. Sie sind sorglos, selbstsüchtig und unfähig zur Liebe, gleichgültig, wie alt sie sind.«

Sie hob erschrocken eine Hand, als er fortfuhr: »Glauben Sie, er ist zur Liebe fähig? Ich würde keinen halben Penny darauf setzen. Sein Titel, sein Vermögen, ganz zu schweigen von seinem fast unanständig guten Aussehen haben ihm das Leben zu leicht gemacht. Sein Charakter ist wahrscheinlich nicht einmal sein eigener Fehler. Vielleicht wurde er von selbstsüchtigen Menschen erzogen? Wenn das der Fall ist, neigt ein Mensch dazu, aus Selbstschutz ebenfalls egoistisch zu werden.«

Pamela unterbrach ihn, und ihre Stimme klang fast grimmig, denn alles in ihr wehrte sich dagegen, ihn so über Luke sprechen zu hören. Jedes Wort traf sie tief in ihrem Inneren. »Da irren Sie sich, Mylord. Sein Onkel gab um des Besitztums willen sein eigenes Leben auf, nachdem sein Bruder gestorben war. Und seine Tante – nun, ich habe nie eine Frau kennengelernt, die religiöser war und mehr gute Taten vollbracht hat als sie.«

Eine schwarze Augenbraue hob sich. »Ist das nicht an sich schon eine Form der Selbstsucht, Miss Sheridan? Für mich hört sich das so an, als ob sich sein Onkel mehr aus dem Titel machte als aus dem Jungen, den er großzog. Und wieviel besser wäre es gewesen, wenn Mrs. Westcott lieber dafür gesorgt hätte, daß ihr Neffe als freundlicher Junge mit guten Manieren und christlicher

Nächstenliebe für seine Mitmenschen heranwuchs. Die Wohltätigkeit muß zu Hause beginnen. Nein, Lord Westcott ist zu bedauern. Er wird nie fähig sein, jemanden mehr zu lieben als sich selbst. Ja, ich zweifle sehr stark daran, daß er sich jemals die Mühe machen wird, sich auch nur in der geringfügigsten Weise für einen anderen Menschen einzusetzen.«

Pamela ging zu ihm hinüber, packte seinen Arm und vergaß sich selbst, als sie Luke verteidigte. »Nein, nein, das ist nicht wahr, Mylord! Wenn ich jemals in Schwierigkeiten wäre, weiß ich, daß er mir helfen würde.«

Lord Brant blickte auf die schmale weiße Hand, die seinen Arm gepackt hatte, und in die braunen Augen, die um sein Verständnis flehten, und er sagte kühl: »Aber natürlich. Er betrachtet Sie als seine Schwester.«

Pamela ließ seinen Arm los und blickte zur Seite. Der Graf legte seine Hände auf ihre Schultern und zwang sie, zu ihm aufzublicken. Er konnte den Kummer und den Zweifel in ihren Augen ablesen, und sie tat ihm leid, aber trotzdem fuhr er fort: »O ja, Sie werden Ihr ganzes Leben lang seine Schwester sein, meine liebe Miss Sheridan, seine ›gute alte Pam‹, wie er Sie, glaube ich, genannt hat.«

Er lachte rauh, und dann fügte er hinzu: »Trotzdem ist es mir ein Rätsel, weshalb eine Frau sich damit zufriedengibt, jemandes ›gute alte Pam‹ zu sein, wenn sie die angebetete und geliebte Pamela eines anderen Mannes sein könnte.«

»Ich verstehe Sie nicht, Mylord«, sagte Pamela mit steifen Lippen. »Ich habe das Gefühl, wir reden aneinander vorbei.«

»Wirklich? Das bezweifle ich, Miss Sheridan. Ich glaube, Sie verstehen mich sehr gut. Aber wir wollen das Thema für den Augenblick fallenlassen.« Er zuckte mit den Achseln und sagte freundlicher: »Lassen Sie sich nicht von ihm unglücklich machen, meine Liebe. Er ist es nicht wert. Und ich kann es nicht ertragen, Sie unglücklich zu sehen.« Es entstand ein kurzes Schweigen, und dann sagte er: »Ich will Sie zurück ins Haus bringen. Es ist Zeit, sich fürs Abendessen umzuziehen.«

Pamela ließ sich von ihm die Stufen hinab und durch den Garten führen. Sie war froh, als er das Thema wechselte und ihr einige seiner preisgekrönten Pflanzen zeigte und von den Problemen erzählte, die es mit sich gebracht hatte, so nahe am salzigen Meerwasser Blumen zu züchten. Sie war froh, daß er so unbekümmert redete, denn sie glaubte nicht, daß sie selbst sprechen konnte. Sie war zu aufgewühlt und beunruhigt bei dem Gedanken an die Dinge, die er gesagt hatte.

Der Graf bemerkte an jenem Abend, daß sie sehr still und nachdenklich war und daß sie, wenn sie Luke Westcott ansah, dies nicht mit ihrem üblichen freundlichen Lächeln tat, sondern so, als hätte sie ihn noch nie gesehen und frage sich, was für ein Mann er wohl war.

Auch Luke Westcott schien den Wandel zu bemerken, der in ihr vorgegangen war. Denn als die Männer nach dem Essen zu den Damen in den Salon gingen, trat er sofort zu ihr, zog sie beiseite und sprach ernst auf sie ein. Der Graf beobachtete, wie sie sein Gesicht musterte, und dann war er erleichtert, als er sah, daß sie den Kopf schüttelte und sich umdrehte, als wolle sie sich zu den anderen gesellen. Er erschrak ein wenig, als Luke Westcott ihren Arm packte, sich zu ihr hinunterbeugte und ihr etwas ins Ohr flüsterte. Obwohl er es nicht hören konnte, war er sicher, daß er ihr verständlich zu machen versuchte, daß das, was er getan hatte, eine läßliche Sünde war und weiter nichts. Einen Augenblick später verließen die beiden den Raum, und Lord Westcott hatte den Arm eng um ihre Taille gelegt.

Lord Brant machte eine nachdenkliche Miene, als er mit Lady Sheridan und dem Ehepaar Frances am Whisttisch Platz nahm. Er war froh darüber, daß er im Gartenhaus mit ihr gesprochen hatte, froh, daß er wenigstens etwas getan hatte, um ihr zu zeigen, wie fehlgeleitet ihre Zuneigung war. Hoffentlich gab ihr das etwas zum Nachdenken. Vielleicht veranlaßte es sie sogar, ihre Einstellung zu ändern, dachte er, teilte die Karten aus und versuchte dann, nicht mehr an sie zu denken. Da Lady Sheridan seine Spielpartnerin war, wußte er, daß er seine ganze Aufmerksamkeit brauchen würde, denn sie spielte Whist mit wilder Hingabe, und er wußte nie, was sie mit ihren Angeboten und abgeworfenen Karten bezweckte. Er hatte festgestellt, daß es dadurch ein interessantes, wenn auch unorthodoxes Spiel war.

Noch jemand anderes hatte beobachtet, wie das Paar den Raum verließ. Lizbeth Powells Augen wurden schmäler, und sie klappte die Mappe mit Pferdestichen von Stubbs zu, die sie eigens hergebracht hatte, um sie Lord Westcott zu zeigen. Sie seufzte. Nichts schien so zu klappen, wie sie es erhofft hatte. Als sie erfahren hatte, daß Lady Cynthia nicht zu den Gästen in Brant Hall gehören würde, war sie überzeugt gewesen, es wäre nur eine Sache von wenigen Tagen, bis sie Luke Westcott genau dort hatte, wo sie ihn haben wollte. Schließlich war sie eine vorzügliche Reiterin, gut gewachsen und groß, und er war ein männlicher Mann. Er würde glücklich sein, wenn er sie voller Begierde bald in seinen Armen hielt. Und wenn sie ihn erst einmal dazu gebracht hatte, dann wäre es nur noch ein kleiner Schritt zum Altar. Ihr Vater würde schon dafür sorgen. Aber Lord Westcott schien nicht schwach zu werden. Ja, sie hatte Mühe, auch nur seine Aufmerksamkeit auf sich zu lenken. Er machte sich wegen irgend etwas Gedanken, das wußte sie. Und selbst der Spaß am Nachmittag hatte ihn nicht lange aufgeheitert. Sie hatte ihn darauf gebracht, denn es war einer der alten Tricks ihres Vaters, und sie war entzückt gewesen, als eine Wette daraus wurde, die er gewonnen hatte. Aber dann war Miss Sheridan mit ihrer entsetzten Mißbilligung eine solche Spielverderberin gewesen – es war zu schade! Sie hatte sich schlimmer benommen, als je eine strenge ältere Schwester es getan hätte. Dabei waren sie noch nicht einmal tatsächlich miteinander verwandt.

Sie hätte gern gewußt, worüber sie jetzt sprachen und wie lange es dauern würde, bis Luke zurückkam. Irgendwie mußte sie mit ihm allein sein, und zwar bald, abgesondert von den anderen Gästen und ehe sie in die Stadt zurückkehrten. Aber wie sollte sie das anstellen?

In der Bibliothek des Grafen ging Luke auf und ab, seine hellbraunen Augen funkelten vor Zorn, während Pamela ihn auszankte und verlangte, daß er sich beim Grafen entschuldigte.

»Du benimmst dich so schlecht, daß ich es gar nicht fassen kann, Luke«, schloß sie. »Ist es dir denn völlig gleichgültig, wenn du mich unglücklich machst und meine Mutter in Verlegenheit bringst?«

Luke winkte achtlos ab. »Weshalb solltest du über das, was ich tue, unglücklich sein, Pam? Und was Mutter Sheridan anbetrifft, sie findet nicht, daß es so schlimm war. Das hat sie mir selbst gesagt. Sie nannte es einen Jux und mich einen ungezogenen Jungen.«

Er grinste, und einen Moment leuchteten seine Augen so wie früher.

»Aber du bist kein Junge mehr«, sagte Pamela und dachte bekümmert an die Worte, die der Graf an diesem Nachmittag über ihn geäußert hatte.

Luke kam zu ihr herüber und umarmte sie. »Nun, ich bin noch nicht so alt, Pam. Komm, Kätzchen, schenke mir ein Lächeln und sage mir, daß du mir verzeihst.« Er hob ihr Kinn mit einer Hand an und küßte ihre Nasenspitze. »Wenn du es tust, verspreche ich dir, daß ich noch heute abend Lord Brant um Verzeihung bitte«, sagte er mit der großzügigen Art eines Mannes, der ein gewaltiges Zugeständnis macht.

Pamela spürte, wie sie schwach wurde. Sie mochte ihn so sehr. Sie hatte ihn schon immer gemocht. Die ganzen Jahre, als sie Kinder gewesen waren und ihre Brüder sie ausgelacht und ignoriert hatten, hatte sie sich immer auf Luke verlassen können. Lord Brant irrte sich; er mußte sich irren! Sie berührte zärtlich das tiefe Grübchen in seiner Wange und sah ihn eindringlich an. Dann seufzte sie und schenkte ihm das Lächeln, um das er gebeten hatte. Sofort nahm er sie in die Arme und drückte sie an sich, bis sie atemlos war. Sie nahm sein Gesicht zwischen ihre Hände und küßte seine Wange. Sie spürte, wie seine Nähe sie zittern machte.

»Komm, Pam, wir gehen wieder in den Salon«, sagte er lebhaft, als er sie auf die Füße stellte und ihr einen kleinen Klaps gab.

»Wir sind hier eine ganze Weile allein gewesen, und dieser alte Sauertopf von Butler traut mir nicht. Wenn er nur wüßte, wie sicher du bei mir bist! Wann, glaubst du, fahren wir wieder in die Stadt zurück? Ich weiß, Lord Brant sprach davon, daß wir in nächster Zeit einen Tag segeln gehen, und das möchte ich nicht versäumen. Aber mir kommt es so vor, als wären wir schon eine Ewigkeit in Brant Hall. Und ich bin so begierig darauf, wieder in die Stadt zu kommen — nun, ich brauche dir nicht zu sagen warum, oder?«

»O Luke«, sagte Pamela und schüttelte verzweifelt und enttäuscht den Kopf. Aber sie nahm ohne ein weiteres Wort seinen Arm.

Im Salon setzte sie sich neben Matthew und hörte Lady Virginia beim Klavierspiel zu. Sie war so in Gedanken vertieft, daß sie den nachdenklichen Blick des Grafen nicht bemerkte und auch die lebhafte Konversation zwischen Lizbeth und Luke nicht wahrnahm. Im Geist war sie viele Kilometer entfernt in London und sah deshalb nicht, wie Lizbeths Miene aufleuchtete, als er nickte, und seine hellbraunen Augen strahlten.

Am nächsten Morgen standen die Kutschen vor der Tür, um alle Gäste an den Strand zu bringen. Lord Brant hatte ein Picknick am Meer vorbereiten lassen, und da es warm und sonnig war, freuten sich alle darauf. Pamela war überrascht, als sie sah, daß Luke und Lizbeth Powell bei den anderen Platz nahmen, und sie fragte sich im stillen, warum sie nicht ausritten, wie sie es sonst immer taten. Sie vergaß die beiden bald bei dem arglosen Geplauder ihrer Mutter, und sie amüsierte sich darüber, wie sehr sich ihr guter Matthew um Lady Virginia bemühte, die ihr gegenüber saßen.

Dienstboten waren mit den Picknickkörben vorausgefahren, einer großen Markise für diejenigen, die sich nicht zu sehr der Sonne aussetzen wollten, und mit bequemen Stühlen und Dekken. Es war sogar ein kleines Zelt für die Damen vorhanden, wie Pamela bemerkte, als sie sich von dem Grafen zum Strand hinunterführen ließ. Einige Pferdeknechte waren damit beschäftigt, ein

Badminton-Netz und eine Zielscheibe fürs Bogenschießen aufzustellen.

Sie hielt ihren breitrandigen Strohhut mit seinen Samtbändern fest und lächelte Lord Brant an. »Sie verwöhnen uns, Mylord«, sagte sie. »Alle diese Vergnügungen, die Sie uns bieten, während es doch schon mehr als genug wäre, am Strand zu sitzen und das Meer zu bewundern. Ich nehme an, Sie haben für Champagner und Eis gesorgt, für Fasane und kalten Lachs und der Himmel weiß wieviele exotische Desserts.«

»Wünschen Sie einen Jahrmarkt und einen Ballonaufstieg, Miss Sheridan?« neckte sie der Graf. »Ein Jachtrennen oder vielleicht einen Badewagen, komplett mit Gefolge?«

Plötzlich preßte die Brise ihr rosarotes Musselinkleid an ihren schlanken Körper und machte jede Einzelheit ihrer Figur sichtbar. Er hielt inne und war unfähig, mit seiner Neckerei fortzufahren.

Ganz unwillkürlich lachte Pamela und sprang hinunter auf den Sand. »So warm es auch ist, ich bin sicher, für ein Bad im Meer ist es noch viel zu kalt, Mylord. Ich hoffe, daß Sie wenigstens den Badewagen nicht herschaffen ließen. Denn ich zweifle daran, daß irgend jemand von uns ihn benützen würde.«

Pauline winkte ihnen zu, und sie gingen über den Sand. Pamela war froh, als sie sich in den Strandstuhl setzen und einen Fuß ausstrecken konnte. »Ich glaube, ich habe mindestens ein Pfund Sand im Schuh«, sagte sie und schüttelte leicht den Kopf.

Der Graf kniete vor ihr nieder und nahm ihren Fuß in die Hand. »Sie müssen mir erlauben, Ihnen zu helfen, Miss Sheridan«, sagte er galant. Während sie erschrocken die strahlende Pauline ansah, löste er die Schnürsenkel und zog ihr den Schuh aus, um den Sand herauszuschütteln. Seine Hände umfaßten ruhig ihren Knöchel, und sie wunderte sich darüber, daß ihr an einem solch warmen Tag ein kleiner Schauer das Rückgrat herunterlief. Ruhig zog er auch ihren anderen Schuh aus.

»Dort drüben ist das Zelt, wenn Sie Ihre Strümpfe ausziehen wollen, Miss Sheridan«, sagte er, und seine grauen Augen lachten sie an, als er aufstand und seine Knie abklopfte. »Und dann können Sie im Wasser waten und selbst feststellen, ob es kalt ist.«

»Das ist eine gute Idee!« rief Pauline begeistert. »Versuchen wir es doch, Pamela. Es war wirklich ein guter Gedanke, nach Kent zu kommen, John.«

Pamela blickte sich um und sah, wie Luke und Mark die Entfernung für einen Wettkampf im Bogenschießen abschritten. Sie wurden dabei wie gewöhnlich von Lizbeth unterstützt. Matthew und Lady Virginia gingen am Strand entlang. Ihre Mutter und Sir Frederick hatten es sich in zwei Liegestühlen bequem gemacht, die unter der Markise standen, und waren ins Gespräch vertieft. Pamela holte tief Luft. Es war tatsächlich wundervoll. Die Sonne schien, das Wasser glitzerte wie eine Million Diamanten, und die Luft roch nach Tang und Salz. Obwohl einige Wolken am Himmel waren, standen sie viele Meilen entfernt am Horizont, als wollten sie diesen vollkommenen Tag nicht verderben. Pamela belohnte den Grafen mit einem strahlenden Lächeln.

Das Wasser war sehr kalt, aber erfrischend. Pamela und Pauline plauderten miteinander und interessierten sich mehr für die Possen einiger Sandpfeifer, die schnell auf ihren kleinen Füßen rannten, um den Wellen zu entkommen. Ein paar Möwen segelten über ihnen, und ihre weißen Schwingen hoben sich von dem leuchtenden Blau des Himmels ab.

»Wie mühelos das aussieht«, sagte Pamela und deutete auf eine Möwe, die fast reglos am Himmel schwebte. »Es muß wunderbar sein, wenn man fliegen kann. Ich wollte, ich könnte es auch.«

»Ich glaube, ich sage Lord Brant lieber nicht, daß du es gern versuchen würdest«, erwiderte ihre Freundin trocken. »Zweifellos würde er sofort die nötigen Vorkehrungen dafür treffen.«

»Er ist sehr aufmerksam zu uns, nicht wahr?« sagte Pamela, während sie sich bückte und eine Muschel aufhob. »Ich bin überrascht, was für ein freundlicher Gastgeber er ist.«

Pauline musterte ihr Gesicht. »Meine liebe Pamela, jedermann mit einem Mindestmaß an Intelligenz kann sehen, daß seine ganze Aufmerksamkeit dir allein gilt. Und du, meine Liebe, haben sich deine Gefühle ihm gegenüber geändert?« Sie hielt inne, und als Pamela nicht sofort antwortete, fügte sie hinzu: »Du brauchst es mir nicht zu sagen, wenn du nicht willst. Ich wollte nicht neugierig sein.«

Pamela nahm ihre Hand und drückte sie. »Als wenn du das jemals wärst, Pauline. Ich habe mir nur überlegt, wie ich es ausdrücken soll. Ja, meine Gefühle haben sich geändert. Der Graf ist anders, so ganz anders als vor zwei Jahren. Er ist wärmer, irgendwie offener, und nicht annähernd so zynisch wie früher. Ich stelle fest, daß ich ihn wesentlich lieber mag.«

Pauline wäre weiter in sie gedrungen, aber in diesem Augenblick hörten sie hinter sich einen Schrei und drehten sich um. Luke Westcott stand da, schwenkte triumphierend seinen Bogen und deutete auf einen perfekten Volltreffer. Er hatte seine Jacke und das Halstuch abgelegt und stand nun in Hosen und polierten Stiefeln da, sein weißes Hemd war halb aufgeknöpft und seine hochgerollten Ärmel entblößten seine kräftigen Unterarme. Die Sonne schimmerte auf seinem braunen Haar, das sich in der Salzluft wild lockte, und auf seinem sonnengebräunten Gesicht lag ein breites Grinsen.

Pauline warf verstohlen einen Blick auf Pamela und sah, wie ihre Miene weich wurde, als ein kleines, entzücktes Lächeln um ihre Lippen spielte. Ihre eigenen Lippen strafften sich, und sie raffte ihre Röcke und marschierte ohne ein weiteres Wort zu ihrem Gatten.

Lady Sheridan hatte ihn verlassen, um das Bogenschießen mitanzusehen und sowohl ihrem Sohn als auch Luke Westcott gleichermaßen Beifall zu zollen. Pauline setzte sich mit wehenden Röcken in den Liegestuhl.

Sir Frederick betrachtete seine Frau und fragte: »Was ist los, altes Mädchen? Hast du dich nicht gut unterhalten?« Er zwinkerte mit halbgeschlossenen Augen.

»Ich weiß nicht, welchen von beiden ich lieber zuerst ins Meer werfen würde, Frederick«, sagte sie ärgerlich. »Eine kalte Dusche würde Pamela sehr gut tun, aber vielleicht kann Lord Westcott nicht schwimmen? Ah, wie befriedigend wäre das! Wir wären ihn für immer los, und das wäre ein Segen.«

Sir Frederick zog sich den Hut über die Augen und streckte sich behaglich auf dem Liegestuhl aus. »Bitte tue das nicht, Pauline«, sagte er träge. »Mord wird immer noch mit Erhängen bestraft.«

»Sehr schade«, murmelte seine Frau, aber Sir Frederick war bereits eingeschlummert und antwortete nicht.

Als sie den Strand verließen, hatte sich jeder im Badminton und im Bogenschießen geübt. Doch Matthew hatte Lady Sheridan nach mehreren schlimmen Fehlschüssen den Bogen weggenommen. Die Dienstboten hatten ein köstliches Mittagessen serviert, und Pamela amüsierte sich, als sie sah, daß dazu Champagner gereicht wurde. Der Graf, der in einiger Entfernung saß, hob sein Glas und prostete ihr zu, und seine grauen Augen lächelten. Zu dieser Zeit hatten alle Herren ihre Jacketts ausgezogen, und Pauline stellte mit Vergnügen fest, daß er ebenso muskulös und männlich war wie Lord Westcott mit seinen breiten Schultern, die den weißen Battist seines Hemdes strafften.

Sie hatte sich gefreut, als Lord Brant Pamela zu einem Strandspaziergang mitnahm, und wenn sie einer der kleinen Sandpfeifer in ihrer Nähe hätte sein können, wäre sie von ihrem Gespräch vielleicht ermutigt worden.

Der Graf deutete auf einen kleinen Küstenfahrer, der den Ärmelkanal hinaufsegelte. Die Brise zerzauste sein schwarzes Haar. Er strich es zurück, und Pamela sagte amüsiert: »Sie sind immer so elegant, Mylord. Dies ist das erste Mal, daß ich Sie nicht in untadeliger Verfassung sehe.«

Er blickte sie nachdenklich an, und dann schüttelte er den Kopf. »Nein«, sagte er bedauernd, »ich glaube wirklich nicht, daß ich aussprechen kann, was mir eben durch den Kopf ging.«

Pamela dachte einen Augenblick nach, dann röteten sich ihre Wangen. »Ich bin sicher, das ist klug, Sir. Manche Dinge bleiben besser ungesagt.«

Als sie ihm ein wenig später einen Seestern zeigte, den sie gefunden hatte, hob er leicht ihr Kinn an, drehte ihr Gesicht hin und her und sagte: »Meine liebe Miss Sheridan, wissen Sie, daß Sie heute vier — nein sechs goldene Flecken in den Augen haben?«

Pamela rümpfte die Nase. »Sie müssen ihnen sofort befehlen zu verschwinden, Mylord! Ich weiß, daß Sie das tun können. Denn dies hier gehört zum Brant Land, nicht wahr, und hier haben Sie das Sagen.«

Der Graf lächelte. »Wenn es nur so wäre«, sagte er sehnsüchtig, und Pamela schlug rasch vor, zu den anderen zurückzukehren.

Als sie wieder in Brant Hall waren, behauptete Lady Sheridan, die salzige Luft habe sie so müde gemacht, daß sie einen Mittagsschlaf machen müsse. Deshalb stimmte Pamela gern einem Ausritt mit dem Ehepaar Frances und dem Grafen zu. Sie hatte inzwischen einen großen Teil seines Besitztums gesehen, aber noch keineswegs alles. Sie fragte sich, ob Luke wohl gern mitreiten würde, aber als sie eine Nachricht in sein Zimmer schickte, stellte sich heraus, daß er bereits ausgeritten war. Zweifellos mit Lizbeth Powell, dachte sie lächelnd, als sie zum Stall ging.

Der Graf hatte eine stattliche Stute für sie satteln lassen, und er war zur Stelle, um ihr selbst aufs Pferd zu helfen. Sir Frederick und Pauline waren schon aufgesessen. Als sie zu viert aus dem Hof ritten, sagte Sir Frederick: »Wie still es ist. Ich hoffe, die Wolken, die wir an der Küste gesehen haben, bleiben in Frankreich, John. Es sieht nach einem Gewitter aus.«

»Ich glaube, sie werden uns nichts anhaben«, beruhigte ihn der Graf, als er vorausritt. »Und selbst wenn es zu einem Schauer kommen sollte, gibt es viele Plätze, wo wir uns unterstellen können. Sie fürchten sich doch nicht vor einem Gewitter, oder, Miss Sheridan? Mylady?«

Während sie nebeneinander über den Kies ritten, sagten ihm beide Damen, sie seien nicht so furchtsam. Als sie auf einen Saumpfad im Wald kamen, mußten sie hintereinander reiten, Lord Brant an der Spitze. Trotz der schattenspendenden Bäume schien es jetzt wärmer geworden zu sein, da sie nicht mehr die leichte Brise vom Meer her spürten. Pamela war froh, als sie auf ein großes, freies Gelände kamen, das zum Meer hin abfiel.

»Sollen wir galoppieren, Ma'am?« fragte der Graf.

Pamela nickte. »Eine vorzügliche Idee, Mylord. Es wird meiner Stute guttun, denn sie ist ziemlich lebhaft.«

Während sie sprach, berührte sie das Pferd leicht mit der Reitgerte. Die Stute reagierte sofort und zog rasch an Lord Brants großem Rotschimmel vorbei. Pamela hörte, wie er seinem Pferd etwas zurief, und dann waren die klappernden Hufe dicht hinter ihr, und sie trieb die Stute noch mehr an. Als der Graf sie einholte und mühelos mit ihr Schritt hielt, schüttelte sie den Kopf, obwohl sie wußte, daß sie kaum eine Chance gehabt hatte, ihn zu schlagen. Dann scheute die Stute ein wenig, und sie hatte alle Hände voll zu tun. Ehe sie zu befürchten brauchte, daß sie vielleicht stürzen könnte, griff eine kräftige Hand nach ihrem Zügel und hatte nach ein paar wenigen Augenblicken beide Pferde zum Stehen gebracht.

Pamela sah ihn an, erstaunt über seine Stärke. »Das war nicht notwendig, Mylord. Ich war nicht in Gefahr.«

Der Graf ließ ihren Zügel los, und sein sonnengebräuntes Gesicht war undurchdringlich. »Ich weiß, daß Sie eine erfahrene Reiterin sind, Miss Sheridan. Aber trotzdem wollte ich kein Risiko eingehen.«

»Es war kein Risiko. Ich hatte einen ausgezeichneten Lehrmeister, Sir. Als ich ein kleines Mädchen war, wollte Luke, daß ich ebensogut reiten lernte wie er. Und jedesmal, wenn ich stürzte, ließ er mich sofort wieder aufsitzen. Er hat mir nicht erlaubt, Angst zu haben.«

»Vielleicht war das eine gute Lehrmethode, als Sie noch ein Kind waren und ein ruhiges Pony ritten, aber Sie sind jetzt kein Kind mehr«, sagte Lord Brant ernst. »Nein, Sie sind eine schöne junge Frau, die beschützt und behütet werden sollte. Es wäre sehr nachlässig von mir, eine so kostbare Person wie Sie einer Gefahr auszusetzen.«

Was Pamela auf diese Bemerkung, die der Graf ganz beiläufig

geäußert hatte, vielleicht erwidert hätte, blieb unausgesprochen, denn in diesem Augenblick holten Sir Frederick und Pauline sie ein, und das Gespräch drehte sich um allgemeine Themen.

Sie ritten mehrere Kilometer weiter und stiegen nur einmal neben einem breiten Bach ab, um sich auszuruhen. Pamela war ein wenig nervös und hoffte, daß der Graf keinen Spaziergang zu zweit vorschlug oder auf seine frühere, höchst überraschende Bemerkung zurückkam. Sie war erleichtert, als er Sir Frederick am Arm nahm und mit ihm davonschlenderte, um eine Eichengruppe in einiger Entfernung zu inspizieren. Pauline bemerkte, wie die Blicke ihrer Freundin den beiden dahinschlendernden Männern folgten. Sie sah die leichte Verwirrung in ihren Augen und verbarg ein Lächeln.

Es war schon ziemlich spät am Nachmittag, als sie den Heimritt antraten. Sie ritten wieder in Paaren, Pamela und Pauline vor den beiden Männern, als Pamela plötzlich Lizbeths schwarzen Hengst und Lukes Braunen vor einem Haus entdeckte, das wie eine verlassene Holzfällerhütte aussah. Sie hob die Augenbrauen und deutete mit ihrer Reitgerte darauf, während sie die Stute in diese Richtung lenkte.

Als die vier Reiter näherkamen, hörten sie Lizbeth mit dröhnender Stimme sagen: »Mein Knöchel schmerzt teuflisch. Ich schlage vor, wir machen es uns bequem, bis der Graf jemanden ausschickt, um uns zu suchen. Mir ist es völlig egal, wie lange es dauert. Wie wunderbar, endlich mit Ihnen allein zu sein! Hören Sie endlich auf, so nervenaufreibend hin und her zu gehen und kommen Sie her!«

Pamela hörte den Grafen hinter sich murmeln: »Ich sehe, Sie haben noch keine Gelegenheit gehabt, Miss Powell zu informieren, wie man sich verliebt gibt, Miss Sheridan. Und das nach meiner sorgfältigen Unterweisung. Schade!«

Pamela blickte mit großen Augen über die Schulter zurück.

»Es scheint nicht passend zu sein, sie zu stören, oder?« fragte Sir Frederick. »Die junge Dame wird uns alle zweifellos zum Teufel wünschen.«

»Aber Lord Westcott nicht. Sollten wir nicht seine Tugend retten, Mylord?« fragte Pamela unwillkürlich.

»Er soll sich selbst um seine Tugend kümmern«, antwortete Pauline scharf und wünschte, sie hätten die beiden nicht entdeckt. Es wäre eine perfekte Lösung gewesen, wenn Lord Westcott in den Ruf gekommen wäre, Lizbeth Powell kompromittiert zu haben. Wie schade, daß sie hier vorbeigekommen waren!

Sie sah Lord Brant an und entnahm seinem schrägen Lächeln und seinen schmalen Augen, daß er das gleiche dachte.

»Ich glaube, Sie haben sich beim Absteigen überhaupt nicht den Knöchel verstaucht!« hörte man Luke sagen. »Wie konnten Sie ihn in diesem großen, schweren Stiefel überhaupt verstauchen? Wollen Sie wissen, was ich davon halte? Ich glaube, die ganze Sache ist nur ein Trick, um mit mir allein zu sein, Miss Powell. Das begann schon damit, daß Sie mir erlaubt haben, Black Knight zu reiten. Deshalb wollten Sie auch nicht, daß ich Mark und Matthew fragte, ob sie mitreiten wollen. Ha!«

»Nennen Sie mich doch Lizbeth, lieber Luke«, sagte die Dame einladend und versuchte, einen gewinnenden Tonfall anzuschlagen.

»Ich werde nichts dergleichen tun«, sage Luke entrüstet. »Ich reite jetzt zurück und hole Hilfe! Es wird rasch ein Karren hier sein, der Sie zum Haus bringt, das heißt, wenn Sie wirklich verletzt sein sollten. Hören Sie! Was um alles in der Welt machen Sie da?«

Diese letzte Frage wurde in einem so erschrockenen und überraschten Tonfall gestellt, daß Pamela unverzüglich von ihrer Stute stieg.

»Ich knöpfe nur mein Reitkostüm auf. Es ist verdammt warm hier drinnen, finden Sie nicht?« fragte Lizbeth und gab sich keine Mühe, ihre Stimme zu senken.

»Nein! Knöpfen Sie es sofort wieder zu!« befahl Luke. Die anderen stiegen nun ebenfalls von ihren Pferden.

»Luke? Lizbeth? Seid ihr da?« rief Pamela, während sie ihre Stute an einem Ast festband. Sie war der Meinung, daß diese Szene schon lange genug gedauert hatte. »Ich bin sicher, das sind ihre Pferde, Mylords, Pauline«, fügte sie mit immer noch erhobener Stimme hinzu.

Lord Westcott erschien an der Hüttentür, und seine Erleichterung war so offensichtlich und kam aus so tiefem Herzen, daß der Graf sich einen Moment abwenden mußte. Pamelas Stimme zitterte, als sie rief: »Luke, ist alles in Ordnung?«

Er fuhr sich mit der Hand durch sein Haar, als er auf sie zukam und murmelte: »Gott sei Dank, daß ihr da seid!« Und dann rief im Inneren der Hütte eine laute Stimme: »Verdammt nochmal!«

Das war zuviel für Lady Frances. Sie warf sich in die Arme ihres Gatten, verbarg ihr Gesicht in seinem Mantel und lachte, als könne sie nie wieder aufhören. Pamela legte beide Hände über ihren Mund und wandte sich ab. Ihre Schultern zitterten, und es blieb dem Grafen überlassen, die guten Sitten zu wahren und zu verhindern, daß die Situation noch weiter ausartete.

»Wie können wir Ihnen helfen, Lord Westcott?« fragte er höflich mit ausdrucksloser Stimme.

Luke blickte vom einen zum anderen und ballte die Fäuste. »Ja, es ist sehr amüsant, das glaube ich wohl.«

Auf ein unterdrücktes Kichern seiner alten Freundin hin sagte er: »Höre sofort auf damit, Pam, sonst bekommst du eins hinter die Ohren!«

Ehe der Graf etwas sagen konnte, fuhr Pamela herum und fragte: »Ist das deine Dankbarkeit, Luke? Schließlich sind wir rechtzeitig gekommen, um dich zu retten.«

»Im letzten Augenblick«, bestätigte Sir Frederick.

»Vor einem schlimmeren Schicksal als der Tod«, fügte der Graf hinzu, und seine Lippen zuckten.

Luke sah sie finster an. Doch dann schien ihm das Lächerliche der Situation aufzugehen, und er warf den Kopf zurück und lachte. Pamela machte mit den Händen beruhigende Gesten.

»Wie kannst du nur, Luke? Schluß damit — sie kann dich hören!« flüsterte sie eindringlich. »Die Situation ist für sie peinlich genug, auch ohne daß du ihre Seelenruhe zerstörst.«

»Nicht mehr, als sie es verdient, die unverschämte Person«, erklärte Lord Westcott. »Himmel, manche Frauen sind heutzutage schamlos. Wenn ich mir vorstelle, was hätte passieren können, wenn ihr nicht gekommen wärt. Ich hätte für mein ganzes Leben erledigt sein können!«

»Sie sind knapp entronnen, das ist sicher«, stimmte der Graf zu.

»Ich freue mich, daß Ihre Tugend unversehrt geblieben ist, Mylord«, sagte Sir Frederick. »Natürlich hätten Sie jederzeit in den Sattel springen und davongaloppieren können«, fügte er hinzu und sah geistesabwesend zu einer dicken Wolke hinauf, die über ihnen schwebte. »Wellington hat gesagt, ein rechtzeitiger Rückzug habe nichts Schändliches an sich. Denken Sie an Waterloo!«

»Besonnenheit ist der bessere Teil des Heldenmuts, das ist wahr. Und Sie hätten sogar weglaufen können, wenn Ihnen die Situation entglitten wäre. Die Dame sagte doch, sie habe sich einen Knöchel verstaucht, nicht wahr?« fragte der Graf, als interessiere er sich plötzlich ernsthaft für das ungewöhnliche Problem seines Gastes.

Pamela lachte, und als alle Männer in ihr Gelächter einstimmen wollten, schüttelte Lady Frances mißbilligend den Kopf. »Ich finde, ihr benehmt euch schändlich. Ja, sogar du, Pamela!«

Sie ging auf die Hütte zu und rief über die Schulter zurück: »Ich werde mit Miß Powell sprechen und sie beruhigen und ihr sagen, daß es kein Gerede geben wird wegen ihres — äh — ihres bedauerlichen Unfalls. Ihr anderen entfernt euch. Mylord, wenn Sie so freundlich sein wollten und ihr einen Wagen herschicken würden. Ich bleibe bei Miss Powell, bis er eintrifft, und bringe sie zurück zum Haus.«

Luke machte den Mund auf und wollte sagen, daß ein Wagen gar nicht notwendig sei, aber Lady Frances runzelte warnend die Stirn, und Pamela drängte ihn zu den Pferden.

Der Graf und Sir Frederick tauschten Blicke aus. Doch als Pauline mit einem Finger in Richtung zum Haus zeigte und sie so finster wie eine Gouvernante ansah, die zwei ungezogene Jungen zurechtwies, gehorchten sie endlich.

Achtes Kapitel

Eine gebändigte Miss Powell wurde ordnungsgemäß zum Haus zurückgebracht und von zwei kräftigen Dienern in ihr Zimmer hinaufgetragen. Was Lady Frances ihr in der Hütte zu sagen gehabt hatte, wurde nie bekannt. Aber irgendwie war Miss Powell davon überzeugt worden, es sei klüger, weiterhin den verstauchten Knöchel vorzutäuschen, da es feststand, daß Lord Westcott für sie endgültig verloren war. Nachdem sie den nächsten Tag zurückgezogen in ihrem Zimmer verbracht hatte, fuhr sie in Begleitung ihres Mädchens in der Kutsche des Grafen nach London zurück, wobei einer der Diener des Grafen den entrüsteten Black Knight hinter ihr her führte. Wenn sie aus Enttäuschung eine Träne vergossen hatte, dann wußte es niemand außer Pauline Frances. Denn sie war die einzige, die sie besuchte. Diese gute Dame brachte es auch fertig, mit Hilfe eines ruhigen Gesprächs Lord Westcott davon abzuhalten, jedermann zu erzählen, wie knapp er seinem Schicksal entronnen war.

Luke war erleichtert, als er Miss Powell abreisen sah, und als er erfuhr, daß die ganze Gesellschaft in einer Woche nach London zurückkehren würde, hob sich seine Stimmung noch mehr, und er wurde wieder so heiter wie immer.

Pamela freute sich, als er sie aufforderte, mit ihm am Morgen nach Lizbeths Abreise angeln zu gehen. Früher war sie oft mit Luke im grauen Licht eines nebligen Morgens von der Priory aufgebrochen, und sie erinnerte sich gern daran. Sie selbst machte sich nicht viel aus Angeln. Aber sie war mehr als zufrieden damit, still am Ufer zu sitzen und sein gespanntes Profil zu beobachten und die anmutige Haltung seines Körpers, wenn er die Angelschnur auswarf oder einholte.

An diesem Morgen war der Himmel bedeckt, ideal zum Angeln. Als sie zum Fluß kamen, lag Nebel darauf, der in dünnen

Schwaden vorbeizog und das gegenüberliegende Ufer einmal verbarg und dann wieder enthüllte. Pamela flüsterte leise mit Luke, und sie amüsierte sich, weil er ihr ebenso antwortete, als wäre auch er von der geisterhaften grauen Schönheit des Morgens verzaubert.

Es war sehr still, fast so, als wären sie die beiden einzigen Menschen auf der Welt. Sie war froh, daß Luke nicht in Sichtweite des Hauses blieb, sondern einen steinigen Pfad bis zu einer Bucht weiterging, den er vor einigen Tagen entdeckt hatte, wie er ihr erzählte. Pamela trug eine Decke und den Picknickkorb, den die Haushälterin des Grafen gerichtet hatte, Luke seine Angel, einen Weidenkorb und seine Stiefel.

Pamela war noch aus einem anderen Grund glücklich darüber, mit Luke allein zu sein. Ihr schien, je länger sie im Haus des Grafen weilten, um so mehr wurden ihre Gefühle für Luke untergraben und dann auf eine seltsame Weise wiedererweckt. Immer wieder mußte sie an die Worte denken, die der Graf und Pauline über Lord Westcott geäußert hatten. Sie sagte sich, daß ihre Kritik sie nur deshalb beunruhigte, weil sie Luke so sehr liebte. Denn welche Frau hörte gern, daß der Mann, den sie gewählt hat, nicht von allen anderen verehrt wurde, besonders von Menschen, die sie selbst schätzte? Sie gestand sich ein, daß ihr sehr unwohl dabei gewesen war.

Als sie Luke am Fluß entlang zu der Bucht folgte, wo er angeln wollte, ignorierte sie ihren nassen Rock und ihre feuchten Schuhe in ihrem Glück, mit ihm zusammensein zu können. Vielleicht war es ihre Anwesenheit in Brant Hall, was sie so wankelmütig und unsicher machte, dachte sie und lächelte Luke an, als er einen Zweig beiseite hielt, damit sie vorbeigehen konnte. Er erwiderte das Lächeln, und das tiefe Grübchen in seiner Wange und das vertraute Stocken ihres Herzens sagte ihr, daß ihre Gefühle für ihn unverändert waren. Gleichgültig, was die anderen sagten.

Sie redete nicht viel, sondern genoß das angenehme Schweigen zwischen alten Freunden, die nicht ständig miteinander zu sprechen brauchten. Als sie bei der Bucht ankamen, breitete Pamela die Decke auf dem weichen Rasenstück aus und sah zu, wie Luke seine Ausrüstung richtete. Dann zog er die hohen Stiefel an, hängte sich den Weidenkorb über die Schulter und watete mit der Angelrute ins Wasser. Nebelschwaden zogen über ihn hinweg, geheimnisvoll und still. Das einzige Geräusch kam von den Wellen, die er erzeugte, als er sich im Wasser bewegte. Sogar die Vögel schwiegen.

Ich wollte, wir wären tatsächlich die beiden einzigen Menschen auf der Welt, dachte sie und stützte ihr Kinn auf die Hände und die Ellenbogen auf die Knie. Ich wollte, es gäbe keine anderen Gäste, keine Lady Cynthia, nicht einmal John Pearson. Sie runzelte die Stirn, pflückte einen Grashalm und begann tief in Gedanken versunken, mit ihm zu spielen.

Sie kehrte nicht annähernd so gern in die Stadt zurück wie Luke, denn ihr Aufenthalt auf dem Land hatte sie ihrem Ziel, seine Liebe zu gewinnen, nicht nähergebracht. Sie seufzte, da sich nur noch mehr Probleme ergeben hatten. Pauline brauchte ihr nicht zu sagen, daß die Aufmerksamkeiten des Grafen insbesondere ihr galten. Ebensowenig gab es einen Zweifel daran, daß er sie immer noch zur Frau wünschte, sie immer noch begehrte, wie er ihr vor zwei Jahren bekannt hatte. Es drückte sich in seinem Blick aus, in seinen Worten, in seiner Fürsorge für sie. Und da sie nie gewollt hatte, daß er ihr noch einmal einen Antrag machte, konnte sie nur Bedauern empfinden. Denn es würde bedeuten, daß sie ihn wieder verletzen mußte, und sie schätzte ihn zu sehr, um gern daran zu denken.

Sie warf den Grashalm weg, legte sich auf die Decke und schloß die Augen, als könne sie dadurch Lord Brants Gesicht und die beharrliche Art, in der er in ihre Gedanken eingedrungen war, aus ihrem Geist verbannen. Nach wenigen Augenblicken schlief sie ein.

Sie wachte daran auf, daß sie ein lästiges Insekt verscheuchte. Aber als sie die Augen öffnete, stellte sie fest, daß Luke neben ihr kniete und ihre Nase mit einem Farn kitzelte. Die Sonne war herausgekommen und hatte den Morgennebel aufgelöst. Sie schien einen Kreis um seine Schultern und seinen Kopf mit den braunen Locken zu bilden. Pamela streckte sehnsüchtig eine Hand nach ihm aus, und er zog sie abrupt in die Höhe.

»Du bist mir eine schöne Freundin, Pam«, schalt er sie. »Ich hätte ebensogut allein hierherkommen können bei der Gesellschaft, die du mir geleistet hast.«

Er ließ sich neben ihr auf der Decke nieder. Sein Gesicht war angespannt, als er zum Fluß blickte, der jetzt hell und alltäglich im Sonnenlicht lag.

Pamela streckte sich, um ihre Enttäuschung zu verbergen. »Als ob du meine Gesellschaft gewollt hättest, Luke«, neckte sie ihn. »Von früher her weiß ich sehr gut, daß du mir sofort befohlen hättest zu schweigen, wenn ich ein Wort gesprochen hätte. Aber sage mir, hast du Glück gehabt?«

»Fünf Forellen, und jede über ein Pfund schwer«, sagte er. »Wo ist der Picknickkorb? Nach der schweren Arbeit bin ich hungrig.«

Sie lachte und griff nach dem Korb. »Wieviel Uhr es wohl sein mag?« fragte sie, breitete eine große Serviette aus und begann, die Speisen auszupacken.

Luke blinzelte in die Sonne. »Noch nicht spät. Höchstens elf Uhr, denke ich.«

Er griff nach einem Sandwich, als wäre er ausgehungert, und eine Weile aßen sie schweigend. Schließlich stützte er sich auf die Ellenbogen und seufzte.

»Wie friedlich es hier ist — genau wie in den alten Zeiten, besonders nachdem Lizbeth Powell weg ist. Mir kam es so vor, als ob sie jedesmal, wenn ich mich umdrehte, neben mir gestanden hätte«, sagte er träge, und dann fügte er hinzu: »War das nicht verrückt, was sie getan hat, Pam? Mich so hereinlegen zu wollen!«

Seine Stimme drückte verächtliche Belustigung aus, so daß Pamela ihn anstarrte. »Aber du mußt doch gewußt haben, daß sie dich heiraten wollte, Luke«, sagte sie. »Wir — jedermann wußte es.«

»Natürlich wußte ich es auch. Hältst du mich etwa für einen Dummkopf?« fragte er leichthin.

»Aber warum hast du ihr dann nicht Einhalt geboten?« fragte Pamela. »Es war nicht sehr nett von dir, sie glauben zu lassen, sie hätte eine Chance . . .«

Sie hielt inne, als Luke den Kopf zurückwarf und herzlich lachte. »Nett? Komm, Pam! Wenn sie sich zur Närrin machen wollte, indem sie hinter mir herlief, dann war das ihre Sache. Ich habe ihr nie Hoffnungen gemacht«, fügte er hinzu, als er ihr leichtes Stirnrunzeln sah.

»Aber Luke, in gewisser Weise hast du das doch getan, einfach dadurch, daß du sie nicht entmutigt hast. Es gibt Möglichkeiten für einen Mann, ein Mädchen wissen zu lassen, daß er sich nicht für sie interessiert, Mittel, die nicht ihren Stolz verletzen oder ihr wehtun. Jeder Gentleman . . .«

»Dann bin ich eben kein Gentleman, mein Mädchen«, sagte er ruhig, obwohl seine hellbraunen Augen zu funkeln begannen und er die volle Unterlippe trotzig vorschob. »Sollte ich ihr etwa klipp und klar sagen, daß ich einfach nicht belästigt werden wollte?«

Pamela starrte ihn an. Er hatte auf eine kalte, beiläufige Art gesprochen, der sie entnahm, daß es tatsächlich sein Ernst war. Er hatte Lizbeth Powell nicht entmutigt, weil ihn dies ein wenig Mühe gekostet hätte.

Jetzt lächelte er über ihre konsternierte Miene. Er stand auf und hielt ihr die Hand hin. Pamela ließ sich von ihm auf die Füße ziehen.

»Können wir endlich aufhören, darüber zu reden, Pam?« fragte er mit gleichgültiger Stimme. »Sie ist zum Glück weg, und die Geschichte immer und immer wieder aufzuwärmen, ist ermüdend. Wenn ich es mir recht überlege, war sie eine Langweilerin, außer im Stall.« Er lachte spöttisch.

Pamela schluckte eine Erwiderung hinunter, als er hinzufügte: »Du hast dich in letzter Zeit sehr verändert, Pam. Früher hast du über mich und meine Späße gelacht und mir nicht die Leviten gelesen. Ich glaube, der Graf und Lady Frances haben dich so verändert, und zwar nicht zum besten.«

Als sie dies abstreiten wollte, winkte er ungeduldig ab, bückte sich, um sein Angelzeug aufzunehmen, öffnete seinen Weidenkorb und zeigte ihr seinen Fang. Obwohl Pamela die Fische bewunderte und nicht wieder auf das vorherige Thema zurückkam, konnte sie es sich nicht aus dem Kopf schlagen, als sie zum Haus gingen. Sie hatte Luke oft seine Unbekümmertheit und seine Gleichgültigkeit gegenüber anderen Menschen verziehen. Aber festzustellen, daß er nicht nur gefühllos und gleichgültig war, sondern sich auch noch über die Art und Weise amüsierte, wie sein Verhalten einen anderen Menschen verletzt hatte, schmerzte sie. Plötzlich fragte sie sich, ob er auch über sie lachen und sie ebenso behandeln würde, wenn er erkannte, daß sie ihn liebte. Doch dann schalt sie sich, und ihr Herz schmerzte, weil sie so etwas über Luke denken konnte. Er liebte sie. Sie wußte es.

Aber das unbehagliche Gefühl beherrschte sie den ganzen Tag. Und der Graf war nicht der einzige, der ihre Geistesabwesenheit bemerkte, obwohl vielleicht nur er den Schmerz in ihren goldgefleckten braunen Augen sah und im stillen den Viscount dafür verwünschte, was immer er auch gesagt oder getan haben mochte, um diesen Schmerz hervorzurufen. Er hatte von dem Angelausflug gewußt, und er hatte gehofft, daß sie um so eher sein wahres Wesen erkennen würde, je mehr Zeit sie in der Gesellschaft dieses Mannes verbrachte. Als die beiden ins Haus zurückkehrten, hatte er zwar mit Erleichterung festgestellt, daß Luke Westcott noch nicht entdeckt hatte, wie sehr Pamela ihn liebte. Aber es war auch deutlich zu sehen gewesen, daß Pamela ihr Bemühen um die Zuneigung ihres alten Freundes nicht aufgegeben hatte.

Der Graf seufzte. Er hatte in ihre Anwesenheit in Brant Hall so große Hoffnungen gesetzt, doch jetzt näherte sich der Aufenthalt seinem Ende, ohne daß das glückliche Ereignis eingetreten war, das er sich erträumt hatte. Einige der Gäste würden am folgenden Tag auf seiner Jacht segeln, und am Tag darauf würde er einen Tanzabend im Garten veranstalten. Zwei Tage nach diesem Galaereignis würden sie alle wieder in die Stadt aufbrechen. Er fragte sich, ob er vor der Abreise Pamela wissen lassen sollte, wie sehr er sie liebte und begehrte. Er zog sich für den Rest des Tages zurück, um seinen Plan zu durchdenken, und war ebenso verschlossen wie Pamela. Sir Frederick und seine Frau tauschten ein wissendes Lächeln aus.

Lady Frances hatte erklärt, daß sie unter keinen Umständen den Fuß auf irgend etwas Schwimmendes setzen würde. Sie war einmal während einer Kanalüberquerung sehr seekrank geworden und hatte vor, England nie wieder zu verlassen. Sir Frederick lehnte ebenfalls ab, da er es vorzog, seiner Frau Gesellschaft zu leisten und sich vielleicht auf einem Liegestuhl im Garten einen Nachmittagsschlummer zu gönnen. Matthew Sheridan sagte mit errötetem Gesicht, daß Lady Virginia einige nahegelegene römische Ruinen besichtigen wolle und er sie begleiten würde. Die Augen seines Bruders Mark blitzten auf, aber er kam nicht dazu, Matt zu verspotten, weil er sich angeblich plötzlich für ein paar alte Steine und ein abbröckelndes Aquädukt interessierte. Lady Frances unterband den Disput, indem sie sagte, sie und ihr Mann würden das junge Paar gern begleiten, und dadurch entschied sich Lady Sheridan für die Segelpartie.

Sehr früh am nächsten Morgen fuhren Pamela, ihre Mutter, Luke und Mark mit dem Grafen in seiner großen Kutsche die paar wenigen Meilen nach Dover, wo seine Jacht lag. Die beiden jungen Männer waren aufgeregt, denn keiner von ihnen war je auf einem Schiff gewesen, das nur für Regatten und Vergnügungsfahrten diente. Sie belebten die Fahrt mit ihrer guten Laune und wilden Spekulationen darüber, wie sehr sie sich für das Matrosenleben eigneten. Lady Sheridan amüsierte sich über sie und stachelte sie an, während Pamela und der Graf ruhig dasaßen und einander hin und wieder anlächelten wegen der Ausgelassenheit der anderen.

»Ich habe natürlich einen Kapitän und eine zweiköpfige Mannschaft«, sagte Lord Brant. »Sie werden Ihnen gern die Taue erklären. Ich hoffe, Sie werden nicht zu enttäuscht sein, denn heute weht wenig Wind, und *Skua* fährt am schnellsten dicht am Wind in einer guten, steifen Brise von fünfzehn Knoten.«

Mehrere Minuten lang war er damit beschäftigt zu erklären, was ›am Wind‹ im Gegensatz zu ›vor dem Wind‹ hieß und was ›Knoten‹ waren, und dann fragte Pamela: »*Skua*, was für ein ungewöhnlicher Name, Mylord. Was bedeutet das?«

Lord Brant lächelte sie an und bewunderte ihr weißes Leinenkleid, dessen Seemannskragen in Blau und Gold eingefaßt war.

»*Skua* oder *Jäger* ist eine große, schwarze Seemöve, Miss Sheridan. Sie kommt in den nördlichen Gewässern vor und hat ein dunkles Gefieder im Gegensatz zu der weißen Heringsmöve, die wir hier so oft sehen.«

Pamela blickte auf sein dunkles Haar. »Dann ist Ihre Namenswahl sehr passend«, sagte sie.

»Um ehrlich zu sein, muß ich hinzufügen, daß ein *Skua* kein sehr netter Vogel ist und einen üblen Ruf hat wegen seines räuberischen Verhaltens. Er ist als ein Pirat der Meere bekannt, als ein Räuber, der sich selten die Mühe macht, selbst zu fischen. Er wartet, bis kleine Meerschwalben und Möwen einen Fisch fangen, und zwingt sie dann, ihn herzugeben, indem sie ihn entweder fallenlassen oder wieder herauswürgen.«

»Das ist wirklch nicht sehr nett«, erwiderte Pamela, und ihre Augen leuchteten. »Aber der Name klingt schön. Wenigstens haben Sie es nicht *Geier* oder *Bussard* genannt.«

Der Graf drohte ihr lachend mit dem Finger. »Meine liebe Miss Sheridan! Sie dürfen niemals ein Schiff – vom kleinsten Ruderboot angefangen bis zum größten Linienschiff – ›es‹ nennen. Ein Schiff ist immer weiblich. *Sie* ist soundso viele Fuß lang; *ihre* Segel sind gut getrimmt. Verstehen Sie?«

»Nun frage ich mich, was – äh – wer das bestimmt hat«, überlegte Pamela ernst. »Soll es ein Kompliment sein, Mylord?«

»Ich weiß nicht«, erwiderte Lord Brant. »Vielleicht kommt es daher, daß Schiffe wie Frauen sind. Sie sind schön, herzerwärmend, anregend und aufregend.«

»Was für ein nettes Kompliment, Mylord!« applaudierte ihm Lady Sheridan.

»Natürlich können sie auch kapriziös sein, störrisch und schwer zu handhaben«, fuhr der Graf fort.

Lady Sheridan klopfte ihm auf die Hand, so wie sie es bei Luke gewöhnlich tat, und lachte ihn an.

Als sie am Kai ankamen, wo *Skua* lag, half der Graf Pamela und Lady Sheridan an Bord und stellte ihnen den Kapitän, einen Mr. Browell, und die beiden Mannschaftsmitglieder vor. Nachdem die Picknickkörbe, Decken, Umhänge und Gummimäntel und einige Vorräte an Bord gebracht und im Rumpf verstaut worden waren, beobachtete Pamela interessiert, wie die Mannschaft das Boot zum Segeln bereit machte.

Skua war etwa fünfzehn Meter lang. Ihr Rumpf war schwarz gestrichen mit einem leuchtend weißen Streifen, der sich vom Bug bis zum Heck zog. Das Eichenholz, aus dem das Deck und Spieren bestanden, war makellos lackiert. Der Graf führte sie herum, zeigte ihnen die beiden Luxuskabinen, eine für Pamela und ihre Mutter, die andere jenseits der Kajütentreppe auf der Steuerbordseite für die Herren.

Die Damen wurden in zwei bequeme Deckstühle gesetzt, und die Mannschaft legte ab. Kapitän Browell steuerte das Boot vom Kai weg. Als Pamela wegen des Windes die Bänder an ihrem Hut fester zog, blickte sie nach vorn, wo der Graf stand und Luke und Mark die Sehenswürdigkeiten des Hafens zeigte. Dover war ein betriebsamer Hafen mit Schiffen, die Reisende ins Ausland brachten, und einer großen Fischereiflotte. Außerdem lagen noch andere Vergnügungsschiffe da. Luke war fasziniert von dem Zweimaster des Earl of Sandwich, der vor Anker lag. Aber diesesmal verweilte Pamelas Blick auf Lord Brants scharfem Profil und seinem schwarzen Haar. Als er sich umdrehte und sah, daß sie ihn beobachtete, warf er ihr einen so intimen Blick zu, daß es Pamela vorkam, als hätte er sie hier vor allen anderen geküßt. Sie senkte den Blick und war froh, als ihre Mutter sie bat, ihr Taschentuch suchen zu helfen.

Nachdem der Kapitän einen nordöstlichen Kurs eingeschlagen hatte, übergab er das Steuer einem Mannschaftsmitglied und kam zu den Damen, um sich mit ihnen zu unterhalten. Er sagte ihnen, daß sie bei Ostwind eine angenehme Fahrt haben würden. Pamela entspannte sich. Es war herrlich, auf dem Wasser zu sein. Sie genoß die erfrischende, salzige Brise, die tanzenden Wellen und bewunderte die kreischenden Seevögel. In der Ferne sah sie Schiffe aller Art. Über ihnen leuchteten die sich aufbauschenden Segel in einem so grellen Weiß, daß es dem Auge wehtat. Die Geräusche des Wassers, durch das sie so mühelos glitten, das Klatschen der Taue und das Summen der Takelage wirkten fast hypnotisch. Pamela blickte zurück und sah, wie Dover hinter dem Heck verschwand. Vor ihnen, mehrere Kilometer entfernt und von einem leichten Dunst verschleiert, lag die französische Küste.

Luke und Mark lösten sich am Steuer ab. Lord Brant machte die Damen darauf aufmerksam, wie ungleichmäßig das Kielwasser seither geworden war. Als sie die schlingernden Bahnen statt einer geraden Linie sah, ging Pamela zu ihrem Bruder und neckte ihn. Danach gab sich Mark große Mühe, einen Kurs zu steuern, der gerader war als derjenige Lukes. Doch Lord Brant beschämte sie beide, als er das Steuer übernahm.

Die Mannschaft servierte das Lunch, und Lady Sheridan erklärte, sie habe noch nie solch einen herrlichen Tag verbracht. Pamela fügte ihre Komplimente hinzu, doch sie ließ ihre Blicke nicht auf dem Gesicht des Grafen verweilen. Sie hatte den Eindruck, daß er sich zu amüsieren schien.

Um drei Uhr fuhren sie wieder nach Dover zurück. Der Kapitän hatte den Grafen auf die Wolken aufmerksam gemacht, die sich über Frankreich zusammenzogen, und er hatte zugestimmt, daß es besser wäre, mit den Damen an Bord keinen plötzlichen Sturm zu riskieren. Pamela bemerkte, daß er oft mit einem leichten Stirnrunzeln in südöstliche Richtung blickte, aber sie machte sich keine Sorgen. Sie wußte, daß sie beim Earl of Brant in guter Obhut war.

Sie hatten fast den Hafen erreicht, als die Brise plötzlich abstarb. Die dunklen, drohenden Wolken waren jetzt nähergekommen. *Skua* wurde von einem besonderen Licht angestrahlt, und die Luft hatte etwas merkwürdig intensives Diesiges an sich. In der plötzlichen Stille war kein Laut zu hören außer dem Klatschen der Segel, als sie hin und her schlugen wie auf der Suche nach dem Wind, der sie verlassen hatte. Während der Himmel immer dunkler wurde, begann sich *Skua* in einer trägen Bewegung zu heben und zu senken, die ganz unähnlich ihrem bisherigen, zielbewußten Segeln war. Sie alle konnten das Donnergrollen hören und sogar gelegentlich in den regenschweren, schwarzen Wolken einen Blitzstrahl sehen.

Der Graf runzelte jetzt besorgt die Stirn, als der Kapitän einige knappe Befehle gab und die Mannschaft die Leinen prüfte und die Luken schloß. Der Kapitän übernahm selbst das Steuer, und sein breites, vom Wetter gegerbtes Gesicht war ernst. Pamela sah, daß die französische Küste hinter einem silbergrauen Vorhang verschwunden war.

Lord Brant setzte sich neben die beiden Damen. »Wir konnten nicht rechtzeitig vor dem Sturm den Hafen erreichen, Mylady, es tut mir so leid. Würde es Ihnen und Miss Sheridan etwas ausmachen, nach unten zu gehen?«

Lady Sheridan wollte einen solch schmählichen Rückzug ablehnen, aber er fügte eindringlich hinzu: »Jetzt ist die See noch ruhig, aber in Kürze wird mehr Wind aufkommen, und dann werden Sie froh sein, wenn Sie unten sind. Höchstwahrscheinlich kommt ein Regenguß, von Blitz und Donner ganz zu schweigen. Ich möchte keine von Ihnen beiden irgendwelchen Unannehmlichkeiten aussetzen.«

Daraufhin stimmte Lady Sheridan zu, und die beiden Frauen gingen hinunter in die Luxuskabine, die für sie reserviert war. Pamela mißfiel die Bewegung des Schiffs, nachdem sie unten war, aber das vergaß sie bald, da sie sich um ihre Mutter kümmern mußte, die sich eindeutig unwohl fühlte.

Als der Donner direkt über ihnen grollte, kam ein Windstoß, und *Skua* neigte sich auf die Seite. Pamela hielt sich an der Schlafkoje fest, um das Gleichgewicht nicht zu verlieren, und Lady Sheridan wimmerte vor Angst. Von dort, wo Pamela stand, konnte sie nur den Himmel durch das Bullauge sehen und etwas aufschäumende Gischt. Aber dann goß es in Strömen, und ihr war, als ob die Jacht von jemandem unter Wasser gedrückt worden sei. Sie hörte Mark und Luke aufgeregt reden, als diese die Leiter herunterkamen, um wasserdichte Mäntel anzuziehen. Vom Earl of Brant war nichts zu hören. Pamela wünschte, sie hätte ihn sehen und mit ihm sprechen können, denn nun fürchtete auch sie sich ein wenig. *Skua* hob sich auf einer Welle, die größer gewesen sein mußte als die vorhergehende, und als sie dahinter in das Wellental tauchte, kam es Pamela so vor, als ritte sie auf einem wilden Pferd. Sie ließ sich auf der Schlafkoje neben ihrer Mutter nieder und tätschelte ihre Schulter.

»Ich bin so froh, daß wir nicht an Deck sind, Mama«, sagte sie und versuchte, ruhig zu sprechen. »Wir wären völlig durchnäßt worden.«

»Oh, Pamela, wir werden ertrinken! Ich bin sicher, das Schiff wird sinken, und wir werden ertrinken«, klagte Lady Sheridan.

Dann hörten sie ein Krachen und Marks lautes Gelächter, in das Luke einstimmte.

»Das bezweifle ich, Mama, denn wenn wir in Gefahr wären zu sinken, würden die beiden kaum lachen.«

Kurze Zeit später klopfte es an die Tür, und der Graf erkundigte sich nach ihrem Befinden. Pamela wagte es nicht, über den Kajütenboden zu gehen, der sich derartig hob und senkte, daß einem übel wurde. Deshalb beschränkte sie sich darauf, dem Grafen eine Beruhigung zuzurufen.

Es schien eine Ewigkeit zu dauern, bis Pamela spürte, daß die Jacht wendete; und dann hörte wie durch ein Wunder das Schwanken auf, und sie konnte aufstehen und zum Bullauge gehen und sehen, daß *Skua* in den Hafen von Dover einfuhr. Sie seufzte erleichtert, und als ein Sonnenstrahl die Szene beleuchtete, verließ sie ihre Mutter und ging an Deck.

Der Graf stand am Steuer, aber als er sie sah, winkte er Kapitän

Browell, kam auf sie zu und ergriff ihre Hände. »Geht es Ihnen gut, Miss Sheridan?« fragte er und sah ihr eindringlich in die Augen.

»Besser als Ihnen, Mylord«, sagte sie lächelnd und sah auf sein nasses Haar und seine durchnäßten Kleider.

»Meine Glückwünsche, Ma'am«, erwiderte er lachend und drückte ihre Hände, ehe er einen Arm um sie legte und sie zum Heck führte. »Sie sind ein furchtloser Seemann, wie ich sehe, und wie geht es Lady Sheridan?«

»Mama fühlt sich ein wenig unwohl«, sagte Pamela und fragte sich, weshalb sie sich in seinen Armen so sicher fühlte. »Mama möchte unten bleiben, bis wir am Kai anlegen.«

Sie traten zu Mark und Luke, die eben ihre Gummimäntel auszogen. Luke streckte die Arme nach ihr aus. »War das nicht großartig, Pam?« rief er, und seine Augen leuchteten vor Begeisterung. Er hob Pamela in die Höhe und wirbelte sie herum, wie er es immer tat, wenn er guter Laune war.

In diesem Augenblick drehte Kapitän Browell, der nicht auf die Gäste achtete, während er sich seinen Weg durch den Hafen bahnte, das Ruder nach Steuerbord, um einem kleinen Küstenschiff auszuweichen, das den Hafen verließ. Luke taumelte, prallte gegen die Reling und hielt dabei Pamela immer noch in den Armen. Wegen des Großbaums, der nach innen schwang, duckte er sich, und Pamela fühlte, wie er das Gleichgewicht verlor und sie beide über Bord fielen.

Es schien eine Ewigkeit zu dauern, ehe sie ins Wasser eintauchten. Sie hörte deutlich den scharfen Befehl des Grafen und den Schrei ihres Bruders. Dann schloß sich das kalte Salzwasser über ihr. Der Schock, als die Nässe durch ihre Kleider drang, trieb ihr fast die Luft aus den Lungen. Sie sanken immer tiefer, und Pamela preßte die Augen zu, während ihr Herz hämmerte und ihr die Panik in die Kehle stieg. Luke drückte sie an sich, und als sie darum kämpfte, von ihm loszukommen, hielten sie seine Arme nur noch fester. Dann wurde ihr klar, daß er versuchte, sie festzuhalten, und sie spürte, wie er sie an die Wasseroberfläche hob.

Pamela keuchte und spuckte, als sie schließlich auftauchte. Sie klammerte sich an Lukes Arme. Auch Luke würgte und hustete, und nach kurzer Zeit sagte er mit rauher Stimme: »Pam ... lege deine Arme ... um meinen Hals. Ich halte uns über Wasser — bis Lord Brant uns herausholt.«

Pamela riß sich ihre durchweichte Haube vom Kopf und wischte sich das Haar aus den Augen, ehe sie tat, wozu sie aufgefordert worden war. Ihre Röcke schlangen sich um ihre Beine, und sie glaubte nicht, daß sie schwimmen oder auch nur wassertreten konnte. Nun, da sie an das Wasser gewöhnt war, schien es nicht mehr so kalt zu sein. Es waren keine Boote in der Nähe, und *Skua*, von der nur das Heck zu sehen war, schien sehr klein und weit entfernt zu sein. Aber dann sah sie, wie das Schiff wendete und auf sie zukam, und sie wußte, daß sie und Luke außer Gefahr waren.

Sie sah ihn an, der ihr so teuer und so nahe war, und wunderte sich über sein finsteres, gequältes Stirnrunzeln. »Es ist schon gut, Luke«, beruhigte sie ihn. »*Skua* kommt zu uns zurück.«

»Was habe ich mir nur dabei gedacht, dich so herumzuwirbeln!« sagte er, als hätte er sie nicht gehört. Er hustete, und dann umfaßten seine Arme sie fester, als er hinzufügte:

»Und das nach der ganzen Seemannskunst, die man mir heute nachmittag beigebracht hat. Ich hätte wissen müssen, daß es gefährlich ist, aber ich war so begeistert. Was für ein Dummkopf bin ich doch.«

Er stöhnte, und Pamela strich ihm die dunklen, nassen Locken aus der breiten Stirn. Dann preßte sie sich an ihn und küßte die Stelle an seiner Wange, wo sich sein Grübchen versteckt hatte. Ein tiefes Empfinden überkam sie, als sie so eng an seinen Körper gepreßt wurde, daß sie sein Herz gegen ihre Brust schlagen hörte und seine kräftigen Schenkel spürte, die sich an die ihren preßten, während ihre umschlungenen Körper in den Wellen auf und ab stiegen. Sie flüsterte: »Luke, Liebster!« Und dann küßte sie ihn wieder. Ehe sie ihm ihre Liebe in völliger Hingabe erklären konnte, wich er zurück.

»Nein, tu das nicht, Pam!« rief er. »Du darfst mir nicht so leicht vergeben! Ich hätte an deinem Tod schuld sein können, und wie hätte ich das jemals ertragen?«

Seine Stimme klang so gequält, daß Pamela von einer Woge des Glücks davongetragen wurde. Fünf lange Jahre hatte sie darauf gewartet, daß er so zu ihr sprach, und nun empfand sie eine Seligkeit, die zu erhoffen sie schon fast aufgegeben hatte. Aber seine weiteren Worte zerstörten ihre neuerwachte Freude.

»Wie hätte ich in dem Bewußtsein leben können, daß jemand, den ich wie einen Angehörigen meiner eigenen Familie betrachtete, durch meine Schuld ertrunken ist? Pam, mein liebste Schwester, verzeih mir!«

Da fiel der Schatten der Segel auf sie und löschte die Sonne aus. Pamela brauchte nicht zu antworten, und das war ihr gerade recht. Denn sie wußte, daß sie nicht hätte sprechen können. Sie schloß die Augen, um die brennenden Tränen ihrer Enttäuschung zu verbergen, die an ihren nassen Wangen herunterliefen.

Skua wendete wieder, drehte in den Wind um anzuhalten, und Luke winkte als Zeichen, daß sie noch lebten.

Als er versuchte, mit ihr zum Boot zu schwimmen, rief der Graf wütend: »Bleiben Sie, wo Sie sind! Ich werfe einen Rettungsring und ziehe Pamela zuerst heraus!«

Der Ring schlug neben ihnen auf, und sobald Pamela ihre Arme durchgeschoben und sich darangehängt hatte, begann Lord Brant langsam, sie zum Boot zu ziehen. Die beiden Matrosen waren zur Stelle und hievten sie an Bord, und dann hüllte sie der Graf in einen großen, wollenen Mantel ein. Sie war dankbar dafür, denn der Wind, der durch ihre nassen Kleider blies, machte sie frösteln. Wie seltsam, dachte sie, im Wasser kam es mir wärmer vor. Lord Brant legte einen Arm um sie und fragte: »Wie geht es Ihnen? Reden Sie!«

Pamela versuchte trotz des Kloßes in ihrem Hals, ihn anzulächeln. Sie wünschte, sie hätte sich an ihn pressen und ihre Tränen verbergen können. Aber dann sagte sie: »Mir geht es gut, Mylord. Ich friere nur schrecklich und bin halt naß.«

Sie war froh, daß das Zittern ihrer Stimme dem Schock über das, was eben geschehen war, zugeschrieben werden konnte. Sie hörte Luke die Leiter heraufklettern, die die Matrosen heruntergelassen hatten, und wußte, daß er in Sicherheit war. Der Graf zog sie an sich und murmelte ihr ins Ohr: »Wenn Ihnen etwas zugestoßen wäre, hätte ich ihn eigenhändig umgebracht! Den Idioten!«

Pamela hörte den Zorn in seiner Stimme und versuchte, ihn zu besänftigen. »Wir waren weniger in Gefahr als Sie fürchteten, Mylord. Luke brachte mir schon vor vielen Jahren das Schwimmen bei . . .«

»Wie?« schnauzte Lord Brant, und sein Zorn war nicht im geringsten besänftigt. »Hat er Sie immer und immer wieder ins Wasser geworfen, bis Sie schließlich gelernt hatten, zu überleben? Und keine Furcht zu zeigen, nehme ich an. Der verdammte Narr!«

Da dies tatsächlich im wesentlichen die Art war, wie Luke ihr das Schwimmen beigebracht hatte, wußte Pamela keine Antwort. Statt dessen legte sie ihm eine Hand auf den Mund und war überrascht, als er diese begierig küßte. Sie spürte, daß er leicht zitterte und bemerkte, daß er in seiner Sorge um sie und in seinem Zorn auf Luke so angespannt war wie eine Violinsaite.

»Mylord, bitte lassen Sie es nicht an ihm aus«, sagte sie mit unsicherer Stimme. »Er macht sich selbst schon genug Vorwürfe.«

»Das tut ihm gut! Ich bin erstaunt, daß er einen solchen normalen Anstand an den Tag legt«, fauchte der Graf. Und dann fügte er hinzu: »Wann werden Sie in ihm endlich das sehen, was er wirklich ist? Wann werden Sie aufhören, ihn zu verteidigen, ihn zu entschuldigen, ihn zu lieben? Wann werden Sie erkennen, daß er es nicht einmal wert ist, Ihre Hand zu berühren, geschweige denn, sie zu gewinnen?«

Seine Augen blitzten, und Pamela war wie betäubt von seiner Heftigkeit. Sie dachte nicht daran, daß er abgesehen von seiner Angst um ihre Sicherheit auch noch hatte beobachten müssen, wie sie Luke geküßt hatte – nicht einmal, sondern zweimal, denn er hatte die ganze Zeit, während sie im Wasser war, keinen Blick von ihr gewandt.

»Mylord«, flüsterte sie mit plötzlich trockenen Lippen.

Er bemühte sich, beherrscht zu wirken, als er sagte: »Verzeihen Sie, Ma'am. Sie frieren und sind naß, und Sie hatten eben ein schreckliches Erlebnis. Ich hätte nicht so zu Ihnen sprechen sollen.«

Seine Stimme war jetzt ruhig, und Pamela entspannte sich, als er über ihren Rücken strich. Dann sagte er, fast wie zu sich selbst: »Nein, ich gebe nicht auf, selbst jetzt nicht. Irgendwie . . . eines Tages . . .«

»Liebling, was habt ihr uns für einen Schrecken eingejagt, du und Luke!« rief Lady Sheridan irgendwo hinter ihnen. Pamela wurde sich plötzlich der Anwesenheit der anderen bewußt, der beiden Matrosen, die ruhig miteinander sprachen, Luke, der Mark genau schilderte, was geschehen war, Kapitän Browell, der sie erleichtert vom Steuer aus anlächelte. Lord Brant ließ sie los, und nun zitterte Pamela, denn jetzt, nachdem sie den Schutz seiner Arme verlassen hatte, war ihr noch kälter. Lady Sheridan rief ihr erschrocken etwas zu, und Mark bestand darauf, sie die Leiter hinunter in die Kajüte zu tragen, damit sie sofort ihre nassen Kleider auszog.

Ihre Mutter half ihr beim Auskleiden und rieb sie mit einem großen Handtuch ab. Als der Graf anklopfte und ein paar Kleidungsstücke hereinreichte, sagte er, ein Neffe von ihm habe diese an Bord gelassen. Pamela lag auf der Koje, bekleidet nur mit seinem warmen Mantel. Sie hatte ein Handtuch um ihr Haar geschlungen.

»Es tut mir leid, daß ich Ihnen keine Frauenkleidung anbieten kann, Ma'am. Aber sogar das Hemd und die Hose eines Jungen sind besser als diese nassen Kleider. Sobald wir andocken, lasse ich die Kutsche kommen und Sie sofort nach Brant Hall bringen. Sie müssen sobald wie möglich ein heißes Bad nehmen und zu Bett gehen.«

Lady Sheridan dankte ihm und schloß die Tür. Als sie die Kleider hochhielt, sah ihre Miene vor Bestürzung so komisch aus, daß Pamela lächeln mußte.

»Ich weiß, ich weiß, Mama! Es ist anstößig. Aber ich werde den Mantel des Grafen darüberziehen, und niemand wird sehen, wie tief ich gesunken bin, daß ich Jungenkleider tragen muß.«

Sie stand auf, zog sich an und fragte dabei mit leiser Stimme: »Geht es Luke gut?«

Lady Sheridan nickte, als sie den Pullover über Pamelas feuchtes Haar zog. »Ja, es geht ihm gut.«

Ihre Tochter wunderte sich über die kurze Antwort, die überdies mit einer Stimme geäußert worden war, die ihr fremd klang. Sie sah, wie ihre Mutter die Lippen zusammenpreßte, aber ehe sie etwas fragen konnte, fuhr Lady Sheridan auf ihre atemlose Weise fort:

»Ich bin wütend auf Luke, wirklich wütend! Und was Sir Roger ihm zu sagen haben wird, wenn er von dem Vorfall erfährt, wage ich mir gar nicht auszudenken. Du hättest ertrinken können! Und wenn Kapitän Browell Lord Brant nicht zurückgehalten hätte, wäre er dir ins Wasser nachgesprungen und hätte ebenfalls ertrinken können. Luke ist gedankenlos und leichtsinnig. Ich werde es ihm sagen, sobald wir an Land sind.«

Als die Kutsche des Grafen kurze Zeit später über das Kopfsteinpflaster holperte, schickte sie sich an, genau das zu tun. Luke seinerseits saß still da mit düsterem Gesicht, und er entschuldigte sich nicht einmal oder versuchte, sie mit seinem charmanten Lächeln dazu zu bringen, ihm zu verzeihen.

Pamela fand es gut, daß John Pearson nicht dabei war und die Schelte mitanhörte, die der Viscount von Lady Sheridan erhielt. Aber der Graf hatte beschlossen, an Bord zu bleiben, um den Teil der Takelage zu inspizieren, der während des Sturms beschädigt worden war. Seinem kalten, finsteren Blick und seiner starren Miene hatte Pamela aber entnommen, daß er in Wirklichkeit an Bord blieb, weil er jetzt nicht in Luke Westcotts Nähe sein wollte. Sie selbst war froh, daß er nicht zugegen war, denn seine Worte klangen ihr immer noch in den Ohren. Er hatte ihr beim Abschied die Hand geküßt, und sie hatte das leichte Zittern ihrer Hand nicht unterdrücken können, als sie in der seinen lag.

Pamela lehnte sich in die Polster zurück, schloß die Augen und ließ die anderen sprechen. Sie konnte sich nicht daran erinnern, jemals so müde gewesen zu sein.

Als sie schließlich in Brant Hall ankamen, war sie froh, in ein heißes Bad steigen zu können. Aber sie rührte das Tablett mit dem Abendessen kaum an und schlief ein, sobald ihr Kopf auf dem Kissen lag.

Als sie am nächsten Morgen nicht zur gewohnten Zeit nach ihrem Mädchen läutete, ging Lady Sheridan selbst in ihr Zimmer, um nach ihr zu sehen. Sie traf ihre Tochter mit hohem Fieber an. Pamela warf sich hin und her, redete im Delirium und klagte über Schmerzen in Armen und Beinen. Sofort wurde der Arzt gerufen, und vierundzwanzig Stunden lang machten sich alle im Haus Sorgen, daß Miss Sheridan sich eine Lungenentzündung oder vielleicht noch etwas Schlimmeres zugezogen haben könnte. Lord Brant tat während dieser Zeit wenig anderes als in seiner Bibliothek auf und ab zu gehen und abwechselnd für sie zu beten und den Viscount zu verfluchen.

Der Tanz im Freien wurde abgesagt. Der Graf schickte einen Dienstboten zu seinen Nachbarn, um sie über die Situation zu unterrichten. Zwei Tage nach der Segeltour rief er den Viscount Westcott zu sich in die Bibliothek.

Lord Brant war ein wenig beschwichtigt, als er Luke Westcotts besorgte Miene sah.

»Gibt es etwas Neues, Mylord? Pam geht es doch nicht etwa schlechter?« fragte er, fast ehe er sich von seiner Verbeugung wieder aufrichtete.

Der Graf stand hinter seinem Schreibtisch und stützte die Hände auf dessen polierte Platte.

»Der Arzt ist gerade gegangen. Er sagt, das Fieber sinkt, und die Krise ist vorüber. Er erwartet eine völlige Genesung.«

Lukes Gesicht entspannte sich zu einem breiten Lächeln, und der Graf betrachtete mit Widerwillen das tiefe Grübchen, als

Luke rief: »Das ist großartig, Sir! Ich wußte die ganze Zeit, daß es Pam bald wieder besser gehen würde. Pamela ist so stark wie ein Roß. Sie war nie ein schwächlicher Typ, wissen Sie.«

»Sie wäre gewiß schon vor Jahren gestorben, wenn sie schwächlich gewesen wäre, da sie so viel Zeit in Ihrer Gesellschaft verbracht hat, Sir«, erwiderte der Graf kalt.

Luke, der im Begriff gewesen war, sich in einen Sessel zu werfen, hielt inne. Der Graf starrte ihn einen Augenblick an, und dann sagte er mit ruhiger, aber ironischer Stimme: »So sehr mich dies schmerzt, muß ich Sie bitten, Brant Hall zu verlassen, Mylord. Ich glaube, wir werden während Miss Sheridans Genesung ohne Ihre hilfreiche Anwesenheit auskommen. Ich bin sicher, daß die Dame viel rascher genesen wird, wenn sie nicht den erschrekkenden Aufregungen ausgesetzt ist, die mit so großer Regelmäßigkeit vorzukommen scheinen, wenn Sie in der Nähe sind.«

Luke wollte protestieren, aber Lord Brant hob gebieterisch eine Hand. »Tun Sie mir einen Gefallen und erwidern sie nichts, Mylord, sonst vergesse ich mich. Während Sie unter meinem Dach wohnen, muß ich Ihnen jede Höflichkeit erweisen. Außerdem gilt Mord selbst aus den überzeugendsten Motiven nicht als *comme il faut*.« Es herrschte frostigsten Schweigen, und dann fuhr er fort: »Ich habe dafür gesorgt, daß Ihr Pferd in einer Stunde gebracht wird. Dadurch haben Sie genügend Zeit, sich höflich zu verabschieden. Ihr Gepäck wird Ihnen noch am heutigen Nachmittag durch einen Kurier nachgeschickt. Und jetzt, Sir, sage ich Ihnen adieu.«

Ein dunkles Rot hatte während der entschlossenen Rede des Grafen Lukes Wangen überzogen. Nun trat er einen Schritt vor und rief: »Hören Sie, Mylord, ich . . .«

Wieder unterbrach ihn der Graf, und dieses Mal war seine Stimme so kalt wie Stahl. »Ich glaube, ich habe gesagt, ich möchte mich nicht länger mit ihnen unterhalten, Sir. Sie wären klug, dies zu beachten.«

Er trat hinter dem Schreibtisch vor, ging auf den betretenen Viscount zu und sagte mit zusammengebissenen Zähnen: »Sie haben Glück, daß ich Sie nicht herausfordere, Sir. Nur das Bewußtsein, wie bekümmert Miss Sheridan über Ihren Tod wäre, hält mich davon ab.«

Die beiden Männer sahen einander finster an, aber es war Lord Westcott, der den Blick zuerst abwandte, und sich dann verbeugte. Ehe er zur Tür ging, sagte er angespannt: »Sie müssen mir erlauben, Sie um Verzeihung zu bitten, Mylord. Ich werde natürlich so bald wie möglich abreisen. Doch vorher möchte ich Sie folgendes wissen lassen: Ich würde Pam niemals absichtlich wehtun. Sie ist mir sehr teuer. Ich habe sie mein Leben lang geliebt.«

Er drehte sich um und sah daher nicht, wie Lord Brants Mund schmerzlich zuckte, und ebensowenig sah er den traurigen Ausdruck, der in seine Augen trat.

Luke ging in Lady Sheridans Zimmer, um sich noch einmal dafür zu entschuldigen, daß er an Pamelas Krankheit schuld war. Ja, er war nach seinem Gespräch mit dem Grafen so niedergeschlagen, daß er sogar so weit ging, anzubieten, aus dem Sheridan Haus auszuziehen, sobald er in London war. Erschrocken darüber, daß er dadurch alle ihre Pläne durchkreuzen könnte, trat Lady Sheridan rasch auf ihn zu und umarmte ihn. Sie sagte, sie wolle nichts davon hören, denn sie habe ihm schon längst verziehen und wisse, Pamela würde wieder völlig genesen. Sie bestand sogar darauf, daß er Mark nach London mitnahm, nachdem seine Schwester nun außer Gefahr war. Luke ließ sich leicht überzeugen, weiterhin in der Charles Street zu wohnen. Lady Sheridans tröstende Worte trugen viel dazu bei, seine Selbstachtung wiederherzustellen, die Lord Brant so schwer beschädigt hatte.

Als Luke und Mark eine Stunde später die Einfahrt hinabritten, fiel Luke plötzlich wieder ein, daß Lady Cynthia in London weilte. Ein breites Grinsen legte sich auf sein ausdrucksvolles Gesicht, als er daran dachte, wie bald er bei ihr wäre.

Sogar dem Teufelskerl Mark war das Tempo seines Freundes zu schnell, als sie in die Stadt zurückritten. Aber Luke, dessen hellbraune Augen strahlten, lachte nur und trieb sein Pferd zu einem noch rascheren Tempo an.

Neuntes Kapitel

Die Gäste, die in Brant Hall geblieben waren, ließen sich bereitwillig dazu überreden, ihren Aufbruch in die Stadt hinauszuschieben. Lady Virginia und Matthew Sheridan waren inzwischen so sehr ineinander verliebt, daß die idyllischen Tage auf dem Land und die milden Sternennächte, die nach Geißblatt und Rosen dufteten, gerade für sie geschaffen zu sein schienen.

Obwohl Lady Frances einen Kostümball vorbereiten und daher mit ihrem Gatten in Kürze abreisen mußte, wollte sie unbedingt Pamela pflegen, solange sie in Brant Hall weilte. Sir Frederick, ein höchst liebenswürdiger Mann, blieb ebenfalls mit Freuden und verbrachte seine Tage entweder mit dem Grafen, oder indem er im Garten schlummerte, wobei die Londoner Zeitungen um ihn herum ausgebreitet lagen, um seinen Tatendrang zu beweisen.

Ein paar Tage später, als Pauline bei Pamela saß, klopfte es an die Tür, und ein Diener des Grafen brachte eine silberne Vase mit Rosen und Schleierkraut. Pauline lächelte, als sie die Tür schloß. Dann blickte sie sich im Zimmer um und schüttelte den Kopf. »Wo soll ich nur diese neueste Gabe hinstellen?« fragte sie Pamela, als sie ihr die Karte gab. »Soll ich den Fruchtkorb anderswohin schieben oder die Schachtel mit dem Konfekt oder ein paar von diesen Büchern wegräumen? Oder vielleicht sollte ich das gestrige Bukett in die Halle hinausverbannen?«

Schließlich fand sie einen Platz auf dem Toilettentisch. Sie blickte in den Spiegel und sah das leichte Stirnrunzeln ihrer Freundin, als diese die Karte las und sie dann nachdenklich zusammenfaltete.

»Was für ein liebenswürdiger, guter Mann Lord Brant doch ist«, bemerkte sie beiläufig, während sie die Blumen arrangierte. »Ich frage mich, warum er sich so sehr bemüht, es zu verbergen.«

Pamela lehnte sich in ihre Kissen zurück. Ihre Gesichtsfarbe besserte sich von Tag zu Tag, und nun, da sie den Appetit wiedergewann, nahm ihr Gesicht seine normalen Konturen an, und ihre braunen Augen schienen nicht mehr so groß zu sein.

»Er ist sicher ein guter Mann«, sagte sie leise.

Als Pauline sich umdrehte, wunderte sie sich über die Tränen in Pamelas Augen und verwünschte im stillen den abwesenden Viscount. Er hatte nicht einmal einen Strauß Wiesenblumen geschickt, geschweige denn eine Nachricht hinterlassen. Pauline begann über den Grafen zu sprechen. Sie rühmte seine guten Eigenschaften und versuchte, seine Werbung zu unterstützen. Aber nur wenige Augenblicke später schloß Pamela die Augen, und Lady Frances verließ auf Zehenspitzen das Zimmer.

Pamela schlief nicht. Doch sie wollte kein weiteres Gespräch über Lord Brant führen. Nicht einmal mit ihrer besten Freundin Pauline.

Wie oft hatte sie seit der Segeltour jenen schicksalhaften Tag auf der Jacht durchdacht und alle Ereignisse, die dazu geführt hatten. Sie war in ihrem ganzen Leben noch niemals so ratlos gewesen. Sie hatte sich gegen den Schmerz gewappnet, den die Erinnerung an Lukes Worte in ihr auslösten. Sie erinnerte sich so gut an ihre bittere Enttäuschung, als sie sich im Wasser an ihn geklammert und er sie ›Schwester‹ genannt hatte.

Aber jetzt war sie nicht mehr niedergeschlagen. Statt dessen empfand sie eine gewisse Ruhe, fast ein inneres Losgelöstsein. Als sie über dieses seltsame Gefühl nachdachte, wurde ihr klar, daß sie zu irgendeiner Zeit in ihrem Delirium so weit gekommen war, Luke als ihren Bruder zu akzeptieren. Sie liebte ihn immer noch; sie würde ihn immer lieben. Aber jetzt wußte sie, daß es nur die gleiche Art von Zuneigung war, die sie auch für Matthew und Mark empfand. Luke war ihr so teuer und vertraut wie ihre übrige Familie; er war Luke, aber er war nicht ihr Geliebter.

Sie mißtraute diesem neuen Gefühl schwesterlicher Zuneigung. Denn sie konnte es nicht in Einklang bringen mit ihrer früheren Entschlossenheit, Luke um jeden Preis soweit zu bringen, daß er sie liebte. Schloß sie vielleicht Kompromisse, nur um sich selbst vor weiteren Verletzungen zu schützen?

Als Luke weder schrieb noch Blumen schickte und die einzigen Neuigkeiten, die sie über ihn erfuhr, den atemlosen Berichten ihrer Mutter entnahm, lag ein schwaches Lächeln auf ihren Lippen. Der sorglose Luke, immer so . . . so unbekümmert! Der Graf hatte recht, Luke war der ewige Junge, und sie stellte fest, daß sie schließlich doch keinen Jungen haben wollte, sondern einen Mann.

Jedesmal, wenn sie über diese seltsamen neuen Gefühle nachdachte, begann sie zu weinen. Sie konnte die Tränen nicht unterdrücken. Sie mußte jedesmal weinen, wenn sie an Lord Brant dachte. Die ganze Zeit hatte er sie geliebt, und sie war nicht vernünftig genug gewesen zu erkennen, wieviel er ihr bedeutete.

Wie konnte sie ihn jetzt darum bitten, den Wandel ihrer Gefühle zu akzeptieren? Er wußte von ihrer Liebe zu Luke; selbst nach ihrer Rettung hatte er sie auf der Jacht gefragt, weshalb sie Luke Westcott weiterhin liebte. Sie konnte nicht mehr so tun, als wäre es nur ihr Geheimnis. Würde er ihr glauben, wenn sie so plötzlich ihren Sinn geändert hatte? Wie konnte er so etwas von der zuverlässigen, beständigen, treuen Pamela Sheridan glauben? Das entsprach nicht ihrer Art. Er würde sie wahrscheinlich eher verhöhnen, denn welcher Mann wollte eine Frau besitzen, die fünf Jahre lang einen anderen Mann geliebt hatte, wie irregeleitet ihre Gefühle auch gewesen sein mochten und wie sehr sie es jetzt auch bedauerte. Er würde wahrscheinlich gekränkt sein, und sie konnte es ihm nicht übelnehmen. Es kam zu plötzlich, zu sehr zur richtigen Zeit. Und selbst wenn er ihr noch einmal einen Heiratsantag machen sollte und sie ihn diesmal annahm, wußte sie nicht, ob er ihr jemals glauben oder vertrauen würde. Nein, es stand fest, daß sie sich weiterhin so verhalten mußte wie bisher. Sie war froh, daß sie ihr Zimmer hüten mußte, denn dadurch brauchte sie ihm nicht in seine grauen Augen zu sehen und so zu tun, als liebte sie Luke immer noch.

Nachdem sie diese unmögliche Situation wiederholt durchdacht hatte, seufzte sie, schloß die Augen und versuchte zu schlafen, in der Hoffnung, ihn zu vergessen. Aber das war unmöglich, da seine Blumenbuketts und seine Zeilen mit solcher Regelmäßigkeit eintrafen. Ganz zu schweigen von den sorgfältig ausgewählten Büchern, die er ihr schickte, zusammen mit seinen Bemerkungen und seinen Unterstreichungen. Es war so, als wolle er, daß sie verstand, was er selbst bei der Lektüre wertvoll oder bedenkenswert gefunden hatte. Das machte ihn ihr so lebendig, als säße er neben ihr.

Er hatte ihr auch zwei Briefe geschrieben. Im ersten hatte er sich für sein Verhalten auf der Jacht entschuldigt und ihr versprochen, daß es nie wieder geschehen würde, wenn sie nur rasch gesund würde. Im zweiten berichtete er ihr alle Neuigkeiten aus der Stadt und die letzten *on dits*, und er schrieb witzig und fröhlich und machte keinerlei Andeutungen über seine Liebe, als wolle er ihr seinen neu gefaßten Entschluß beweisen.

Als Pauline am Nachmittag vor ihrer Abreise in die Stadt Pamela besuchte, war diese fast wieder genesen. Der Arzt hatte gesagt, sie könne jetzt täglich für kurze Zeit aufstehen und auf einem Liegestuhl im Garten ausruhen, wenn das Wetter es erlaubte. Bis jetzt hatte Pamela von dieser Erlaubnis keinen Gebrauch gemacht.

Nun lächelte sie, als Pauline von Matthew und Lady Virginia erzählte und ihr sagte, sie würde gewiß eine Schwägerin bekommen, sobald Matthew in der Stadt mit dem Vater der jungen Dame gesprochen hatte.

»Ein Liebespaar ist etwas Besonderes«, sagte sie. »Ich hoffe, daß Frederick sich während der Fahrt nicht zu Tode langweilt, denn wir nehmen sie in unserer Kutsche mit. Leider! Wir fungieren wieder als Anstandspersonen. Ich werde Frederick raten, ein Buch einzustecken.«

»Während du selbst als alte, verheiratete Dame, die du bist, mit Luchsaugen beobachtest, was vorgeht?« fragte Pamela. »Ich freue mich, die Neuigkeit zu hören. Lady Virginia ist ein nettes, liebes Mädchen. Matthew hat Glück, daß er sie für sich gewonnen hat, obwohl man ihn sich schwer als verheirateten Mann vorstellen kann.«

Pauline sah sie aufmerksam an. Dann fragte sie: »Und was ist mit dir, meine Liebe? Sind deine Gefühle für Lord Westcott noch so stark wie früher? Mir scheint, dadurch, daß er sich so sang- und klanglos verabschiedet hat und dir nicht einmal eine Nachricht hinterließ, hat er mehr als genug getan, um dir seine wahren Gefühle zu zeigen. Du mußt mir verzeihen, Pamela, daß ich so offen spreche. Aber in meiner Sorge um dich will ich um jeden Preis sagen, was ich denke.«

Ihre Freundin warf ihr ein wehmütiges Lächeln zu. »Ich habe Lukes wahres Wesen immer gekannt, Pauline.«

»Und es hat dir nichts ausgemacht?« fragte Lady Frances ungläubig. »Ich kann es nicht fassen, daß du dich für solch einen egoistischen Stoffel opfern willst, egal wie stattlich er ist — nicht, wenn Lord Brant dich so sehr verehrt.«

Pamela hob abwehrend eine Hand. »Bitte, Pauline, ich ... ich will jetzt nicht darüber sprechen.«

Da Lady Frances ihren gequälten Blick sah, schwieg sie, und all die vielen Argumente, die sie zugunsten des Grafen hatte vorbringen wollen, waren dadurch hinfällig. Wenn Pamela nicht über den Grafen sprechen wollte, wenn sie dabei blaß wurde und erschöpft wirkte, dann würde dieses Gespräch eben nicht stattfinden.

Statt dessen begann Pauline über den bevorstehenden Kostümball zu plaudern und versprach, das Datum zu verschieben, falls sich Pamela in drei Wochen nicht wohl genug fühlte, um daran teilzunehmen.

Dann redeten sie über andere Dinge, und als Lady Frances sie schließlich verließ, war sie mit ihren Schlußfolgerungen nicht weitergekommen.

Am nächsten Morgen trat Lord Brant auf die Freitreppe, um sich vom Ehepaar Frances, Lady Virginia und Matthew zu verabschieden. Lady Frances konnte nur ein paar wenige Worte mit ihm allein wechseln, und obwohl sie versuchte, ihn ein wenig optimistisch zu stimmen, gelang es ihr nicht. Nach allem, was sie wußte, liebte Pamela immer noch den unmöglichen Viscount Westcott. Pauline wünschte, sie hätte das Mädchen durchschütteln und zur Vernunft bringen können. Sie nahm sich vor, genau das zu tun, sobald es Pamela gut genug ging, um durchgeschüttelt zu werden.

Man hatte vereinbart, daß die Damen Sheridan in die Stadt fuhren, sobald Pamela völlig genesen war. Der Earl of Brant wollte sie begleiten. Nun, da die anderen Gäste abgereist waren, begann Lady Sheridan, sich zu langweilen. Weder ihre Tochter, noch der Graf waren im Augenblick eine anregende Gesellschaft; Pamela war ungewöhnlich still, und Lord Brant schien meist in Gedanken vertieft zu sein. Lady Sheridan sagte Pamela, es sei an der Zeit, daß sie endlich das Bett verließ, und ihre Tochter stimmte ihr zu. Sie konnte sich nicht für ewige Zeiten dort verstecken. Außerdem war es weder ihrer Mutter, noch dem Grafen gegenüber fair.

Infolgedessen erklärte sie sich bereit, diesen Nachmittag im Garten zu verbringen. Ihre Mutter begleitete sie dorthin und setzte sie in einen Gartenstuhl. Nachdem sie ihr eine leichte Decke gebracht hatte, etwas Limonade, falls sie durstig wurde, und eine Glocke, damit sie einen Diener rufen konnte, wenn sie irgend etwas benötigte, ließ sie Pamela allein. Sie wollte einen Brief an Sir Roger zu Ende schreiben und ihn bitten, zu Matthews bevorstehender Hochzeit in die Stadt zu kommen.

Pamela war es ein wenig unbehaglich zumute. Aber als die Minuten verstrichen und nur die Vögel ihr Gesellschaft leisteten, entspannte sie sich. Bald wurde sie in der warmen Sonne schläfrig, schloß die Augen und schlummerte ein.

Der Graf, der durch den Garten kam, blieb stehen udn betrachtete Pamela. Er hatte sie nicht mehr gesehen, seitdem er sie in Dover in seine Kutsche gesetzt hatte, als sie lustig und gleichzeitig anbetungswürdig ausgesehen hatte — eher wie ein Gassenjunge als eine elegante junge Dame in den abgetragenen Jungenhosen und seinem voluminösen Mantel. Die Tage während ihrer Krankheit waren ihm endlos erschienen, eine Prüfung, die er hatte durchstehen müssen.

Jetzt, als das Sonnenlicht und Schatten auf ihrem Gesicht spielten und diese schrägen Augen geschlossen und ihr weicher Mund im Schlaf entspannt waren, fiel es ihm schwer, sie nicht in die Arme zu nehmen und an sich zu drücken. Aber er wußte, das war unmöglich. Während Pamela krank gewesen war, hatte er viel Zeit zum Nachdenken gehabt. Er war zu dem Schluß gekommen, daß es ihr nur unnötigen Kummer bereiten würde, wenn er noch einmal mit ihr über seine Liebe sprach, da sie Luke Westcott immer noch liebte und dazu noch von ihrer Krankheit geschwächt war.

Er war unglücklich und entmutigt gewesen, als sie den Viscount geküßt hatte, kurz bevor man beide aus dem Wasser geholt hatte. Aber es waren Lord Westcotts eigene Worte ihm gegenüber in der Bibliothek gewesen, die ihn davon überzeugt hatten, daß er sie für immer verloren hatte. Er liebte Pamela Sheridan, aber das tat auch Lord Westcott. Und Lord Westcott war der Mann, den sie sich wünschte.

Er spürte, daß die Maske, die er so lange getragen hatte, seine Züge verhärtete, als er Pamela betrachtete — die einzige Geliebte, die er ersehnte und die er niemals besitzen würde. Dann bückte er sich und pflückte eine besonders schöne Rose.

Vielleicht war es das Knicken des Stengels oder ein instinktives Gefühl, daß sie beobachtet wurde, was Pamela aufweckte. Als sie die Augen öffnete, sah sie den Grafen neben sich stehen, ihr die Rose hinhalten und spöttisch lächeln.

Er kniete neben ihr nieder, nahm ihre Hand und küßte sie. »Sie haben die reizendste Hand von ganz England, Miss Sheridan«, sagte er mit ruhiger Stimme.

Pamela spürte, wie ihr Herz heftig klopfte und wie ihr Mund trocken wurde. Sie nahm die Rose und atmete deren süßen Duft ein, ehe sie sagte: »Haben Sie vielen Dank, Mylord. Aber zuerst möchte ich Ihnen für alle Ihre Freundlichkeiten danken — für die Blumen, das Obst, die Bücher und die vielen Grüße. Und ich möchte Sie um Verzeihung bitten, weil ich Ihren Haushalt durch meine Krankheit so durcheinander gebracht habe . . .«

»Mein Haushalt fühlt sich geehrt, Miss Sheridan«, sagte er mit einem schrägen Lächeln. »Jede Hilfe, die ich Ihnen erweisen kann, ist eine Auszeichnung für mich.«

Pamela sah ihn an und blickte dann rasch zur Seite. Lord Brant holte sich einen Stuhl.

»Es ist schön, Sie endlich wieder wohlauf zu sehen. Es geht Ihnen doch hoffentlich jetzt wieder gut?« fragte er mit seiner normalen Stimme.

Pamela nickte. »Es geht mir viel besser, Mylord. Meine Mutter will in den nächsten Tagen wieder in die Stadt zurückkehren, wenn es Ihnen recht ist.«

»Natürlich. Ich stehe immer zu Ihren Diensten«, erwiderte er, und sie wunderte sich darüber, wie rauh plötzlich seine Stimme klang.

Während des kurzen Schweigens, das nun entstand, hörten sie in der Nähe eine Lerche zwitschern – die freudigen, jubilierenden Töne, die ihren eigenen Gefühlen so völlig widersprachen. Dann fragte Lord Brant unvermittelt: »Erinnern Sie sich an unser Gespräch über ›Mansfield Park‹, Miss Sheridan?«

Verwirrt darüber, daß er dieses Gesprächsthema wählte, sagte Pamela: »Ja, natürlich.«

»Wenn ich mich recht entsinne«, fuhr der Graf fort, »hat Ihnen die Heldin mißfallen, während ich wenig Sympathie für den Helden empfand. Aber ich habe noch einmal gründlich darüber nachgedacht . . .«

»Ja, Mylord?« drängte Pamela, als er schwieg und seine Augenbrauen nachdenklich zusammenzog.

»Sicherlich war es richtig, daß Fanny in dem Roman Edmund aufgab, als sie glaubte, er liebe Miss Crawford. Stimmen Sie mir zu?« fragte er.

Verwirrt versuchte Pamela, sich an die Geschichte zu erinnern. »Aber sie gab ihn auf, ohne auch nur zu versuchen, sein Herz zu gewinnen!« sagte sie. »Das war nicht klug. Sie nahm damit einfach ein Problem als Schicksal hin und glaubte, es nicht ändern zu können.«

»Nehmen wir einmal an, sie hätte ihm ihre Liebe gestanden, und er hätte sie zurückgewiesen. Hätte sie es dann noch ein zweites Mal versuchen sollen?« fragte er.

Pamelas Augen wurden größer. Der Graf musterte ihr leicht gerötetes Gesicht und fügte hinzu: »Wenn Sie Fanny gewesen wären, was hätten Sie getan?«

»Nun, nun ich weiß es nicht, aber so hätte ich mich auf keinen Fall verhalten«, sagte Pamela.

»Kommen Sie, Miss Sheridan, geben Sie mir bitte eine klare Antwort«, beharrte er.

»Nun, ich glaube, es wäre mir irgendwie gelungen, ihn wissen zu lassen, daß meine Liebe zu ihm unverändert geblieben ist und daß ich ihn immer lieben würde. Ich hoffe, ich hätte mich nicht so erniedrigt, darauf hinzuweisen, daß Miss Crawford für ihn als Gattin ungeeignet war. Aber ich bin nicht ganz sicher.« Sie hielt einen Augenblick inne und fuhr dann fort: »Es ist für Frauen viel schwerer, das wissen Sie, Sir. Männer haben es wesentlich leichter, wenn es um den Umgang zwischen den Geschlechtern geht.«

Der Graf lachte, und Pamela fragte sich, warum sein Lachen so bitter klang. »Finden Sie?« fragte er. »Dann lassen Sie uns in dem Buch weitergehen bis zu der Stelle, wo nach Fanny verlangt wird, und ändern wir die Geschichte ein wenig ab. Angenommen, Fanny hätte Mr. Crawford geliebt, und Edmund liebte sie ebenfalls. Wie hätte er es ihr sagen sollen? Vergessen Sie nicht, er wollte, daß sie glücklich wird, und er glaubte, ihre Zuneigung gehöre einem anderen, obwohl dieser Mann, den sie liebt, ihrer nicht würdig war. Was hätte er, ein ehrenwerter Mann, in diesem Fall tun sollen?«

Pamela schwieg lange und glättete die Decke, die über ihren Knien lag. Es schien, daß aus der literarischen Diskussion, die sie geführt hatten, etwas völlig anderes geworden war.

»Ich weiß nicht«, flüsterte sie und fragte sich, ob sie ihn vielleicht mißverstand.

Und dann sagte er mit weicher, trauriger Stimme: »Ich auch nicht, meine Liebe. Ich auch nicht.«

Pamela dachte verzweifelt darüber nach, wie sie das Thema wechseln konnte, und drückte fester die Rose, die sie in der Hand hielt. Dann schrie sie auf, als ein Dorn in ihre Hand stach. Sofort war der Graf neben ihr und hatte bereits ein Taschentuch in der Hand.

»Daß ein Geschenk von mir ihnen Schmerzen bereiten kann!« Er hob ihre Hand, um den Tropfen Blut wegzuküssen, ehe er das weiche Taschentuch um die Einstichstelle wickelte. Pamela sah ihm in die Augen. »Ich würde Ihnen niemals absichtlich wehtun, meine Liebe. Sie können sich darauf verlassen.«

Plötzlich hörte er im Geist Lord Westcott genau die gleichen Worte in der Bibliothek zu ihm sagen, und er runzelte die Stirn. Er ließ ihre Hand los und stand auf.

»Leider ist das Leben voller spitzer Dornen, nicht wahr, Miss Sheridan? Voller Dornen und Enttäuschungen und unabänderlicher Schicksale.« Sein Lachen klang bitter, und Pamela hob ihre Hand.

Aber das sah er nicht, denn er hatte sich bereits abgewandt und ging auf dem Weg zwischen den Rosenbüschen auf und ab.

Er blieb nur noch ein paar Minuten bei ihr, dann verbeugte er sich und ließ eine verwirrte, erregte Miss Sheridan zurück.

Wie hatte er sich gegen Ende des Gesprächs verändert, dachte sie. Er war zurückhaltend und ironisch geworden. Er hatte sich fast so benommen wie vor zwei Jahren, als sie sich zum ersten Mal begegnet waren. Sie verstand es nicht.

Sie verstand auch nicht seine Argumentation über Miss Austens Buch. Wollte er ihr damit sagen, daß er es müde geworden war, darauf zu warten, bis sie Luke aufgab? Wollte er ihr damit zu verstehen geben, daß er, obwohl er sie immer bewundern und verehren würde, sie nicht länger mit Liebesbeteuerungen belästigen würde?

Sie preßte sein Taschentuch an ihr Gesicht, um ein Schluchzen zu unterdrücken, aber als sie den vertrauten Geruch der Lotion einatmete, die er benutzte, traten ihr wieder Tränen in die Augen, und sie vergrub ihr Gesicht in das Taschentuch und weinte.

Drei Tage später, als sie sich darauf vorbereitete, mit ihrer Mutter Brant Hall zu verlassen, erfuhr sie, daß der Graf beschlossen hatte zu reiten, anstatt den Damen in seiner Kutsche Gesellschaft zu leisten. Sie war darüber keineswegs überrascht.

Sie war sicher, daß er ihr aus dem Weg ging. Denn am Tag nach seinem Gespräch mit ihr im Garten war er nach Dover gefahren und dort bis zum Morgen ihrer Abreise geblieben.

Als sie die Poststraße entlangfuhren, ließ sie ihre Mutter erzählen, wie sehr sie sich darauf freute, wieder in die Stadt zu kommen. Pamela selbst trug wenig zur Konversation bei.

Weshalb hatte sich Lord Brant so sehr verändert? Was dachte er? Sie versuchte sich einzureden, es sei ihr gerade recht, daß er sich zurückzog, denn nun würde sie ihm nicht erklären müssen, daß sie Luke nicht mehr liebte und langsam zu glauben begann, sie habe sich statt dessen in ihn selbst verliebt.

Diese Schlußfolgerung gesunden Menschenverstandes hätte an sich bewirken müssen, daß sie sich wohler fühlte, aber sie wurde nur um so deprimierter. Als sie verstohlen einen Blick aus dem Fenster warf und sein scharfes Profil und sein schimmerndes schwarzes Haar sah, während er neben der Kutsche herritt, setzte sie eine gleichgültige Miene auf, damit ihre Mutter nicht merkte, was in ihr vorging.

Als Luke eine Stunde, nachdem er in London eingetroffen war, den Türklopfer des Stadthauses der Warrens betätigte, stellte er fest, daß niemand von der Familie zu Hause war. Ein stattliches Trinkgeld für den Butler bewog diesen Herrn zu enthüllen, daß eine ältere Verwandte erkrankt und die Familie nach Berkshire gefahren war, um an ihrem Krankenbett zu weilen. Der Butler hatte keine Ahnung, wann sie zurückkehren würden. Luke verfiel in eine tiefe Depression, die so lange andauerte, daß Mark ihm schließlich sagte, ein bengalischer Tiger wäre eine angenehmere Gesellschaft als er. Aber selbst diese Einschätzung seiner gegenwärtigen Geistesverfassung konnte Lord Westcotts Stimmung nicht heben.

Mark begann zu wünschen, Lady Cynthia würde zurückkehren. Denn alles wäre besser, sagte er sich, als zuhören zu müssen, wie Luke in einem Augenblick von ihr schwärmte und im nächsten Moment in finsteres Schweigen verfiel.

Der Viscount sprach jeden Morgen in der Frühe im Warren House vor, und der Butler hatte das Gefühl, daß sie schon alte Bekannte waren, als die Familienkutsche ein paar Tage später vor der Tür anhielt.

Der Butler strahlte, als er den Viscount am nächsten Morgen zur gewohnten Zeit auf der Türschwelle sah. »Sie kamen gestern zurück, Mylord«, vertraute er Luke an und nahm dessen Hut und Stock. Er war etwas verwirrt wegen des strahlenden, glückseligen Lächeln des jungen Mannes. »Das heißt, Lady Cynthia und ihre Mutter sind eingetroffen. Der Lord wurde von Geschäften aufgehalten.«

Er hustete und fügte formeller hinzu: »Ich werde nachsehen, ob die Damen empfangen, Mylord.«

»Nein, tun Sie das nicht«, bat Luke und steckte dem Butler noch eine goldene Guinee zu. »Kündigen Sie mich nur an, seien Sie ein guter Mann. Ich möchte Lady Cynthia überraschen.«

Der Butler sah ihn erstaunt an. Doch da Luke während der ganzen Saison im Haus verkehrt hatte, zuckte er nur mit den Achseln und ging voraus die Treppe hinauf zum Salon.

Sobald er den Namen des Viscounts genannt hatte, dränge sich Luke an ihm vorbei und schloß die Tür vor seiner Nase. Es war genauso, wie er gehofft hatte! Cynthia war allein. Sie saß an einem kleinen Schreibtisch und sah die Post durch, die während ihrer Abwesenheit eingetroffen war.

Sie atmete rasch, als er mit ausgestreckten Händen auf sie zuging und rief: »Endlich!«

»Mylord!« sagte sie hochmütig. »Ich habe nicht gesagt, daß ich Sie empfange. Verlassen Sie mich sofort!«

Luke blieb wie angewurzelt stehen und sah sie verwirrt an.

Dies war nicht die Art, wie er sich ihr Wiedersehen vorgestellt hatte, nicht nach dieser langen Zeit.

»Was meinen Sie damit, Mylady?« fragte er wie betäubt.

Lady Cynthia stand auf und glättete mit hoch erhobenem Kopf ihr rosarotes Musselinkleid.

Der Anblick ihres schönen Gesichts und ihrer vollkommenen Figur ließ die Augen des Viscounts aufleuchten. Er ging noch einen Schritt auf sie zu und wurde von ihrer erhobenen Hand und ihrer kalten Stimme abermals zum Stehen gebracht.

»Bleiben Sie, wo Sie sind, Sir. Wir haben einander nichts mehr zu sagen, überhaupt nichts!«

Als Luke die Stirn runzelte, schnaubte sie. Luke wußte nicht, daß die Dame mehr als erregt war, weil er die Reihen ihrer Bewunderer verlassen hatte. Sie hatte gehört, daß er aufs Land gefahren war, um sich auf einer Gesellschaft in Kent zu amüsieren. Das war sie nicht gewöhnt. Wie konnte er sie für so lange Zeit verlassen, und dies, Beleidigung über Beleidigung, ohne bei ihr vorbeizukommen und sich vor seiner Abreise zu verabschieden. Sie hatte Luke Westcott am meisten von allen ihren Verehrern geschätzt, und sie konnte den Gedanken nicht ertragen, daß er so nachlässig, so anmaßend war ... Sich vorzustellen, daß er sie, die Göttliche Cynthia, so behandelt hatte!

Sie hatte Männer schon wegen geringerer Vergehen aus den Reihen ihrer Bewunderer verstoßen. Erst letztes Jahr war Lord Frawely unerwartet für zwei Tage zu einem Rennen gefahren. Als er zurückkehrte, hatte er nicht nur eine große Menge Geld eingebüßt, weil er auf die falschen Pferde gesetzt hatte, sondern er hatte auch Lady Cynthia verloren. Nur das Eingreifen seiner Freunde hatte ihn davon abgehalten, sich zu erschießen.

»Kommen Sie, Cyn«, flehte Luke und benützte den Kosenamen, den er für sie erfunden hatte und über den sie immer hatte lachen müssen. »Was soll das? Und außerdem, wenn irgendjemand ein Recht hat, ärgerlich zu sein, dann bin ich es, mein Mädchen!«

»Sie, Sir?« fragte sie und lachte ungläubig.

»Ja, ich!« beharrte Luke und deutete mit einem großen Finger auf seine Brust. »Wie konnten Sie mir solch einen Streich spielen, Mylady? Ich hatte mich darauf verlassen, daß Sie mit uns nach Brant Hall fahren. Als ich feststellte, daß Sie die Einladung nicht angenommen haben, war ich unglücklich. Ich hätte mich dort vor Ärger und Enttäuschung beinahe in Schande gebracht, ja wirklich!«

»Ich kann kaum eine Einladung abgelehnt haben, die ich niemals bekam«, sagte Lady Cynthia hitzig und warf den Kopf zurück. »Sie müssen mich für sehr dumm halten, wenn Sie erwarten, daß ich eine solch schreiende Lüge glaube.«

Jetzt sah Luke sie finster an. »Das reicht! Ich weiß genau, daß Lord Brant Sie eingeladen hat, Cyn, denn er hat es mir selbst erzählt.«

»Nein, das hat er nicht getan!« rief sie. »Und reden Sie mich nicht mit diesem geschmacklosen Namen an!« Sie holte tief Luft und sagte ruhiger: »Ich möchte keine Diskussion fortsetzen, die mich nicht interessiert. Ich habe Ihre wahre Natur erkannt, Mylord! Und ich möchte Sie nie wiedersehen oder mit Ihnen sprechen!«

Luke lehnte sich an den Tisch in der Mitte des Zimmers und verschränkte die Arme. Cynthia ignorierte seine vorgeschobene Unterlippe, die weißen Linien um seinen ernsten Mund und seine funkelnden hellbraunen Augen. Pamela hätte ihr sagen können, daß sie im Irrtum war. Ärgerlich fragte Luke: »Was für eine wahre Natur?«

Cynthia hob trotzig das Kinn. »Ein Mann, der sich nicht die Mühe gibt, mir auch nur ein einziges Mal zu schreiben, beweist mir, wie wenig er sich aus mir macht!«

»Aber ... aber ich schreibe nie! Keinem Menschen!« rief Luke und war verblüfft, weil sie sich wegen dieser Kleinigkeit beleidigt fühlen konnte.

»Wirklich?« fragte sie steif, da er sie mit anderen Menschen gleichgestellt hatte. »Es ist genauso, wie ich es mir gedacht habe. Bitte verlassen Sie mich, Sir!«

Sie deutete herrisch auf die Salontür, und etwas rastete in Lukes überhitztem Gehirn ein.

»O nein, das werde ich nicht tun«, sagte er und war mit zwei riesigen Schritten bei ihr, nahm sie in die Arme und bedeckte ihr Gesicht mit Küssen.

»Aufhören ... oh, aufhören, ich ... Sie ...«

Die Göttliche Cynthia kam nicht dazu, mehr zu sagen, denn nun lag der leidenschaftliche Mund des Viscount auf dem ihren. Zwei begierige Hände liebkosten ihren Rücken und ihre Taille und zogen sie so fest an seinen Körper, daß sie fürchtete, ihre Rippen würden brechen.

Und dann vergaß sie ihre Rippen, ihren Zorn und ihren Entschluß, nie wieder etwas mit Lord Westcott zu tun haben zu wollen.

Lady Cynthia war noch nie geküßt worden. Trotz der vielen Verehrer, die schlaflose Nächte verbracht hatten, als sie von einer solchen Ekstase träumten, hatte es keiner von ihnen gewagt. Das äußerste, was jemand gewagt hatte, war ein ausgedehnter Kuß auf ihre Hand gewesen, ehe sie diese wegzog, und einmal ein feuchter Schmatzer auf ihre Wange vom zwölfjährigen Sohn des Gutsherrn, als sie etwa zehn Jahre alt gewesen war.

Sie hatte nicht gewußt, daß der Kuß eines Mannes sie so gebannt halten würde, verloren in einem Wirbelsturm der Gefühle.

Niemand hatte sie auch jemals umarmt, außer dem zwölfjährigen Jungen, worauf sie erschrocken zu ihrer Mutter gelaufen war. Wer hätte gedacht, daß die Arme eines Mannes so stark, so wundervoll sein würden? Und wer hätte je davon geträumt, daß zwei Hände auf eine so betäubende Weise liebkosen und auf so schwindelerregende Weise streicheln konnten?

Als Luke Westcott den Kopf hob, war sie verloren.

»Oh ... oh, Luke!« hauchte sie, und ihre Augen waren immer noch vor Ekstase geschlossen.

Der Viscount blickte auf ihr vollkommenes Gesicht, auf ihre zitternden Lippen und die geröteten Wangen. Und ehe er sich wieder vergaß, schüttelte er sie nicht allzu sanft. Da öffnete sie die

Augen. Denn natürlich hatte auch noch niemand die Göttliche Cynthia geschüttelt.

»Und nun keine Dummheiten mehr, Ma'am, hast du verstanden?« Cynthia war von all den seltsamen, neuen Dingen, die ihr widerfuhren, wie benommen. In ihren ganzen zweiundzwanzig Jahren hatte ihr noch niemand befohlen, wie sie sich benehmen sollte.

»L-Luke?« flüsterte sie.

Er schüttelte sie wieder. »Du wirst mir das versprechen, Cyn, und zwar sofort«, sagte er drohend. Lady Cynthia war jetzt völlig fügsam und nickte. Er nahm sie in die Arme und trug sie zum Sofa. Lady Cynthia lehnte ihren Kopf an seine breite Brust und atmete den wundervollen maskulinen Geruch seiner Haut ein und den Duft der köstlichen Lotion, die er benützte, und sie gab sich voller Wonne ihrer Hilflosigkeit hin.

»Nun«, sagte Luke, als er sie auf seinen Schoß setzte und sie ihre Arme um seinen Hals schlang. »Wann können wir heiraten?«

»Heiraten?« flüsterte sie und sah ihn fasziniert an.

»Natürlich! Und sage mir nicht, du müßtest erst darüber nachdenken, weil du nicht ganz sicher bist. Und verlange nicht, daß ich zuerst deinem Vater meine Aufwartung mache, denn ich weiß, daß er mich sowieso hinauswerfen läßt«, instruierte er sie. Seine Stimme war immer noch ernst.

Cynthia spielte mit den rotbraunen Locken an seinem Nacken und wickelte sie um ihre Finger. Sein Haar war so kräftig und doch so weich, dachte sie, als eine Haarsträhne ihr entglitt und wieder an ihren Platz zurücksprang. Sie hatte nicht gewußt, daß das Haar eines Mannes sich so anfühlte.

Er schaukelte Cynthia einen Augenblick auf seinen Knien, doch seine Hände umfaßten sie nicht allzu sanft, als er forschte: »Nun? Ich warte! Antworte mir!«

Sie blickte in seine hellbraunen Augen und kam sich vor, als fiele sie in einen Abgrund. Sie schmiegte sich an ihn, hob dann ihr Gesicht und wartete auf seinen Kuß.

»Wann wirst du mich heiraten, Cyn?« wiederholte er und blieb quälende zwei Millimeter von ihr entfernt. Eine Hand strich an ihrem Arm entlang und hinterließ hundert prickelnde Nervenenden, ehe sie ihr Kinn umfaßte.

Sie gab ihren Wunsch, Herzogin zu werden, vollständig auf und flüsterte: »Heute — morgen — wann immer du willst.« Was war irgendein namenloser Herzog, verglichen mit diesem wunderbaren, aufregenden, stattlichen Mann, der sie so herrisch in den Armen hielt, als wolle er sie nie wieder loslassen? Wie konnte die Anrede ›Euer Gnaden‹ einen Mann aufwiegen, der ihr befahl, sich zu benehmen, und der forderte, statt zu bitten, und dessen Küsse so traumhaft waren, sagte sie sich.

Der Viscount stieß einen triumphierenden Schrei aus, ehe er sie an sich zog und sie endlich wieder küßte.

Die übliche halbe Stunde, die einem Gentleman für den Besuch erlaubt war, verstrich, und es war fast eine Stunde später, als Lady Warren auf der Suche nach ihrer Tochter ins Zimmer trat und sie in den Armen von Viscount Westcott fand.

Sie hatte nicht gewußt, daß er im Haus war, und der Anblick Cynthias, deren Haar offen an ihrem Rücken herunterfiel, deren Kleid unordentlich war und deren Augen wie zwei Sterne leuchteten über einem Mund, der von seinen Küssen geschwollen war, bewirkte, daß Lady Warren aufschrie und ohnmächtig zu Boden fiel.

Als sie wieder zu Bewußtsein kam, war Lord Westcott gegangen und hatte es Cynthia überlassen, die Nachricht von ihrer Verlobung kundzutun. Seine Liebe hatte ihn in Versuchung geführt, an ihrer Seite zu bleiben. Aber Luke war klar, daß ihm dabei außerordentlich unbehaglich zumute gewesen wäre. Außerdem war er sicher, daß Cynthia ohne männliche Hilfe mit ihrer Mutter besser umgehen konnte, und er wies darauf hin, daß es leichter wäre, die Dame zu besänftigen, wenn der Herr, der die Ohnmacht ausgelöst hatte, verschwunden war. Hysterische Damen mittleren Alters waren nicht sein Fall.

Er sagte sich, daß er klug und überlegt und nicht etwa feige handelte, als er ging, nachdem er versprochen hatte, er würde niemandem etwas von ihrer Verlobung erzählen, bis sie sich bei ihm meldete.

Als er die Treppe hinunterlief, fragte er sich, ob Cynthia darauf bestehen würde, daß ihre Eltern sie oft besuchten.

Sein strahlendes Lächeln und die herzliche Art, wie er dem Butler auf die Schulter klopfte, sprachen Bände. Doch der sah ein wenig verdrießlich aus. Wenn er gewußt hätte, daß es ein glückliches Ende nehmen würde, und dies so rasch, dann hätte er dem Viscount das Haus verboten, sagte er sich, als er den Mann unter Verbeugungen zur Tür begleitete. Nun, da Lady Cynthia beschlossen hatte zu heiraten, würden die großen Trinkgelder von den anderen verliebten Herren schlagartig ausbleiben, und dies ausgerechnet in dem Augenblick, da er für einen bequemen Ruhestand fast genug zusammengespart hatte!

Zehntes Kapitel

Als Lady Warren mit Hilfe ihres Mädchens, einiger verbrannter Federn, ihres Riechsalzes und eines stärkenden Magenlikörs wieder zu Bewußtsein kam, stellte sie wie betäubt fest, daß ihre bisher so vollkommene Tochter nichts dergleichen war. Statt dessen stellte sich diese zum Entsetzen ihrer Mutter als ebenso störrisch heraus wie ein Maulesel. Sie weigerte sich nicht nur, ihr wollüstiges Betragen mit dem Viscount zu bereuen, sondern sie verkündete mit kämpferischer Stimme, die keine Widerrede duldete, ihre Verlobung. Da sie in ihrem ganzen Leben immer ihren Willen durchgesetzt hatte, weil ihre Eltern sie verwöhnt und ihr nichts abgeschlagen hatten, war dieser Fehler vorher nie ans Licht gekommen.

Aber jetzt wollte Lady Cynthia nicht zuhören, so sehr ihre Mutter sie auch anflehte, den Viscount aufzugeben, gleichgültig wieviele seiner Mängel sie auch aufzählte und wie sehr sie seinen niedrigen Titel beklagte. Nicht einmal als sie sagte, sie sei sicher, sie würde ihrem Vater damit das Herz brechen, wenn sie auf einer solchen bockigen Verrücktheit beharrte. Da Cynthia ihren Entschluß gefaßt hatte und Lukes Küsse und liebkosende Hände immer noch frisch in ihrer Erinnerung waren, hätte nichts — nicht einmal ein Dekret des Königs — sie bewogen, ihren Sinn zu ändern. Vergeblich argumentierte Lady Warren, bis sie heiser war. Auf jedes Argument wußte ihre Tochter eine rasche Antwort. Daß Luke Schulden hatte, war eine Kleinigkeit für eine reiche Erbin wie sie, sagte sie. Außerdem wären sie mehr als wohlhabend, sobald er über sein eigenes Vermögen verfügen konnte. Er neigte zu Vergnügungen, Spiel und Geselligkeit. Nun, das tat sie auch, und sie hatte nicht vor, sich aus der Gesellschaft zurückzuziehen, nachdem sie verheiratet war. Und was sein unstetes Temperament und die Mätressen anbetraf, die er gehabt hatte, das läge nun in der Vergangenheit. Zweifelte ihre Mutter etwa daran, daß sie ihn glücklich machen könne? Sie, die Göttliche Cynthia? Hier warf Lady Warren einen kurzen Blick auf die vollkommene Figur und das schöne Gesicht ihrer Tochter und mußte sich geschlagen geben. Jeder Mann, der Cynthia wegen einer anderen Frau verließ, mußte verrückt sein. Und dieses Gebrechen konnte sie dem Viscount nicht zuschreiben.

Das einzige Zugeständnis, das sie ihrer Tochter abringen konnte, war dies, daß die Verlobung nicht öffentlich bekanntgemacht wurde, ehe ihr Vater in London war. Lady Cynthia erlaubte diesen Aufschub gnädig, aber sie ließ ihrerseits ihre Mutter versprechen, sofort einen Eilboten zu Lord Warren zu schicken und seine sofortige Rückkehr zu erbitten.

»Luke mag keine lange Verlobungszeit, Mama, und ich auch nicht«, sagte sie mit fester Stimme und entschlossener Miene.

Lady Warren stöhnte und wischte sich über die Augen. Wie kam es, daß das energische Kinn und der trotzige Stahl der blauen Augen Cynthias ihr die ganzen Jahre entgangen waren, fragte sie sich, als sie das Zimmer verließ, um, wie befohlen, ihrem Gatten zu schreiben.

Lady Cynthia schrieb eine Nachricht für Lord Westcott und teilte ihm mit, daß er ihre Verlobung vor keiner Menschenseele erwähnen durfte. Dann beteuerte sie ihm ihre Liebe und bat ihn, rasch wieder zu ihr zu kommen. Nachdem sie ihren Brief einem Diener übergeben hatte, damit er ihn Lord Westcott überbrachte, lief sie in ihr Zimmer hinauf, um sich Tagträumen hinzugeben über all die Wonnen, die sie in seinen Armen erlebt hatte und all die Seligkeiten, die ihr bevorstanden.

Luke war enttäuscht, als er ihre Nachricht las. Er hätte die Neuigkeit am liebsten von den Dächern heruntergeschrien, aber er war in einer solchen Hochstimmung, da Cynthia versprochen hatte, seine Frau zu werden, daß er sich fügte. Er nahm an, daß er um des Anstands willen ihren Vater besuchen und formell um ihre Hand anhalten mußte, ehe dieser seinen Sekretär beauftragte, die Vorbereitungen für die Hochzeit zu treffen. Und dann mußte man noch Onkel Joseph und Tante Athaliah benachrichtigen. Was für eine Befriedigung wäre das!

Er war in einer solchen Ekstase, daß er sich in der Bibliothek an den Schreibtisch setzte und Cynthia ein paar Zeilen schrieb. Dabei gratulierte er sich zu seinem Feingefühl. Dann eilte er hinaus, um ihr Blumen zu kaufen. Als er dieses mühsame Geschäft hinter sich hatte, zog er sich zu Brook's zurück und gab sich der beruhigenden Wirkung eines ernsthaften Spiels hin.

Aber als die Tage verstrichen, wurde er immer unruhiger. Lord Warren war wie gebeten in der Stadt eingetroffen, aber Luke wurde es nicht erlaubt, vorzusprechen. Cynthia teilte ihm mit, daß ihr lieber Papa ein wenig Schwierigkeiten machte. Aber sie sei sicher, daß sie ihn in Kürze überreden könne. Da es bis dahin peinlich war, wenn Luke ins Haus kam, und da Cynthia sich weigerte, an irgendwelchen gesellschaftlichen Ereignissen teilzunehmen, bis sie dies als Verlobte von Lord Westcott tun konnte, vereinbarten die beiden Liebenden, sich im Park zu treffen. Cynthia befahl ihrem Mädchen, sie allein zu lassen. Sie fanden eine abgelegene Stelle, wo sie miteinander sprechen, Pläne schmieden, sich küssen und umarmen konnten. Aber irgendwie wurden bei diesen Zusammentreffen sehr wenige Pläne geschmiedet.

Lady Sheridan und Pamela waren wieder in der Charles Street eingetroffen, und obwohl Luke sich freute, sie zu sehen, schien er auf Wolken zu schweben und gleichzeitig sehr beschäftigt zu sein. Lady Sheridan fragte sich, weshalb. Sie horchte Mark aus, aber dieser war ein paar Tage nicht in der Stadt gewesen und hatte keine Ahnung, weshalb Luke sich so merkwürdig benahm. Er erzählte seiner Mutter, daß Luke sich seit ihrer Rückkehr aus Kent in einen Wirbel von Aktivitäten gestürzt habe. Er boxte und ritt und spielte, und Mark freute sich zu sehen, daß sein Freund zur Normalität zurückgekehrt war, selbst wenn das Tempo, das er einschlug, beängstigend war.

Lady Sheridan war dessen nicht so sicher. Luke war zwar wieder mit den Tätigkeiten eines Gentleman beschäftigt, und das konnte bedeuten, daß er die Hoffnung aufgegeben hatte, die

Göttliche Cynthia zu erobern. Aber wenn dies der Fall war, weshalb pfiff er dann, wenn er die Treppe herabkam, und weshalb lächelte er sie so strahlend an? Und warum war er so oft geistesabwesend?

Pamela bemerkte nicht einmal Lukes verändertes Verhalten, denn sie war mit ihren eigenen Problemen beschäftigt. Alle nahmen an, sie sei nach ihrer Krankheit immer noch erschöpft. Ihr langes Schweigen am Eßtisch oder im Salon blieb unbemerkt, zumal Luke fast ununterbrochen sprach und dabei wild gestikulierte und schallend lachte. Sie waren jetzt eine kleine Gesellschaft, denn Matthew hatte sich aufs Land begeben, um mit Lady Virginias Vater zu sprechen.

Der Earl of Brant hatte nur einen Besuch abgestattet, seitdem die Damen Sheridan in die Stadt zurückgekehrt waren, um sich zu vergewissern, daß Pamela die Reise gut überstanden hatte. Da er an dem Tag gekommen war, an dem Lady Sheridan zu Hause mehrere Gäste empfing, hatte es keine Gelegenheit für ein privates Gespräch gegeben. Pamela hatte dies bedauert. Sie war über die ernste, kalte Miene des Grafen verwundert gewesen. Nicht ein einziges Mal hatte selbst ein kleines Lächeln sein Gesicht erhellt. Er war nur fünfzehn Minuten geblieben und hatte kurz mit jedem Anwesenden gesprochen. Pamela hatte sich bemüht, sich unauffällig zu verhalten und ihn während seines Besuchs nicht anzusehen. Das war ihr sehr schwergefallen, und sie war fast erleichtert darüber gewesen, als er sie verließ.

Sie hatte ihm ein paar Dankeszeilen für ihren Aufenthalt in Brant Hall geschrieben und sich noch einmal dafür entschuldigt, daß sie solch eine Last gewesen war, aber er hatte nicht geantwortet. Statt dessen hatte er ein Rosenbukett geschickt. Als sie voller Freude die Karte aufriß, fand sie nur die kleine Zeichnung einer Birne unter seinem eingravierten Namen und keine persönliche Nachricht.

Zwei Tage später kam Lady Frances zu Besuch. Im Verlauf ihres Gesprächs erwähnte sie, daß Lord Brant nach Kent zurückgekehrt war. Pamela war sich dessen nicht bewußt, wie aufmerksam sie beobachtet wurde, denn sie hatte den Kopf über ihren Stickrahmen gesenkt, während Pauline sprach. Einen Augenblick hielt die Hand mit der Nadel inne, und dann beschäftigte sich Pamela mit ihrer Stickerei, als wäre diese das Wichtigste auf der Welt. Pauline seufzte im stillen.

»Es ist zu schade, daß John wieder in Kent ist«, fuhr sie nach einem Augenblick fort. »Ich sagte ihm, er käme auf meine schwarze Liste, wenn er nicht zeitig zu meinem Kostümball zurück ist.«

»Und hat er versprochen zu kommen?« fragte Pamela und war froh, daß ihre Freundin nicht hören konnte, wie wild ihr Herz schlug.

»Ich konnte ihm nicht einmal dafür ein Versprechen entlokken«, erwiderte Pauline ärgerlich. »Er sagt, er müsse sehen, wie seine Geschäfte auf dem Land laufen. Bah! Geschäfte!«

Pamela maß einen Faden ab. »Wir alle werden ihn vermissen, das ist sicher«, sagte sie und wunderte sich selbst über ihre ruhige Stimme.

In diesem Augenblick kam Lord Westcott herein. Er verbeugte sich vor Lady Frances, ehe er auf Pamela zuging und sie von ihrem Stuhl zog, so daß ihre Stickerei zu Boden fiel. Er umarmte Pamela stürmisch und lachte dabei.

»Luke, laß mich los!« befahl sie.

Pauline fand, daß ihre Stimme ein wenig ärgerlich klang und wunderte sich darüber. Doch dann lenkte die strahlende Miene des Viscount sie ab.

»Sei nicht so kratzbürstig, Pam!« rief er, küßte ihre Wange und ließ sie dann los.

»Wie kannst du an einem so herrlichen Tag nur so mürrisch sein?«

Beide Damen sahen hinaus auf den bewölkten Himmel, der schon seit dem Morgen mit Regen gedroht hatte, aber ehe sie ihm antworten konnte, hatte er das Zimmer mit eiligen Schritten wieder verlassen.

»Was ist denn mit ihm los? Ist er betrunken?« fragte Pauline verwirrt.

Pamela zuckte mit den Achseln. »Ich habe keine Ahnung. Er will es uns nicht sagen. Seitdem er in die Stadt zurückgekehrt ist, hat er sich sehr verändert. Aber schließlich war Luke immer temperamentvoll. Mama sagt, er ist wie die Spule eines Spinnrads — ständig in Bewegung.«

»Wie lästig für euch andere«, bemerkte Pauline und hob ihre Teetasse an die Lippen.

Ihre Freundin neigte den Kopf zur Seite, und ihre großen, braunen Augen blickten nachdenklich. »Es ist nicht gerade geruhsam«, gab sie zu, »aber schließlich ist er neuerdings selten im Haus. Er rast herein und hinaus, als hätte er hundert Verabredungen am Tag.«

Pauline fand, daß Pamela beinahe amüsiert sprach, aber ehe sie weitere Fragen stellen konnte, kam Lady Sheridan herein. Sie war Einkaufen gewesen und wollte unbedingt ihre Neuerwerbungen vorzeigen. Von da aus war es nur noch ein kleiner Schritt bis zum Kostümball.

»Was werden Sie tragen, Lady Sheridan?« fragte Pauline und nickte, als Pamela mit der Teekanne eine Geste machte und ihre Tasse wieder auffüllte. »Ich selbst habe mich noch nicht entschieden. Zum letzten Kostümball ging ich als Marie Antoinette, und als Cleopatra zum vorletzten. Wer bleibt noch übrig?«

»Ich werde als eine Grande Dame des letzten Jahrhunderts gehen«, verkündete Lady Sheridan. »Ich habe mir schon oft gewünscht, diese weiten Röcke und steifen Krinolinen und Reifrökke auszuprobieren.«

Lady Frances stimmte zu, daß dies amüsant wäre und fragte dann Pamela: »Hast du dich schon für ein Kostüm entschieden, meine Liebe?«

Pamela schüttelte den Kopf. »Nein, noch nicht. Ich weiß nur, daß ich nicht als griechische Göttin oder Waldnymphe oder Milchmädchen gehe. Außer diesen dreien habe ich keine brauchbare Idee.«

Lady Sheridan unterbrach sie: »Ich habe Pamela gesagt, daß sie sich beeilen muß, denn es ist nur noch wenig Zeit bis zum Ball.

Ich hoffe wirklich, Sie kommen mit Ihren Vorbereitungen gut voran, Pauline.«

»Ich habe alles in die Hände meiner Haushälterin und meines Butlers gelegt, Ma'am«, sagte Pauline lächelnd. »Gute Dienstboten sind wirklich ein Segen.«

Als sie sich kurze Zeit später verabschiedete, erwähnte sie noch einmal den Grafen. »Wenn du von ihm hören solltest, dann füge doch meinen Bitten die deinen hinzu, Pamela. Ich bin sicher, er würde zum Kostümball kommen, wenn du ihn dazu auffordern würdest.«

»Ich glaube nicht, daß ich etwas von Lord Brant hören werde. Selbst wenn dies der Fall sein sollte, weiß ich nicht, warum er meiner Bitte Folge leisten sollte.«

Pauline lachte und tätschelte Pamelas Wange. »Dummes Mädchen«, flüsterte sie. »John Pearson könntest du um alles bitten, was du willst. Hoffentlich bittest du ihn nicht um den Mond, denn er würde sicherlich versuchen, ihn für dich vom Himmel zu holen.«

Sie fand, daß Pamela mitgenommen und ein wenig blaß aussah, und sie entschuldigte sich rasch, weil sie so lange bei ihr geblieben war.

Pamela küßte sie zum Abschied wortlos und war froh darüber, daß Pauline nicht ihre Gedanken lesen und sehen konnte, wie sehr sie wünschte, der Graf würde sich so verhalten, wie Pauline es gesagt hatte.

Nachdem Lady Frances die Sheridans verlassen hatte, machte sie einen Besuch bei ihrer Tante, Lady Warren. Das war eine Pflicht, die sie niemals gern erfüllte, aber sie wußte, daß sie von ihr verlangt wurde. Sie unterdrückte einen Seufzer und versuchte, ein Lächeln auf ihr Gesicht zu zaubern, als der Butler sie in den Salon führte. Wieder einmal würde sie zuhören müssen, wie Tante Warren ihre vollkommene Tochter in den Himmel hob und wie sie deren Verehrer aufzählte, die Briefe und Einladungen und Blumen, die sie erhalten und was jedermann zu ihrer letzten musikalischen Darbietung zu sagen gehabt hatte.

Aber statt dessen traf sie Lady Warren fast händeringend an. Das einfache, runde Gesicht war zerfurcht von tiefer Enttäuschung und Gram. Obwohl sie einen schwachen Versuch machte, ihre Probleme zu verbergen, konnte sie Lady Frances eindringlichen Fragen nicht widerstehen. Außerdem ist Pauline schließlich meine Nichte, sagte sie sich, als sie sich anschickte, ihre Sorgen vor ihr auszubreiten. Ein Familienmitglied hatte ein Recht darauf, unterrichtet zu werden. Sie beugte sich in ihrem Stuhl vor und sah ihre Besucherin mit besorgtem Blick an. »Was ich dir jetzt anvertraue, Pauline, muß ein Geheimnis zwischen uns bleiben«, flüsterte sie. »Ich kann an gar nichts anderes mehr denken, seit . . . seit . . .«

»Ja, Tante?« fragte Pauline und bemühte sich, eine angemessen mitfühlende Miene aufzusetzen. Der Kummer ihrer Tante war vermutlich darauf zurückzuführen, daß die Friseuse Cynthia das Haar ungünstig geschnitten oder das neue Ballkleid die falsche Farbe hatte, sagte sich Pauline. Aber als Lady Warren zu sprechen begann, saß Pauline kerzengerade auf ihrem Stuhl.

»Cynthia ist entschlossen, Viscount Westcott zu heiraten«, klagte Lady Warren. Sie hielt sich ihr Taschentuch vor den Mund, um ihre Schluchzer zu unterdrücken.

»Lord Westcott?« rief Pauline überrascht. »Sagen Sie nicht, er hat um ihre Hand angehalten, liebe Ma'am?«

Lady Warren nickte. »Das hat er in der Tat hier in diesem Zimmer getan. Und Cynthia hat eingewilligt! Kannst du das fassen, Pauline? Der Viscount, verschuldet und von unbeständigem Charakter, wenn sie einen Herzog oder einen Prinzen oder . . . oder . . .«

Es gab keinen großartigeren Titel, und deshalb schwieg Lady Warren. Lady Frances kniete neben ihr nieder und tätschelte ihre Hand. »Aber liebe Tante, wenn sie ihn liebt . . .«

»Liebt? Sie ist verrückt nach ihm! Verhext! Sie ist überzeugt, daß es auf der ganzen Welt keinen wunderbareren Mann gibt, und alles, was wir sagen, kann ihren Entschluß nicht ändern. Ich habe nicht gewußt, daß sie so hartnäckig sein kann! Gestern abend sagte sie uns, wenn wir ihrer Verlobung und ihrer fast sofortigen Heirat nicht zustimmen, läuft sie von zu Hause weg!«

Pauline blieb der Mund offen stehen. Lady Warren redete weiter. »Und da ist noch etwas anderes! Warum könnte die Hochzeit nicht in einem Jahr oder sogar erst in drei Jahren stattfinden?«

Ihre Nichte wies nicht darauf hin, daß dies in der Tat eine sehr lange Verlobungszeit wäre, denn sie dachte intensiv nach. Luke Westcott hatte um Lady Cynthias Hand angehalten, und sie würde ihre schönste Diamantkette darum wetten, daß Pamela nichts davon wußte. Sie war hin und her gerissen zwischen der Erleichterung darüber, daß ihre Freundin der Ehe mit einem so leichtsinnigen, oberflächlichen Burschen entronnen war, und der Sorge wegen des Kummers, den diese Nachricht ihr bereiten mußte. Was um alles in der Welt sollte sie nur tun?

Die verzweifelte Mutter redete ununterbrochen weiter. Der Besuch von Lady Frances war die erste Gelegenheit, die sich ihr bot, um ihr Herz auszuschütten, und sie war entschlossen, dies gründlich zu tun. Pauline murmelte jedesmal, wenn Lady Warren Atem holte: »Das ist zu schade!« oder »Ttt, ttt, ttt!« und konnte sich dadurch über ihre eigenen Probleme Gedanken machen, während sie von dem Familiendebakel ganz in Anspruch genommen zu sein schien.

Nachdem Lady Warren alles, was sie zu sagen hatte, zweimal erzählt hatte, löste sie sich schließlich in Tränen und Schluchzern auf. Pauline stand auf, um sich zu verabschieden. Sie war sicher, daß es nur noch eine Sache von wenigen Tagen wäre, bis die Verlobung bekanntgemacht würde. Sie wußte, daß weder ihre Tante noch ihr Onkel jemals fähig gewesen waren, ihrer Tochter etwas abzuschlagen. Pauline zwang sich, nicht an Pamelas Kummer zu denken, küßte ihre Tante und bat sie zu versuchen, die Ruhe zu bewahren. Sie wollte etwas Gutes über die bevorstehende Verbindung äußern. Aber das einzige, was ihr einfiel, war der Hinweis darauf, was für schöne Kinder Lord Westcott und Lady Cynthia einmal haben würden.

Lady Warren war bei diesem Gedanken wie betäubt und sah

ihre Nichte so an, als glaubte sie, diese wäre verrückt geworden, und Pauline beeilte sich zu entkommen.

In der Zwischenzeit erfuhr auch in der Charles Street jemand etwas von der heimlichen Verlobung. Luke hatte sein Versprechen, nichts darüber verlauten zu lassen, gehalten. Aber als er allein mit Lady Sheridan in dem kleinen Garten neben dem Haus war, konnte er nicht widerstehen, und er erzählte ihr von seinem Glück. Er nahm ihr das Versprechen ab, niemandem gegenüber ein Wort über seine Verlobung verlauten zu lassen, ehe er öffentlich bekanntgegeben hatte, daß Lady Cynthia Warren seine Frau werden würde. Die Reaktion seiner Gastgeberin war keineswegs so, wie er es erwartet hatte. Lady Sheridan griff sich ans Herz, ihr Kinn klappte herunter, und sie riß bestürzt ihre braunen Augen auf, als sie sein strahlendes Lächeln sah.

»O nein, Luke, Liebster, das darfst du nicht tun! Du darfst Cynthia Warren nicht heiraten«, klagte sie.

Luke sah sie überrascht an. Dann schob er trotzig die Unterlippe vor. »Und warum darf ich das nicht?« fragte er aggressiv.

Diesmal ignorierte Lady Sheridan dieses Gefahrensignal und gestikulierte bekümmert mit den Händen.

»Weil Pamela dich so sehr liebt!« erklärte sie.

Luke setzte sich neben sie und ergriff ihre Hände. »Was soll das, Mutter Sheridan?« fragte er. »Pam liebt mich nicht, sie liebt niemanden!«

»O doch! Sie liebt dich, mein Junge. Schon seit vielen Jahren!« beharrte Lady Sheridan.

»Warum hat sie meinen Heiratsantrag dann nicht angenommen, als ich sie bat, meine Frau zu werden, Ma'am?« fragte Luke logisch.

»Das war alles nur ein dummes Mißverständnis«, erwiderte Lady Sheridan und sah Luke unverwandt an. Sie war sicher, daß sie ihn dazu bringen konnte, seinen Entschluß zu ändern was die Wahl seiner Braut anbetraf. Sie war entschlossen, alles zu tun, gleichgültig, was sie sagen oder tun mußte, um Luke gefügig zu machen. Das zukünftige Glück ihrer Tochter stand auf dem

Spiel. Und schließlich war seine Verlobung noch nicht öffentlich bekanntgegeben worden. Also würde es auch keinen Skandal geben, sagte sie sich. Vermutlich wären die Warrens ebenso erleichtert wie sie selbst, wenn die Verlobung mit Cynthia aufgelöst würde. »Weißt du«, fuhr sie in einem vertraulichen Tonfall fort, »Pamela hatte die lächerliche Vorstellung, daß du sie ebenso lieben mußt wie sie dich liebt. Sie wollte deinen Heiratsantrag einfach deshalb nicht annehmen, weil sie in deinen Augen nur die alte Freundin war. Sie wollte, daß du sie liebst. Begreifst du das, mein Junge?«

»Pam? Das hat Pam gedacht?« fragte er ungläubig. »Nein, nein, Mutter Sheridan. Sie täuschen sich. Das kann unmöglich wahr sein. Weshalb hätte mir Pam sonst angeboten, mir bei der Suche nach einer geeigneten Frau zu helfen?«

Da Lady Sheridan Gedankengänge nie verstanden hatte, winkte sie ab. »Ich glaube, sie dachte, du würdest dich in sie verlieben, ehe ihr ein geeignetes Mädchen gefunden habt.«

Es entstand ein kurzes Schweigen, und dann sagte Luke leise, aber bestimmt: »Das werde ich nicht tun! Es wäre so, als ob ich meine eigene Schwester heiraten müßte, besonders jetzt.«

»Du willst Pamela also das Herz brechen, Luke?« fragte Lady Sheridan, und ihre Stimme war auf einmal kalt vor Empörung. Sie entzog ihm ihre Hände und fuhr fort: »Ich kann dir versichern, daß ein Unheil geschehen wird. Pamela liebt dich so sehr, daß ich nicht sicher sein kann, ob sie sich in ihrer Liebe nach dir nicht verzehrt und daran stirbt. Frauen sterben an gebrochenem Herzen, weißt du. Willst du ihren Tod auf dem Gewissen haben?«

Luke stand auf und ging mit bestürzter und unglücklicher Miene in dem kleinen Garten auf und ab. »Natürlich will ich das nicht! Ich habe Pam sehr gern, Sie wissen es!« erwiderte er schließlich.

»Dann mußt du sie heiraten«, beharrte Lady Sheridan. »Es ist deine Pflicht, Luke. Schließlich hast du sie zuerst darum gebeten.«

»Aber sie wollte mich nicht haben, Ma'am«, sagte Luke und

fuhr sich bekümmert mit der Hand durch seine braunen Locken. »Ich zweifle daran, daß sie mich jetzt nehmen würde, wenn sie erfährt, wie sehr in Cyn liebe.«

»Dann mußt du sie glauben lassen, daß sich deine Gefühle für sie geändert haben«, sagte Lady Sheridan unbeirrt.

»Und wie zum Teufel soll ich das tun?« fragte Luke mit rauher Stimme. »Ich liebe Cyn. Es wäre nicht recht und unfair, wenn wir gezwungen werden sollten, aufeinander zu verzichten.«

»Ist es etwa fair, deine gute Pamela eine alte Jungfer werden zu lassen? Soll sie während der kurzen Zeit, die ihr noch bleibt, deinen Verlust zu beklagen, mit jedem Tag blasser und unglücklicher werden?« fragte Lady Sheridan, die jetzt unnachgiebig war, wenn auch nicht wenig inkonsequent. »Denke einmal nach, mein lieber Junge! Wie könnte sie es ertragen, euch beide glücklich und sorglos in Westcott Hall zu sehen, umgeben von euren Kindern? Ich kenne die Frauen, Luke. Es würde sie töten, wirklich!« rief sie und fragte sich, ob sie für heute genug gesagt hatte.

»Aber ich liebe Pamela nicht«, sagte Luke mit gebrochener Stimme. »Sie wird in kürzester Zeit wissen, daß alles nur ein Schauspiel ist, Ma'am.«

»Vielleicht, aber ich glaube, daß sie dieses Mal deinen Heiratsantrag annehmen wird, mein lieber Junge. Und wenn ihr verheiratet seid, wird sie glücklich sein, wie wir alle. Du weißt, es war immer mein sehnlichster Wunsch, daß ich dich endlich ›Sohn‹ nennen kann. Du willst mich doch nicht enttäuschen, mich, die ich immer wie eine Mutter zu dir gewesen bin? Du willst uns doch nicht auf diese Weise unsere Freundlichkeit vergelten, die alle Sheridans dir über all die Jahre hin erwiesen haben, indem du unsere geliebte Tochter und Schwester im Stich läßt.«

Luke stöhnte, und sie fügte hinzu: »Komm, versprich mir, daß du sie heiraten wirst, Luke, Liebster, um Pamela und um meinetwillen. Und wenn du willst, gehe ich zu Lady Cynthia und erkläre ihr alles. Ich werde dir diese schmerzliche Aufgabe abnehmen, mein lieber Junge.«

Luke ließ die Hände fallen, und sie war überrascht, als sie sein bekümmertes Gesicht sah. »Nein!« sagte er. »Sie werden nicht mit Cyn reden! Das ist etwas, was ich selbst tun muß!«

»Wann?« drängte Lady Sheridan.

»Ich weiß nicht. Irgendwann, bald. Ich verspreche es«, murmelte Luke. Dann stand er auf und wollte zum Haus gehen.

Lady Sheridan sah ihm nach und preßte die Hände an ihr Herz. Plötzlich drehte sich Luke um und sagte: »Sind Sie ganz sicher, Mutter Sheridan? Absolut sicher, daß Pamela mich auf diese Weise liebt?«

Lady Sheridan nickte. »Denke doch darüber nach, Luke. Hat es nicht Zeiten gegeben, als Pamela versuchte, dir ihre Liebe zu zeigen? Ich bin sicher, wenn du dein Gedächtnis durchforschst, wirst du mehrere solcher Beweise entdecken, und dann gibt es da noch den wesentlichsten Punkt von allen: Viele Männer haben meiner Tochter den Hof gemacht, sogar der Earl of Brant, aber sie wollte keinen von ihnen nehmen. Nun weißt du endlich, warum.«

Luke nickte trautig und ging weg, und Lady Sheridan sagte sich, daß das Problem für sie gelöst war. Der gute Luke mochte wohl denken, daß er ohne Lady Cynthia nicht glücklich werden könne. Aber sie war anderer Meinung. Er würde das Mädchen bald vergessen haben, denn obwohl sie ihn liebte, glaubte sie zu wissen, daß es keine unergründlichen Tiefen seiner Seele gab, keine dauerhaften Gefühle. Sie nickte und ging ebenfalls ins Haus und lächelte im stillen über ihr Geschick.

Luke strebte sofort in sein Zimmer und starrte Pamelas Tür finster an, als er daran vorbeiging. Konnte es wirklich wahr sein, was Lady Sheridan gesagt hatte? Liebte Pamela ihn auf die gleiche Weise wie er Cynthia liebte? Irgendwie schreckte er vor dem Gedanken zurück.

Er schickte seinen Diener hinaus und ließ sich in einen Ledersessel fallen. Es war ein schöner Frühlingsnachmittag, aber er starrte blind zum Fenster hinaus, ohne etwas zu sehen. Er versuchte nachzudenken. Es stimmte, daß Pamela ihn immer mit Enthusiasmus geküßt hatte, und ein paarmal hatte er sich über den zärtlichen Ausdruck ihrer Augen gewundert. Aber er hatte es vorgezogen, ihn zu ignorieren. Und dann war da die Zeit, die sie miteinander im Wasser gewesen waren, nachdem sie über Bord gefallen waren. Er hatte gedacht, sie würde vielleicht versuchen, sich von einem so engen Kontakt mit seinem Körper zurückzuziehen. Statt dessen hatte sie die Arme um seinen Hals geschlungen, sich an ihn geklammert und ihn ›ihren liebsten Luke‹ genannt. Und dann hatte sie ihn geküßt. Er erinnerte sich jetzt an diese Küsse.

Den ersten, auf seine Wange, hätte ihm jede Schwester geben können, aber der zweite, auf seinen Mund, war anders gewesen. Er hatte sich sofort abgewandt, aber hatte er das nicht deshalb getan, weil er das Gefühl gehabt hatte, daß sie sich ihm hingeben wollte?

Er stöhnte und stand auf, um sich ein Glas Wein einzuschenken. Was für ein fürchterliches Durcheinander! Und es war nicht fair, überhaupt nicht fair. Wie sollte er es ertragen, Cynthia aufzugeben, nun, da er ihr Eheversprechen hatte? Er trank den Wein in einem Zug aus und stützte den Kopf in die Hände. Es gab für ihn kein Entrinnen. Er würde zu Cynthia gehen und es ihr erklären müssen. Und dann mußte er noch einmal um Pamelas Hand anhalten. Es war eindeutig seine Pflicht.

Es kam ihm nie in den Sinn, daß es ein schreckliches Schicksal für eine Frau wäre, mit einem Mann verheiratet zu werden, der eine andere liebte. Zumal für ein Mädchen, das er wie seine eigene Schwester liebte.

Als Mark eine Stunde später an die Tür klopfte, antwortete Luke nicht. Er hörte seinen Freund die Treppe hinuntergehen, ein Bruchstück eines Liedes aus der neuesten Revue summen, und er fragte sich, ob er je wieder so glücklich sein würde wie Mark. Irgendwie konnte er sich das nicht vorstellen.

Als es zum ersten Mal zum Umkleiden läutete, wußte er, daß er nicht mit den Sheridans zusammen essen konnte. Er konnte Pamela nicht am Tisch gegenübersitzen und in ihre klaren, braunen Augen blicken. Deshalb zog er einen Abendanzug an, schickte seinen Diener zu Lady Sheridan, ließ sich für den Abend entschuldigen und verließ das Haus.

Während der folgenden Tage war er selten im Haus in der Charles Street. Wenn er da war, war er niedergeschlagen, beinahe düster. Mark versuchte vergeblich, ihn auszufragen, aber Luke wehrte alle seine Nachforschungen mit einem finsteren Stirnrunzeln und einer Handbewegung ab. Schließlich zuckte Mark mit den Achseln und gab es auf. Luke war immer launisch gewesen, sagte er sich. Es sah ihm ähnlich, in der einen Woche in Hochstimmung zu sein und in der nächsten in der tiefsten Depression zu stecken. Luke würde ihm, wenn es an der Zeit war, schon erzählen, was mit ihm los gewesen war. Bis dahin würde Mark unterhaltsamere Gefährten finden.

Selbst Pamela fiel Lukes seltsames Verhalten auf, und sie sprach mit ihrer Mutter darüber. Lady Sheridan war jedoch keineswegs besorgt. Sie lächelte und blinzelte ihrer Tochter zu, ehe sie sagte: »Sicher nur eine kleine, unbedeutende Angelegenheit. Aber eines Tages, bald — o sehr bald, meine Liebe — wird sich alles klären. Warte nur ab!«

Pamela schüttelte den Kopf und fragte sich, was ihre Mutter im Schild führte. Aber in ihrem eigenen Unglück fand sie, daß es sie nicht sehr interessierte. Sie vermißte den Grafen mehr, als sie es für möglich gehalten hatte — nicht nur seinen Witz, seinen Humor und seine Intelligenz, sondern auch seinen Anblick, die Berührung seiner Hand, das Lächeln seiner grauen Augen, wenn er sie ansah. Würde er nie wieder in die Stadt kommen?

Lady Frances fragte sich dasselbe. An dem Abend, nachdem sie von der heimlichen Verlobung ihrer Cousine erfahren hatte, bestand sie darauf, daß Sir Frederick auf seinen Kartenspielabend verzichtete, da sie etwas Wichtiges mit ihm zu besprechen hatte.

Sir Frederick kannte diesen Tonfall und ließ sich sofort entschuldigen.

Nach dem Essen entließ Pauline die Dienstboten und schenkte ihrem Gatten ein Glas Portwein ein. Dann erzählte sie ihm von Lord Westcotts Verlobung.

»Aber weshalb machst du ein so griesgrämiges und verdrießliches Gesicht, Pauline?« fragte er verblüfft. »Was bedeutet dir Lord Westcott?«

Pauline faltete die Hände auf dem polierten Mahagonitisch. »Nichts, mein Lieber, aber ich mag nicht an den Kummer denken, den Pamela leiden wird. Sie liebt Lord Westcott, Frederick. Sie liebt ihn schon viele Jahre lang und soll ihn nun auf diese Weise verlieren. Glaubst du, ich sollte sie oder ihre Mutter von Lord Westcotts Verlobung unterrichten, damit sie vorbereitet sind?«

Sir Frederick setzte eine besorgte Miene auf, obwohl er im stillen dachte, daß sich derartige Dinge am Ende immer von selbst regelten. Und da er Pamela Sheridan für ein intelligentes Mädchen hielt, war er sicher, daß sie sich von ihrer Liebe zu Westcott rascher erholen würde, als Pauline es sich vorstellen konnte. Schließlich war der Mann nichts Besonderes. Wie konnte sie ihn überhaupt lieben? Nein, es mußte nur sein imposantes Äußeres sein, es konnten nicht sein Witz, seine Intelligenz, seine Freundlichkeit oder seine guten Manieren sein. Denn an allen diesen Eigenschaften mangelte es ihm beträchtlich. Aber Frauen wurden oft lediglich wegen des Aussehens zu einem Mann hingezogen, das wußte er. Lady Frances unterbrach seine Gedanken.

»Ich habe in Kent einer Bemerkung Pamelas entnommen, daß Lord Westcott ihr in diesem Frühjahr einen Heiratsantrag gemacht und sie ihm einen Korb gegeben hat.«

Sir Frederick sah seine Frau verblüfft an. »Sie hat ihm einen Korb gegeben? Wie kannst du dann sagen, daß sie ihn liebt? Du hast nicht nachgedacht, Pauline. Das ergibt für mich keinen Sinn.«

»Pamela wollte, daß er ihr Geliebter wird, nicht nur ihr alter Freund bleibt. Und jetzt bereut sie den Tag, an dem sie ›Nein‹ gesagt hat. Das hat sie mir selbst erzählt.«

Sir Frederick füllte sein Glas auf. Als er den Stöpsel wieder auf die Kristallkaraffe steckte, sagte er langsam: »Du weißt, daß John Pearson sie liebt, nicht wahr, Pauline?«

Seine Frau lächelte. »Ja, das weiß ich schon lange, mein Lieber.

Gerade darüber möchte ich mit dir sprechen, denn ich bin ratlos. Sollte ich dem Grafen schreiben und ihn von Westcotts Verlobung unterrichten? Unten in Kent wird er wahrscheinlich nichts davon erfahren. Aber ich erinnere mich auch daran, daß er weiß, wie sehr Pamela Lord Westcott liebt. Wie würde er also die Nachricht aufnehmen?«

»Du bist wie eine Glucke mit einem Kücken, Pauline. Ich bitte dich, mische dich nicht ein«, sagte Sir Frederick ernst. »Es kann sich nichts Gutes daraus ergeben. John mag sie zwar lieben, aber es ist schließlich nicht sehr schmeichelhaft, auf die Szene gerufen zu werden, nun, nachdem die Dame ihre einzige wahre Liebe verloren hat. Er kann es kaum als ein Kompliment auffassen, der Zweitbeste zu sein! Nein, überhaupt nicht! Du hältst dich am besten vom Sheridan House fern. Als Überbringerin schlechter Nachrichten kannst du kaum deine Stellung als Pamelas gute Freundin festigen.«

»Also gut«, stimmte Pauline seufzend zu. »Aber vielleicht könnte er sie doch dazu bringen, daß sie sich in ihn verliebt.«

»An dem Tag, an dem Luke Westcott seine Verlobung bekanntgibt? Komm, altes Mädchen! Laß die Finger davon. Der Earl of Brant soll selbst mit seinen Problemen fertigwerden, ohne daß sich seine Freunde einmischen. Ja, er könnte sogar das Gefühl haben, er würde als eine Art Retter ihrer Psyche in Dienst genommen, nicht wahr? Laß die Finger davon!«

Pauline stimmte schließlich zu. Sie ging sehr entmutigt in ihr Schlafzimmer. Es schien so, als könne sie wirklich nichts tun, um Pamela oder dem Grafen zu helfen, und das quälte sie. Vielleicht hat Frederick recht, dachte sie, während das Mädchen ihr Haar bürstete und ihr in das Nachtgewand half. Aber es widerstrebt mir so, tatenlos zuzusehen und nur darum zu beten, daß alles gut wird. Sie beschloß, am nächsten Morgen die Angelegenheit noch einmal zu überdenken. Es mußte einen Weg geben.

Mehrere Kilometer entfernt in Brant Hall bereitete sich der Graf ebenfalls darauf vor, zu Bett zu gehen. Er hatte den Nachmittag im Gartenhaus neben dem Fluß verbracht, wo er zum ersten Mal Pamela mit seiner Analyse von Westcotts Charakter konfrontiert hatte. Er dachte immer intensiver an sie. Er wußte, daß es das Klügste war, sich von ihr fernzuhalten, aber er konnte es kaum ertragen. Außerdem gab es hier in Brant Hall, wo sie selbst erst vor so kurzer Zeit gewesen war, auf Schritt und Tritt hundert Erinnerungen an sie. Er brauchte nur die Augen zu schließen und konnte ihr Bild vor sich sehen. Er sah sie im Ruderboot liegen, zu ihm auflächeln, und ihr Gesicht wurde von dem zierlichen Sonnenschirm beschattet, während sie ihn zu noch größeren Anstrengungen beim Wettrudern anfeuerte. Er dachte daran, wie die Brise ihre Figur in dem rosaroten Musselinkleid an der Küste abgezeichnet hatte, an das Gefühl, als er sie nach ihrer Rettung aus dem Wasser in Dover naß und kalt in den Armen gehalten hatte. Die Bilder kamen und gingen wie leuchtende Gemälde, die in seinen Geist eingeprägt waren.

Aber er sah auch, wie sie strahlte, wenn Luke Westcott sie ansah, und er hörte, wie ihre Stimme weicher wurde, wenn sie über ihn sprach. Und noch deutlicher als alles andere sah er, wie sie im Wasser voller Zärtlichkeit Luke Westcott geküßt hatte.

Seine grauen Augen verdunkelten sich vor Schmerz, und er trat ans Fenster, zog die Vorhänge beiseite um hinauszusehen über die Entfernung dorthin, wo sie in London schlief.

Er kam zu dem Schluß, daß er so nicht leben konnte. Er würde in die Stadt zurückkehren und seinen Stolz über Bord werfen. Er würde zu ihr gehen und soviel wie möglich mit ihr zusammen sein. Nun wußte er, wie einem Opiumsüchtigen zumute war, oder einer Motte, die sich selbst in einer Flamme verbrannte. Das schräge kleine Lächeln verzog seine Lippen, und seine grauen Augen wurden kalt. Er würde am Morgen Brant Hall verlassen.

Elftes Kapitel

Pamela war überrascht, als Lukes Diener ins Frühstückszimmer kam und sie ersuchte, zum Viscount in die Bibliothek zu kommen, sobald sie gegessen hatte. Sie stimmte ruhig zu, obwohl sie sich fragte, was das sollte, während sie ihren Kaffee trank. Es sah Luke nicht ähnlich. Warum kam er nicht einfach zu ihr, wenn er mit ihr sprechen wollte? Wozu diese Förmlichkeit?

Sie beendete rasch ihr Frühstück, denn sie war neugierig. Als der Butler die Bibliothekstür hinter ihr geschlossen hatte, war sie noch überraschter, weil sie Luke in der Mitte des Raumes stehen sah.

Er war sorgfältig gekleidet in einen dunkelgrünen Rock aus feinem Tuch mit braunen Kniehosen und auf Hochglanz polierten Stiefeln. Sein Halstuch war kunstvoll gebunden.

Trotzdem fand sie, daß er nicht gut aussah. Sie streckte ihm beide Hände hin und lächelte. Er sah fast so aus, als hätte er in letzter Zeit nicht viel geschlafen. Unter seinen ernsten, hellbraunen Augen waren dunkle Ringe, und seine Lippen waren angespannt.

Plötzlich kam er auf sie zu, ignorierte ihre ausgestreckten Hände und nahm sie in die Arme. Als er sein Gesicht in ihrem Haar vergrub, murmelte er: »Oh, Pam, ich bin solch ein Tor gewesen!«

Erschrocken legte Pamela ihre Hände auf seine Schultern und versuchte, ihn von sich zu stoßen, damit sie sein Gesicht sehen konnte. Aber dies wollte er nicht erlauben.

Er drückte mit einer Hand ihren Kopf an seine Brust und sagte mit fester Stimme: »Mir war nicht bewußt, wie sehr ich dich liebe.«

Pamela glaubte, sie müsse träumen. War dies Luke? Sagte er ihr, daß er sie liebte, und dies mit einer so seltsamen Stimme?

Tausend Fragen gingen ihr durch den Kopf, und einen Augenblick glaubte sie, sie würde in Ohnmacht fallen. Sie hörte seine

Stimme wie aus weiter Ferne, und sie versuchte, sich auf seine Worte zu konzentrieren.

». . . was ich für brüderliche Liebe hielt, war nichts dergleichen«, sagte er und seine Worte überstürzten sich. »Ich weiß jetzt, warum du mich nicht heiraten wolltest, und nachdem mir ein Licht aufgegangen ist, wirst du sicher deinen Entschluß ändern. Ich . . . ich liebe dich . . .«

Pamela gelang es, ihren Kopf ungefähr einen Zoll zu heben. Sie holte tief Luft und sagte beiläufig: »Was soll das, Luke? Ist das ein Jux oder eine Wette?«

»Nein, es ist kein Jux, meine Liebe, weit gefehlt«, sagte er fast bitter. »Ich weiß, ich habe mich nicht immer so benommen, wie ich sollte. Deshalb darf ich jetzt nicht überrascht sein, wenn du mich zu so etwas für fähig hältst. Aber du mußt mir glauben, Pamela, ich möchte, daß du meine Frau wirst.«

Pamela wünschte, sie könnte seine Stirn fühlen, denn sicher hatte er Fieber. »Und was ist mit Lady Cynthia?« fragte sie.

Seine Arme hielten sie gefangen, und plötzlich wußte sie, daß die ganze Szene eine Farce war. Über ihre Schultern hinweg murmelte er in sein Halstuch: »Ich habe mich in meinen Gefühlen für dich geirrt. Es war doch Liebe. Ich bin zu der Einsicht gekommen, daß die Frau, die für den Rest meines Lebens an meiner Seite sein soll, du bist. Nur du«, sagte er steif.

Pamela holte tief Luft und sagte dann so ruhig sie konnte: »Das ist alles gut und schön, mein Lieber. Aber du mußt mich jetzt loslassen, solange ich noch atmen kann. Und dann setzen wir uns hin und reden vernünftig miteinander.«

Sie versuchte, ihn von sich wegzuschieben, und er ließ ein wenig locker, aber nur, um ihr Kinn zu ergreifen und ihr Gesicht zu dem seinen anzuheben.

Sie bemerkte, daß seine Augen fast geschlossen waren und Schweiß auf seiner Stirn schimmerte, als er sich herunterbeugte und sagte: »Küß mich!«

Auf einmal war sie entsetzt. »Nein! Hör auf, Luke!« rief sie und wand sich in seinen Armen.

»Aufhören?« fragte er und öffnete die Augen. »Liebling, du möchtest mich küssen, du liebst mich!«

Pamela versuchte, sich von ihm zu befreien, und dann ließ er sie in seiner Überraschung los. Sie strich sich das Kleid glatt, sah ihn an und dachte angestrengt nach.

Plötzlich fuhr sie sich mit der Hand an die Stirn. »Mama!« rief sie.

»Mama?« fragte er. »Was für eine Weiberlaune ist das schon wieder?« Und dann sagte er mit einer liebevolleren Stimme: »Nein, nein, Pam, Liebling, du willst jetzt nicht deine Mama hier haben! Ich versichere dir, ich habe ihre Erlaubnis, mit dir allein zu sprechen, Liebste.«

»Hör auf, mich Liebling und Liebste zu nennen, Luke! Du warst noch nie ein guter Schauspieler! Oh, warte nur, bis ich sie sehe! Warte nur, bis ich ihr sage, was ich von ihrer schauderhaften Intrige halte! Wie konnte sie nur? Wie konnte Mama mir dies antun, nein — uns?«

»Ich verstehe nicht«, murmelte Luke. »Höre auf, dich über deine Mutter aufzuregen und hör mir zu, Pam. Ich mache dir einen Heiratsantrag, und bei allem, was mir heilig ist, dieses Mal wirst du ›Ja‹ sagen! Hörst du?«

Sein Tonfall war der eines unerträglich gereizten Mannes, und sie machte vor ihm einen spöttischen Knicks.

»Ich höre, Mylord, aber ich sage auch dieses Mal ›Nein‹, und zwar zu deiner großen Erleichterung, dessen bin ich ganz sicher.«

Luke starrte sie mit offenem Mund an. »Was um alles in der Welt meinst du damit, Pam? Ich habe dir gesagt, daß ich dich liebe. Ich habe versucht, dich zu küssen. Ich habe dir versprochen, dich mein ganzes Leben lang zu ehren. Und was tust du? Du lehnst wieder ab! Es gibt Grenzen meiner Geduld, mein Mädchen, also lege diese Zimperlichkeit ab und . . .«

»Komm und setz dich neben mich, Luke«, sagte Pamela. Sie nahm seine Hand und führte ihn zum Sofa.

Er setzte sich, wie befohlen, verschränkte die Arme über der Brust, schwieg und machte ein grimmiges Gesicht.

Es herrschte Schweigen, und dann brachte er es fertig, sie freundlich anzulächeln. »Ziehst du mich auf, Pam, um mir die ganzen Jahre, in denen ich nicht in dich verliebt war, heimzuzahlen?« fragte er sanft. Er nahm ihre Hand.

Pamela zog sie ihm weg. »Nein, ich will dir die Wahrheit sagen, Luke, und ich hoffe, daß auch du mir die Wahrheit sagst. Einverstanden, Luke?«

Er lächelte seit ihrem Zusammensein das erste echte Lächeln. Denn das hatten sie immer als Kinder zueinander gesagt, wenn sie sich schworen, ein Geheimnis zu wahren oder wenn sie sich ein heiliges Versprechen gaben.

Er machte ein Kreuz über seinem Herzen. »Ja, Pam«, sagte er.

»Also gut. Ich vermute nicht nur, sondern ich weiß, daß meine Mutter mit dir gesprochen hat. Nein, unterbrich mich nicht! Sie sagte dir, wie sehr ich dich liebe und warum ich in Suffolk deinen Heiratsantrag zurückgewiesen habe, nicht wahr?«

Luke nickte und sah ihr in die Augen, die jetzt mit goldenen Zornesflecken funkelten. Und dann senkte sie den Blick, ehe sie fortfuhr:

»Ich habe mich vor langer Zeit in dich verliebt, Luke, als ich siebzehn Jahre alt war. Das war, ehe du zum ersten Mal mit Matthew in die Stadt gefahren bist. Ich wußte, daß du mir nicht die gleichen Gefühle entgegengebracht, sondern in mir nur deine kleine Schwester gesehen hast. Aber ich hoffte, daß du mich mit der Zeit ebenfalls lieben würdest.« Sie hielt einen Augenblick inne, und dann sagte sie leise: »Es fällt mir schwer, dies auszusprechen.«

Es entstand eine weitere Pause. In dem Schweigen hörten sie beide das Ticken der Uhr auf dem Kaminsims. Luke saß starr vor Aufmerksamkeit da. Dann fuhr Pamela fort: »Ich war bereit, dir bei der Suche nach einer Frau zu helfen, weil ich sicher war, daß du keine nach deinem Geschmack finden würdest. Und dann ... und dann wäre es mir vielleicht irgendwie gelungen, dich auf meine Liebe aufmerksam zu machen.«

Endlich regte sich Luke neben ihr. Sie nahm seine Hand und

drückte sie. »Nein, laß mich ausreden, bitte. Während wir in Kent waren, hat sich vieles geändert. Nach meiner Krankheit erwachte ich mit einem völlig anderen Gefühl für dich aus dem Delirium. Du warst nicht mehr meine einzige, hoffnungslose Liebe, sondern mein treuer dritter Bruder. Ich glaube, ich hätte über meinen Sinneswandel mit meiner Mutter sprechen sollen. Dann wäre dies heute nicht geschehen.«

Ihre Stimme war nun so leise, daß Luke sich nahe zu ihr herunterbeugen mußte. Voller Freude fragte er: »Ist das wahr, Pam? Bist du ganz sicher?«

»Ja!« sagte sie und machte ein Kreuz über ihrem Herzen.

Daraufhin jauchzte er laut auf, zog sie an sich und umarmte sie. Dann stand er auf und ging im Zimmer auf und ab.

Pamela beobachtete ihn und blinzelte ein paar Tränen weg. Wie großartig er aussieht, wie stattlich, dachte sie, nun, da er wieder ganz der Alte war und seine Augen vor Glück strahlten. Das Mädchen, das ihn bekommt, wird selig sein, trotz all seiner Mängel. Und das erinnerte sie an etwas anderes.

»Weshalb hat Mama es dir plötzlich erzählt, Luke? Sie hatte vorher die ganze Zeit geschwiegen.«

Er kam zum Sofa zurück. »Weil ich ihr erzählt habe, daß ich heimlich mit Cynthia Warren verlobt bin.«

»Nein!« rief Pamela überrascht. »Das ist nicht dein Ernst, Luke! Hat Cynthia tatsächlich gesagt, daß sie dich heiraten will? Aber sie wollte doch immer einen Herzog!«

»Dann hast du sie mir also deshalb vor die Nase gesetzt, niedriger Discount, der ich bin, wie? Du raffinierte Katze! Aber was ist schließlich ein Herzog verglichen mit einem Luke Westcott?« fragte er, hielt stolz den Kopf hoch und stützte die Hände in die Hüften, und dann deutete er mit einem drohenden Finger auf sie und sagte: »Schluß damit, mein Mädchen, ein für alle Male!«

Pamela zog die Nase hoch, und dann sagte sie: »Erzähle mir alles. Weshalb hast du mich jetzt noch einmal gefragt, obwohl Lady Cynthia dich heiraten wollte? Wie konntest du das tun? Angenommen, ich hätte zugestimmt?«

Luke setzte sich und knetete seine Hände. »Sie weiß davon. Ich mußte ja zu ihr hingehen und es ihr erklären, ehe ich mit dir sprechen wollte. Sie hat sich natürlich furchtbar aufgeregt. Aber auch sie war der Meinung, daß ich dich fragen sollte, weil ich es dir schulde. Sie ist ein so nobles Mädchen, Pam. Obwohl sie weinte, als könne sie nie wieder damit aufhören, sagte sie, wir dürfen nicht heiraten, denn wir könnten niemals miteinander glücklich werden, wenn du leidest.«

Jetzt runzelte Pamela die Stirn. »Oh Luke, es tut mir so entsetzlich leid, daß du und Cynthia so viel Kummer hattet, und alles nur deshalb, weil Mama sich eingemischt hat.«

»Wunderst du dich darüber?« fragte Luke. »Sie sagte mir sogar, du würdest dahinsiechen und sterben, wenn ich mich nicht in deinen Liebhaber verwandele.«

»So ein armes Wesen bin ich nun auch wieder nicht, das weißt du. Ich wundere mich nur, daß du ihr geglaubt hast«, erwiderte Pamela, und dann fragte sie: »Warum habt ihr eure Verlobung nicht bekanntgegeben, Luke? Warum habt ihr sie so geheimgehalten?«

Luke machte eine ungeduldige Handbewegung. »Wegen ihrer Eltern. Guter Gott, Pam, man könnte meinen, ich sei ein Heide oder ein Hottentotte, so wie sie sich benehmen. Aber Cynthia ist sicher, daß sie ihre Eltern überzeugen kann, und ich glaube, sie wird es schaffen. Sie ist entschlossen, mich zu heiraten, und sie liebt mich sehr.«

Seine hellbraunen Augen leuchteten, und er schien sich in Träumereien zu verlieren. Pamela schüttelte ihn ein wenig. »Dann mußt du unverzüglich zu ihr gehen, Luke, und ihr die gute Nachricht überbringen. Wie glücklich sie darüber sein wird!«

Luke sprang auf und zog sie hoch. »Pam, du bist ein Prachtkerl!«

»Und richte ihr aus, daß ich mich sehr darauf freue, sie ›Schwester‹ nennen zu dürfen, das heißt, wenn sie noch irgend etwas mit den Sheridans zu tun haben will, nachdem wir ihr so viel Kummer bereitet haben.«

Luke umarmte sie stürmisch, und sie rang noch nach Luft, als die Eingangstür hinter ihm zuschlug.

Sie ließ sich in einen Sessel fallen und lächelte. Luke war immer noch der gleiche sorglose Junge. Er hatte nicht einmal daran gedacht, sie zu fragen, weshalb sich ihre Gefühle für ihn nach fünf langen Jahren plötzlich geändert hatten. Aber das war ihr gerade recht, sagte sie sich, als sie ihre Stickerei zur Hand nahm und eine Nadel einfädelte, denn sie wollte weder vor ihm noch vor sonst jemandem den Grafen erwähnen. Sie wußte, sie hätte zu ihrer Mutter gehen sollen, aber ihr war ebenso klar, daß sie Zeit zur Besinnung brauchte, bevor sie das tat.

Sie hielt sich nicht lange bei Lukes erstaunlichem Heiratsantrag auf und auch nicht bei Lady Cynthias Großmut oder der Einmischung ihrer törichten Mutter, sondern blickte ins Leere, vergaß ihre Stickerei und dachte daran, wie der Graf wohl auf Lukes bevorstehende Verlobung reagieren würde. Wie Luke war sie sicher, daß Lady Cynthia sich bei ihren Eltern durchsetzen würde. Es war nur noch eine Frage von wenigen Tagen, ehe ihre Verbindung allgemein bekanntgegeben würde. Selbst wenn John Pearson in Kent blieb, würde ihm sicherlich jemand dieses neueste *on dit* überbringen. Ja, es wäre nicht einmal notwendig, daß die Nachricht ihn auf dem Gerüchteweg erreichte. Denn sie wußte durch ihren Aufenthalt in Brant Hall, daß alle Londoner Zeitungen und Zeitschriften dort regelmäßig geliefert wurden.

Was würde er denken? Wie würde er auf diese Nachricht reagieren? Und wenn er wieder in die Stadt kam, konnte sie kaum weiterhin so tun, als liebe sie Luke immer noch oder leide an gebrochenem Herzen, denn dies war keineswegs der Fall.

Pamela gab sich noch eine Weile ihren Tagträumen hin. Vielleicht würde er sie aufsuchen, sobald er die Neuigkeit erfahren hatte. Sie mußte einen Weg finden, ihn wissen zu lassen, daß sie weit entfernt davon war, Trauer zu tragen oder in tiefe Depression zu fallen. Ganz im Gegenteil, sie war höchst zufrieden damit und keineswegs betroffen darüber, daß ihr ehemaliger Geliebter sie verlassen hatte. Aber wie kann ich es zum Ausdruck bringen, ohne daß der Graf glaubt, ich sei eine unstete, wankelmütige Frau, die seiner Aufmerksamkeit nicht würdig ist?

Nach mehreren Minuten, die sie tief in Gedanken versunken gewesen war, seufzte sie, legte ihre Handarbeit beiseite und suchte ihre Mutter auf. Ihr war keine Offenbarung zuteil geworden, und sie wußte keinen Weg, den sie einschlagen konnte.

Lady Sheridan war betroffen, als Pamela ihr sagte, was für ein Unheil sie angerichtet und was für Kummer sie Luke und Cynthia bereitet hatte. Aber sie besaß wenigstens den Anstand, schuldbewußt auszusehen.

»Pamela, mein Liebling, wie hätte ich das wissen sollen?« verteidigte sie sich schließlich. »Wenn du nicht so geheimnistuerisch gewesen wärst, hättest du mir gesagt, daß sich deine Gefühle Luke gegenüber gewandelt haben, und dann hätte ich mich niemals eingemischt. Aber . . . aber bist du ganz, ganz sicher?« fragte sie, neigte den Kopf zur Seite, und ihre braunen Augen blickten zweifelnd. »Bist du ganz sicher, daß du seinen Heiratsantrag nicht nur deshalb abgelehnt hast, damit Luke Cynthia bekommt — aus reiner Selbstlosigkeit? Denn wenn es so ist, wie du sagst, dann glaube ich, hast du vollkommen den Verstand verloren. Besonders nach all meinen sorgfältigen Vorbereitungen.«

Pamela brach in Gelächter aus und war unfähig, weiterhin zu grollen. »Mama, du bist unverbesserlich. Ich bin absolut sicher«, sagte sie und verließ sie kopfschüttelnd, um sich für eine Verabredung umzuziehen.

Als sie am Nachmittag zurückkam, traf sie ihren Vater im Haus an. Sie lief auf ihn zu und küßte ihn.

Sir Roger hielt sie von sich weg und sah ihr in die Augen. Sie waren allein im Salon, denn Lady Sheridan war bei einer Teegesellschaft, die sie nicht hatte absagen können. Sie hatte mit ihrem Gatten nach dessen Ankunft über eine Stunde zusammen verbracht und ihm alle Familienneuigkeiten berichtet, einschließlich Pamelas erschreckender zweiter Weigerung, Luke Westcott zu heiraten. Sir Roger sagte Pamela, sie scheine glücklicherweise keineswegs geistig zerrüttet zu sein, worüber er froh sei. Das war der

Zustand, den ihre Mutter vage als die einzig mögliche Erklärung für ihr verrücktes Verhalten angedeutet hatte.

Pamela lachte und drückte seinen Arm. »Oh, Papa, manchmal ist Mama albern. Wahrscheinlich ist es auch meine Schuld, weil ich ihr nicht erzählt habe, daß meine Gefühle für Luke sich vor einiger Zeit geändert haben. Aber ich hätte nicht gedacht, daß sie sich auf diese Art und Weise einmischt.«

Sir Roger sah Pamela an, und in seinem Gesicht bewegte sich kein Muskel, als er sagte: »Nachdem du zweiundzwanzig Jahre lang mit ihr zusammengelebt hast, konntest du immer noch so zuversichtlich sein? So optimistisch? Tochter, jetzt könnte ich meinen, dein Verstand habe ausgesetzt, wirklich.«

Pamela schüttelte den Kopf. »Ich hoffe nur, die Sheridans stehen nicht für alle Zeit auf Lady Cynthias schwarzer Liste, denn wir werden direkte Nachbarn sein.«

»Ich glaube, wir werden mit der jungen Dame vorzüglich auskommen. Sie wird bald erkennen, daß Luke mehr Zeit in der Priory verbringt als in seinem eigenen Heim, wenn er auf dem Land ist«, sagte Sir Roger trocken.

Pamela hakte sich ein und führte ihn zu einem Sofa. »Wie froh bin ich, daß du da bist, Papa. Ich habe dich so vermißt.«

»Und ich dich, meine Liebe. Aber obwohl es ganz offensichtlich ist, daß der Verlust von Lord Westcott dich nicht unglücklich gemacht hat, gibt es irgend etwas ... ja, ich bin sicher, irgend etwas stimmt nicht. Was ist es?«

Pamela dachte, wie klug ihr Vater war, wie einfühlsam. Sie versuchte, ein fröhliches Lächeln zustande zu bringen. »Nun, nichts, Papa. Abgesehen davon, daß ich fürchte, du könntest enttäuscht darüber sein, weil ich Luke nicht heiraten wollte. Mama hat mir immer und immer wieder gesagt, wie sehr du die Verbindung wünschst.«

Sir Roger schnaubte. »Deine Mutter wünschte die Verbindung. Ohne mit mir darüber zu sprechen, nahm sie an, ich sei der gleichen Meinung wie sie. Ich versichere dir, Tochter, nichts ist weiter von der Wahrheit entfernt.«

Er stand auf und schenkte sich ein Glas Wein ein. Pamela sah ihm verwirrt zu.

»Nein, ich wollte nie, daß du Lord Westcott heiratest«, fuhr er fort. »Ich mag Luke, und ich hoffe, ich beurteile ihn gerecht. Aber er ist nicht der Mann, den ich für meine geliebte Tochter ausgesucht hätte.«

»Warum nicht?« fragte Pamela unwillkürlich.

Sir Roger setzte sich, trank seinen Wein, und seine blauen Augen betrachteten sie freundlich über den Rand des Glases. »Weil ich es nicht ertragen hätte, daß er dir Kummer bereitet, meine Liebe. Wenn meine Einschätzung seines Charakters richtig ist, wird leider jede Frau, die Luke heiratet, schließlich Kummer haben. Und dieses Schicksal wünsche ich mir nicht für dich. Nach den Flitterwochen wird er zu seinen eigenen Interessen zurückkehren. Und seine Frau wird gnädiger Vernachlässigung überlassen sein.«

Pamela runzelte die Stirn. »Kommt das daher, daß er niemanden lieben kann außer sich selbst, Papa?« fragte sie.

»Genau. Wie klug du bist, Pamela.«

Pamela senkte den Blick, als sie vor ihrem geistigen Auge Lord Brants Gesicht sah. »Nicht ich, Papa«, sagte sie traurig. »Nicht ich.«

Sir Roger hob fragend die Augenbrauen, aber Pamela sagte nichts weiter. Sie dachte daran, wie unmöglich es wäre, mit ihrem Vater über den Grafen zu sprechen. Und doch wünschte sie, sie könnte es tun. Als Mark hereinkam und seinen Vater begrüßte, war die Gelegenheit für weitere Enthüllungen verstrichen.

Es war eine lärmende, glückliche Gesellschaft, die sich an diesem Abend im Sheridan House versammelte, und Dentworth strahlte, als er die Diener an der Anrichte dirigierte. Das einzige Familienmitglied, das fehlte, war Matthew. Aber Lady Sheridan hatte an diesem Morgen einen Brief von ihm erhalten, in dem er schrieb, er würde in wenigen Tagen in die Stadt zurückkehren. Die Lowdens hatten ihn freudig als Schwiegersohn willkommen geheißen.

»Das ist wahrhaftig nicht verwunderlich«, verkündete Lady Sheridan. »Jedermann, der mit unserer Familie in Verbindung kommen kann, ist zu beglückwünschen.«

Sie sah so selbstzufrieden und stolz aus, daß alle über sie lachten. Als die Fröhlichkeit sich legte, seufzte Luke hörbar. »Schade, daß es mir nicht gelungen ist, Ma'am«, sagte er traurig-theatralisch und wischte sich mit seiner Serviette über die trockenen Augen. Pamela, die ihm gegenüber saß, lachte ihn an, und sein Gesicht leuchtete vor Zufriedenheit.

»Ich bin die Unerreichbare, Luke, das weißt du doch«, sagte sie. »Und als solche habe ich einen Ruf zu wahren. Ich kann keine Heiratsanträge annehmen. Es würde mein Image zerstören.«

Lady Sheridan zog die Nase hoch. »Sehr witzig, mein Kind. Aber sei nicht so vorlaut. Ich glaube nicht, daß man dich in der Gesellschaft noch die Unerreichbare nennen wird, wenn du erst einmal dreißig bist.«

Pamela nahm etwas Kalbfleisch von der Platte, die Dentworth ihr hinhielt. »Nein, dann werden sie mich eine alte Jungfer nennen.«

Lady Sheridan warf entsetzt die Arme in die Luft. »Sage so etwas niemals, nicht einmal im Scherz, meine Liebe. Es könnte ein schlechtes Omen sein.«

Sir Roger räusperte sich. »Ich zweifele stark daran, daß meine Tochter dieses Schicksal erwartet. Sie ist zu reizend, ja, ich würde jeden Betrag darauf wetten, daß sie nicht sitzen bleibt.«

»Aber Sie würden niemanden finden, der die Wette annimmt«, sagte Luke galant.

Pamela dankte nickend beiden für die Komplimente.

»Konnte Lady Cynthia ihre Eltern schon überreden, deinem Antrag zuzustimmen, Luke?« fragte Pamela. Sie wollte das Thema wechseln, weil es ihr Unbehagen bereitete.

»Noch nicht«, sagte er und runzelte die Stirn. Er starrte auf seinen Teller, schob unzufrieden die Unterlippe vor, und Lady Sheridan tätschelte mitfühlend seine Hand.

Da Pamela es ganz klar gemacht hatte, daß sie Luke niemals

heiraten würde, war ihre Mutter plötzlich ganz seiner Meinung, daß Lady Cynthia sehr gut zu ihm passen würde. Ihre Kinder würden sicherlich bildschön werden. Und sie selbst war ein reizendes Mädchen, das eine ideale Nachbarin wäre.

Lady Sheridan war zu Luke gegangen, sobald er am späten Nachmittag ins Haus gekommen war, und hatte ihn höchst bescheiden um Verzeihung für ihr Verhalten gebeten. Luke, der gerade von einer glorreichen Wiedervereinigung mit Lady Cynthia zurückgekehrt war, hatte sie geküßt und sie ›Mutter‹ genannt, und alles war vergessen. Er hatte sie sogar darum gebeten, ihn trotzdem ›Sohn‹ zu nennen. Lady Sheridan stimmte zu und sagte, sie freue sich darauf, die Großmutter für alle seine Kinder zu werden, da Tante Athaliah ihrer Meinung nach für diese Rolle nicht in Frage kam und auch Lady Warren undiskutabel war.

Sir Roger befragte Mark nach seinen Londoner Aktivitäten und wer gegenwärtig in der Stadt weilte. Lady Sheridan ergriff die Gelegenheit, Luke in eine geflüsterte Konversation zu verwikkeln.

Pamela blickte in die Runde und sagte sich, daß sie hätte glücklich sein müssen. Aber tief in ihrem Innern empfand sie einen starken Schmerz und fragte sich, ob sie ihn ihr ganzes Leben lang würde ertragen müssen. Aber dann beschloß sie, sich diesen Gedanken aus dem Kopf zu schlagen.

Zwei Abende später besuchten alle Sheridans mit Luke eine Soiree bei Lord und Lady MacMillan in der Park Lane. Da Cynthia es immer noch strikt ablehnte, in der Öffentlichkeit zu erscheinen, bis sie dies als Lukes Verlobte tun konnte, und da es ihm nicht erlaubt war, Cynthia zu besuchen, hatte er zugesagt, die Sheridans auf die Abendgesellschaft zu begleiten. Als sie zusammen den großen Salon betraten, entdeckte Pamela sofort den Earl of Brant. Er war an diesem Nachmittag in der Stadt eingetroffen und hatte keine Zeit verloren, um auf der größten und vornehmsten Gesellschaft zu erscheinen, die an diesem Abend gegeben wurde. Er war sicher, daß er dort Miss Sheridan wiedersehen würde.

Nun sog er ärgerlich den Atem ein, als Lord Westcott sich zu Pamela hinüberbeugte und ihr etwas ins Ohr flüsterte. Der Graf sah ihr schwaches Lächeln, ihr Nicken, und er versteifte sich. Du hast gewußt, wie es sein wird, Narr, schalt er sich, und doch bist du hergekommen. Nun hast du das zweifelhafte Vergnügen, sie mit dem Mann zu beobachten, den sie liebt. Er konnte sich nicht beherrschen und hob sein Monokel, um sie genauer zu betrachten.

An diesem Abend trug sie ein Kleid aus dunkelroter Seide. Der tiefe, runde Halsausschnitt entblößte ihre weißen Schultern und den langen, schlanken Hals. Ihre unvergleichliche Haltung ließ sie in seinen bewundernden Augen königlich erscheinen. Während er sie beobachtete, legte sie ihre Hand auf Lord Westcotts Arm, beugte sich zu ihm hinüber und unterhielt sich mit ihm. Der Graf versuchte, den Stich, den er bei diesem Anblick empfand, zu ignorieren.

Sie tanzte den ersten Tanz mit Lord Westcott und den zweiten mit ihrem Bruder Mark. Der Raum war überfüllt, und der Graf glaubte nicht, daß sie ihn gesehen hatte, denn er stand verborgen im Gedränge mit einer Gruppe von Herren zusammen. Dann sah er Sir Roger Sheridan aus einem der Spielzimmer hereinkommen, und er kniff seine grauen Augen zusammen. Seine Miene wurde nachdenklich.

Kurze Zeit nach dem Tanz vor dem Abendessen sah Lord Brant Pamela für einen Augenblick allein dasitzen und sich fächeln. Nun konnte er nicht länger warten.

Als er in ihre Nähe kam, sah sie nur sein feingeschnittenes Profil, denn er hatte sich zur Seite gewandt, um einigen Freunden zuzuwinken.

»Miss Sheridan, Ihr Diener, Ma'am«, sagte er und verbeugte sich.

»Sie sind wieder da!« rief Pamela. Und dann wurde sie blaß, als eine der schwarzen Augenbrauen des Grafen sich überrascht hob. Wie konnte ich etwas so Taktloses sagen? schalt sie sich, als sie seine undurchdringliche Miene sah und in seine grauen Augen blickte. Er war so zurückhaltend wie immer in seinem dunklen Abendanzug, und sein schwarzes Haar schimmerte im Kerzenlicht.

Der Graf deutete auf den vergoldeten Stuhl neben ihr, und sie nickte. Als er seine Frack-Schwänze hob und sich setzte, bemerkte er: »Wenn ich mir nur einreden könnte, daß Ihre Reaktion auf mein Erscheinen die reine Freude war, Miss Sheridan, dann wäre der Abend für mich gewonnen. Schade, daß es nur Überraschung war. Aber wie ich schon früher einmal bemerkt habe, ist das Leben voller Enttäuschungen.«

»Sie haben mich in der Tat überrascht, Mylord«, sagte Pamela. »Ich hatte keine Ahnung, daß Sie aus Kent in die Stadt zurückgekehrt sind.«

»Ich bin heute angekommen. Irgendwie war Brant Hall nicht annähernd so – äh – fesselnd wie während der vergangenen Woche. Ich frage mich, weshalb.«

Pamela konzentrierte sich darauf, ruhig und fließend zu sprechen und eine ausdruckslose Miene aufzusetzen. »Ich kann Ihnen versichern, Sir, Sie wurden sehr vermißt.« Und da sie fürchtete, daß diese Bemerkung zu dreist war, fügte sie rasch hinzu: »Alle Ihre Freunde müssen entzückt sein, Sie wiederzusehen.«

Der Graf nahm ihren Fächer aus ihren gefühllosen Händen, öffnete ihn und begann damit sanft zu fächeln. »Ich kann Ihnen versichern, der erste Teil Ihres Satzes gefällt mir am besten«, sagte er ruhig. »Auch ich habe Sie schmerzlich vermißt, Miss Sheridan, und das ist eine ehrliche, ungeschminkte Bemerkung nur für Ihre Ohren.«

Pamela versuchte zu lächeln. Aber sie spürte, daß ihr dies nur mit großer Mühe gelang. Sie hoffte, daß er es nicht bemerkte.

»Ich sehe, Lord Westcott ist heute abend mit Ihnen hier«, sagte der Graf. »Und er ist stattlich und elegant wie immer.« Er lächelte flüchtig.

Pamela folgte seinem Blick dorthin, so Luke mit einer jungen Cousine der Lowdens eine lebhafte schottische Polka tanzte. Er war völlig ungezwungen, und das Mädchen schien sich in einer verzückten Trance zu befinden, da sie das Glück gehabt hatte, Lord Westcott als Tanzpartner zu gewinnen.

»Wie Sie sehen, Mylord«, stimmte Pamela zu.

»Wohnt er immer noch bei Ihnen in der Charles Street?« fragte Lord Brant.

Pamela nickte und überlegte verzweifelt, wie sie ihm zu verstehen geben sollte, daß es ihr völlig gleichgültig war, ob Luke in der Charles Street, in der Cheapside oder am Cadogan Square wohnte. Aber ihr fiel nichts ein.

»Und ich sehe, daß auch Ihr Vater in der Stadt eingetroffen ist. Wie außerordentlich vorteilhaft für Lord Westcott.«

Die Stimme des Grafen klang ironisch, und seine grauen Augen schienen sie zu verspotten.

»Warum, Mylord?« fragte Pamela kaum hörbar.

»Nun, dadurch ist er einigen Mühen enthoben, Miss Sheridan«, sagte Lord Brant in seinem charmantesten Tonfall. »Es erspart Lord Westcott natürlich eine anstrengende Reise nach Suffolk.«

Ehe Pamela darauf antworten konnte, traten Lady Sheridan und ihr Gatte zu ihnen.

»Lieber Lord Brant!« rief sie, als er aufstand und sich verbeugte. »Ich habe Roger erzählt, wie fürstlich Sie uns in Brant Hall unterhalten haben, und er möchte Ihnen ebenfalls danken.«

»Mylady, Sir Roger«, sagte der Graf. Er schob für Lady Sheridan den Stuhl neben Pamela zurecht, von dem er eben aufgestanden war. Dann wandte er sich von ihr ab und unterhielt sich mit ihrem Vater.

Lady Sheridan hob ihren Fächer, flüsterte dahinter ihrer Tochter etwas zu und deutete auf ein auffallendes gelbes Gewand, von dem sie sagte, sie wünschte, daß Pamela es besäße, und dann auf ein orangerotes Satinkleid, das sie als sehr geschmacklos bezeichnete. Pamela hätte lieber zugehört, was Lord Brant ihrem Vater zu sagen hatte. Aber die beiden Männer hatten sich ein wenig entfernt, und sie konnte kein einziges Wort ihres Gesprächs auffangen.

Kurze Zeit später verbeugte sich der Graf und verließ sie, nachdem ihm Pamela den nächsten Walzer versprochen hatte. Sie blickte ihm nach, als er sich durch den überfüllten Raum zurückzog, ohne zu bemerken, daß ihr Vater sie dabei aufmerksam beobachtete.

Neben ihr redete Lady Sheridan ununterbrochen weiter und merkte nichts von irgendwelchen Unterströmen.

Für Pamela schien sich die Zeit endlos in die Länge zu ziehen, bis die Musiker einen Walzer anstimmten. Und dann war der Graf neben ihr, hielt ihr die Hand hin und lächelte, und sie lag in seinen Armen. Mehrere Augenblicke lang tanzten sie schweigend miteinander. Pamela spürte seinen muskulösen Arm an ihrer Taille und seine starke Hand, die sie führte.

Als seine andere Hand sie enger umfaßte, blickte sie in sein Gesicht, das dem ihren jetzt so nahe war. Sie wunderte sich über seinen bekümmerten Gesichtsausdruck, der jedoch rasch hinter einer Maske der Gleichgültigkeit verborgen wurde.

»Haben Sie sich wieder völlig erholt, Miss Sheridan?« fragte er. »Aber natürlich haben Sie das, denn Ihre Schönheit ist vollkommen wie immer.«

»Danke, Sir«, sagte sie und wunderte sich nicht mehr darüber, daß sie an diesem Abend so geistlos war. Dann fügte sie hinzu: »Sie werden mich sicherlich noch für krank halten, weil ich eine so mangelhafte Konversation treibe. Ich bitte Sie um Verzeihung, aber ich bin ein wenig . . . ein wenig erregt.«

»Sie auch?« fragte er. »Nun bin ich eindeutig entmutigt. »Es muß an der Luft liegen, glauben Sie nicht?« Durch stillschweigende Übereinstimmung sprachen sie von nun an nur noch über allgemeine Dinge — über gemeinsame Bekannte, über eine Aufführung von John Gays Bettleroper, die die Stadt im Sturm erobert hatte, und über den bevorstehenden Kostümball, den Sir und Lady Frances geben würden.

Pamela beantwortete alle seine Fragen und stellte selbst einige. Für einen Außenstehenden schienen sie sich völlig normal zu benehmen, als sie miteinander plauderten und lächelten. In Wirklichkeit fühlte sich Pamela elend, da sie ihm so nahe war und ihm doch nicht die Wahrheit sagen konnte. Sie fragte sich, was er tun würde, wenn sie plötzlich sagen würde: »Oh, übrigens, Mylord, ich habe festgestellt, daß ich Lord Westcott doch nicht liebe. Amüsant, nicht wahr?«

Da sie fürchtete, daß sie dies oder etwas ähnliches zu ihm sagen könnte, war sie fast erleichtert, als der Tanz endete und sie sich aus seinen Armen lösen konnte.

Kurze Zeit später verließ Lord Brant die Gesellschaft, und Pamelas Gedanken folgten ihm die breite Treppe hinab und hinaus in die laue Frühlingsnacht.

Zwölftes Kapitel

Lukes Verlobung mit Lady Cynthia Warren wurde zwei Tage später bekanntgegeben. Ihre Eltern hatten schließlich kapituliert, da Cynthia entschlossen war, überhaupt nicht zu heiraten, wenn sie Lord Westcott nicht bekommen könne. Ja, sie verkündete mit ihrer resoluten, leisen Stimme, wenn man ihr nicht erlaubte, ihn zu heiraten, würde sie ins Kloster gehen. Das war zuviel für Lady Warren, die ihren Widerstand sofort aufgab. Es war schlimm genug, daß ihre Tochter alle gesellschaftlichen Ereignisse mied und diese glänzenden Abende nicht durch ihre Schönheit und ihr Talent bereichert wurden. Aber bei dem Gedanken daran, wie ihre Schönheit innerhalb von Klostermauern wirken würde, konnte Lady Warren nicht länger ihren Widerstand aufrecht erhalten. Außerdem beeinflußte ihren Entschluß die Tatsache, daß sie es müde geworden war, die Legionen der Verehrer Cynthias abzuweisen, die ständig auf der Türschwelle erschienen. Cynthia wollte keinen von ihnen empfangen, und deshalb blieb es Lady Warren überlassen, ihnen zu erklären, warum die Göttliche Cynthia sich in die Abgeschiedenheit zurückgezogen hatte. Da der Türklopfer niemals ruhte, war dies eine mühsame Beschäftigung, derer sie bald überdrüssig wurde.

Pamela war natürlich eine der ersten in London, die von der Verlobung erfuhr. Denn Luke rannte mit der Neuigkeit zurück in die Charles Street und entfesselte einen überschwenglichen Aufruhr in der Halle; er ging sogar so weit, Dentworth die Hand zu schütteln und den Dienern auf den Rücken zu klopfen. Der Lärm zog alle im Haus an. Sir Roger kam aus der Bibliothek und machte ein erstauntes Gesicht. Lady Sheridan faltete selig die Hände. Mark und Matthew lachten und riefen ihre Glückwünsche vom dritten Stock herunter, von wo sie herabeilten. Als Pamela aus dem Frühstückszimmer kam, wurde sie in die Höhe gehoben, herumgewirbelt und kräftig geküßt. Das Haus kam erst wieder zur Ruhe, als Sir Roger den triumphierenden Viscount nüchtern daran erinnerte, daß er keine Zeit verlieren sollte, um die Ankündigung in die Zeitungen zu setzen, falls es sich Lord Warren doch noch anders überlegen sollte. Vierundzwanzig Stunden lang schien Pamela den Atem anzuhalten. Am nächsten Morgen, nachdem sie die Verlobungsanzeige in der Zeitung gelesen hatte, lehnte sie es ab, mit ihrer Mutter einkaufen zu fahren und setzte sich in den Salon, wo sie den Grafen erwartete, denn sie war sicher, daß er vorbeikommen würde. Glücklicherweise kündigte Dentworth den Earl of Brant an, ehe sie vollständig entnervt war. Pamela versuchte eine gelassene Miene zur Schau zu tragen. Aber ihr Herz klopfte wild, als er eintrat. Er war kühl und elegant wie immer. Doch sie bemerkte, daß die Hand, in der er die Zeitung hielt, weiße Knöchel hatte.

»Miss Sheridan«, sagte er und kam mit undurchdringlicher Miene auf sie zu.

Pamela stand auf und machte einen Knicks. Sie blickten einander wortlos an, bis der Butler die Tür hinter sich geschlossen hatte. Dann erinnerte sich Pamela an ihre Manieren, setzte sich und deutete auf einen Stuhl.

»Vielen Dank, nein. Ich ziehe es vor, zu stehen«, sagte der Graf. Sie zuckte zusammen, als sie seinen Tonfall hörte. Er war eisig, und der leise Spott lag wieder darin.

Lord Brant ging zu einem Tisch und ließ die Zeitung darauf fallen. »Ich kam sofort hierher, nachdem ich die Ankündigung von Lord Westcotts Verlobung mit Lady Cynthia Warren gelesen habe«, sagte er. »Sie wissen natürlich davon.«

Pamela nickte und blickte ihn unverwandt an. Sie fand, daß er kälter und ernster wirkte, als sie ihn je gesehen hatte, fast so, als wären seine Gesichtszüge aus Stein gemeißelt.

»Erlauben Sie mir, Ihnen mein aufrichtiges Mitgefühl auszudrücken, Ma'am«, sagte er. »Ich bin entzückt, Sie nicht in einer Ohnmacht anzutreffen oder in einer Flut von Tränen. Frauen sind wirklich das stärkere Geschlecht.« Er holte tief Luft und fuhr dann fort: »Habe ich Ihre Erlaubnis, offen zu sprechen, Miss Sheridan? Ich denke, das schulden Sie mir.«

Er wartete, bis Pamela nickte, und dann begann er sofort: »Erstens lassen Sie mich sagen, daß ich von Ihrer Liebe zu Viscount Westcott gewußt habe. Ja ich habe davon gewußt, seit ich Ihnen vor zwei Jahren einen Heiratsantrag machte. Damals ging ich weg und versuchte, Sie zu vergessen. Aber ich stellte bald fest, daß das unmöglich war. Als ich zu Beginn dieser Saison in die Stadt kam, war ich entschlossen, noch einmal um Ihre Hand anzuhalten. Ich kann Ihnen nicht sagen, in welcher Hochstimmung ich war, als ich feststellte, daß Sie immer noch ledig und nicht einmal verlobt waren.«

Sein Mund verzog sich zu einer Grimasse. »Verdammter Narr, der ich war!« murmelte er und verhöhnte sich selbst. »Ich hätte wissen sollen, daß ein so nobler Mensch wie Sie niemals den Sinn ändern würde, sobald Sie einmal Ihr Herz verschenkt haben.«

Pamela hob protestierend eine Hand und wollte etwas sagen, aber er schüttelte den Kopf. »Erlauben Sie mir, ohne Unterbrechung weiterzureden, Ma'am.«

Er ging eine Runde durch den Raum, als wolle er seine Gedanken sammeln. Dann fuhr er fort: »Ich habe Sie nach Brant Hall eingeladen in der Hoffnung, daß Sie einsehen, wie unwürdig er Ihrer ist, und ich hoffte gegen besseres Wissen, daß Sie mir mit der Zeit wenigstens einen Teil der gleichen Liebe schenken würden, die ich für Sie empfinde. Sie mögen überrascht darüber sein, Miss Sheridan, und Sie haben jedes Recht dazu. Ich weiß, Sie halten mich nicht für der Liebe fähig. Sie halten mich für kalt und gefühllos und sarkastisch. Aber ich versichere Ihnen, daß ich in Ihrem Fall so warmherzig bin, wie Sie es sich ersehnen. Ich habe mich vor neun Jahren schon einmal verliebt, und meine Gefühle waren tief und aufrichtig. Die betreffende Dame ließ mich glauben, sie erwidere meine Liebe. Aber als ich sie bat, mich zu heiraten, verspottete sie mich. Seit jener Zeit mied ich die Frauen, weil ich in ihnen törichte, oberflächliche Wesen sah, die unzuverlässig, untreu und habgierig sind.

Das dachte ich, bis ich Sie kennenlernte. Ich wußte instinktiv, daß Sie anders sind. Sie sind mehr als nur schön. Denn viele Frauen sind nur schön. Nein, Sie sind auch treu und zuverlässig und ehrlich. Ich hätte alles, was in meiner Macht steht, darum gegeben, jedes meiner Anwesen, wenn Sie mich nur einmal so angesehen hätten, wie Sie Luke Westcott so oft angesehen haben, meine liebe, teure Pamela.«

Er lachte spöttisch, und es tat ihr weh. »Ich bin natürlich noch der gleiche Narr wie damals mit dreiundzwanzig. Und es wird Ihnen sofort klar werden, wie töricht ich bin«, sagte er mit rauher Stimme. Er hob einen Finger. »Erstens weiß ich, daß Sie Luke Westcott lieben. Zweitens, Luke Westcott liebt eine andere und ist für Sie für immer verloren. Drittens, ich liebe Sie immer noch, obwohl Sie nichts für mich empfinden als gewöhnliche, freundschaftliche Gefühle. Viertens, ich stelle fest, daß Ihre Gleichgültigkeit mir gegenüber für mich keine Rolle spielt. Ich werde Sie trotzdem heiraten, wenn ich Sie bekommen kann, obwohl Sie Westcotts Verlust immer beklagen werden und ich immer in seinem Schatten stehen werde.«

Sie saß sprachlos da, und er hielt einen Augenblick inne und sah sie an. Als er den Daumen hob und die fünf Finger seiner rechten Hand vervollständigte, sagte er mit leiser Stimme: »Fünftens werde ich Ihnen niemals Vorwürfe machen, weil Sie mich nicht lieben. Und nun, meine Liebe, da Sie den Mann nicht besitzen können, den Sie sich wünschten, werden Sie die Hand des Mannes abschlagen, der Sie immer lieben, ehren und für Sie sorgen wird?«

Er kam zu ihr herüber, stützte seine Hände auf die Armlehnen ihres Sessels, beugte sich vor und sah ihr tief in die Augen.

Pamela spürte, wie ihr Herz stockte, als die zwingenden grauen Augen sie gefangenhielten.

Einen langen Augenblick herrschte beklemmendes Schweigen. »Wollen Sie mich heiraten?« fragte er einfach.

Pamela sah ihn immer noch an. Daß er sie heiraten wollte, obwohl er der Meinung war, sie liebe Luke nach wie vor, bewies seine große Liebe. Sie wußte, daß sie ihrer nicht würdig war. Er hatte ihr gesagt, daß er sie wegen ihrer Zuverlässigkeit verehrte. Sie wußte nicht, wie sie ihm zu verstehen geben sollte, daß er sich irrte, wenn er an ihre Treue gegenüber Luke glaubte. Denn sie liebte ihn nun selbst ebenso sehr, wie er sie liebte. Außerdem war sie in einem solchen Gefühlsaufruhr, daß sie glaubte, sie könne es ihm unmöglich erklären, und sie hielt es auch für unwahrscheinlich, daß er ihr glauben würde, wenn sie dies fertigbrachte.

Sie hatte unverwandt auf ihre gefalteten Hände geblickt. Nun sah sie ihm in die Augen und wünschte, er würde sie in die Arme nehmen. Er rührte sich nicht und wandte den Blick nicht von ihrem Gesicht. »Ja«, sagte sie mit leiser, angespannter Stimme. »Das werde ich tun.«

Dies waren ihre ersten Worte, die sie sprach, seitdem er hereingekommen war. Sie hatte Luke aus allen richtigen Gründen abgewiesen, und nun nahm sie den Heiratsantrag des Grafen aus allen falschen Gründen an. Sie liebte ihn, und wie er war sie bereit, zu nehmen, was sie bekommen konnte. Irgendwann in der Zukunft, wenn er von ihrer Liebe überzeugt war, konnte sie ihm vielleicht erklären, weshalb sie so unverständlich gehandelt hatte.

Seine Miene veränderte sich bei ihren Worten nicht, obwohl sich für einen Augenblick ein kleiner Muskel neben seinem Mund zusammenzog. Sie sah den plötzlichen Schimmer in seinen Augen, ehe er den Kopf senkte, ihre Hand nahm und sie zärtlich küßte. »Es ist mir eine große Ehre, meine Liebe. Ich verspreche Ihnen, daß Sie es niemals bereuen werden«, sagte er mit belegter Stimme.

Pamela war überrascht, als er danach aufstand, sich verbeugte und zur Tür ging. Wie konnte er sie jetzt verlassen? Er hatte sie nicht einmal geküßt oder berührt! Und dann erkannte sie, daß er es für ein ungehöriges Betragen halten würde, bei der Geistesverfassung, in der sie sich seiner Ansicht nach jetzt befinden mußte. Mit der Hand auf dem Türknauf drehte er sich noch einmal um und sagte mit kühler, sarkastischer Stimme: »Ich werde heute nachmittag Ihren Vater aufsuchen, und sobald ich seine Einwilligung habe, wird die Bekanntmachung an die Zeitungen gehen. Aber keine Sorge, ich werde Sie nicht darum bitten, mich allein zu empfangen, bis Sie Zeit gefunden haben, sich an den Gedanken unserer Hochzeit zu gewöhnen.«

Mit einer kleinen Verbeugung war er draußen. Pamela starrte wie in Trance die Tür an, die sich leise hinter ihm geschlossen hatte. Dann schlug sie die Hände vors Gesicht und weinte.

Als Lady Frances eine halbe Stunde später angekündigt wurde, saß Pamela immer noch da. Ihr Taschentuch war zwar naß, aber von ihren Tränen war jetzt nichts mehr zu sehen. Trotzdem fand ihre Freundin, daß sie blaß und mitgenommen aussah und in ihren Augen ein hilfloser Blick lag, so daß Pauline auf sie zueilte und ihre Hand nahm. »Oh, meine liebe Pamela!« rief sie, als sie sich neben ihr auf die Knie niederließ. »Du weißt es natürlich. Das tut mir schrecklich leid für dich. Aber du wirst darüber hinwegkommen, das mußt du mir glauben. Viscount Westcott wäre nicht der richtige Mann für dich gewesen. Glaube mir, meine Liebe, und gräme dich nicht, weil du ihn verloren hast.«

Pamela zwang sich, Pauline anzusehen. »Ich trauere nicht um Luke«, sagte sie leise. »Der Earl of Brant hat mich zum Weinen gebracht.«

»Der Graf?« fragte Pauline und zog die Augenbrauen hoch. »War er heute morgen hier? Was hat er gesagt?«

Pamela ließ die Hand ihrer Freundin los, stand auf und ging im Zimmer auf und ab. Schließlich blieb sie bei Pauline stehen und sagte: »Er bat mich, ihn zu heiraten.«

»Wirklich? Tatsächlich?« fragte Pauline ehrfürchtig. »Meine liebe Pamela!«

»Ich habe zugestimmt«, fügte Pamela hinzu, und dann brach sie wieder in Tränen aus.

Klugerweise versuchte Lady Frances nicht, sie zu beglückwünschen oder alle die Fragen zu stellen, die ihr auf der Zunge lagen. Statt dessen stand sie auf, tätschelte kurz Pamelas Hand und führte sie zu einem Stuhl, ehe sie hinausging und Dentworth darum bat, ihnen beiden ein Glas Sherry zu bringen. Als sie zurückkam, nahm sie ihren Hut ab, zog ihre Handschuhe aus und ließ sich auf dem Sofa nieder, so, als wolle sie dort sehr lange verweilen. Pamela hatte ihre Selbstbeherrschung wiedergewonnen und wischte sich mit dem nassen Taschentuch fest über die Augen. Pauline griff in ihre Handtasche und reichte ihrer Freundin ein trockenes Tuch.

»Danke, Pauline«, sagte sie und versuchte zu lächeln. »Ich muß verheerend aussehen. Ich entschuldige mich dafür, daß ich geweint habe, zumal ich so glücklich bin, daß du vorbeigekommen bist.«

Als Dentworth kam und ihnen beiden ein Glas Sherry servierte, sprachen sie ungezwungen über allgemeine Dinge. Aber sobald er den Raum verlassen hatte, sagte Pauline: »Erzähle mir alles – wie hat dir der Graf den Heiratsantrag gemacht? Was hat er gesagt? Und vor allem, weshalb bist du so in Tränen aufgelöst, nachdem du seinen Antrag angenommen hast? Liebst du ihn nicht, Pamela? Ich kann nicht glauben, daß du ihn heiraten würdest, ohne ihn zu lieben. Und ich weigere mich, den Gedanken auch nur zu erwägen, daß du seinen Antrag angenommen hast, weil Lord Westcott eine andere liebt.«

»Natürlich liebe ich John!« sagte Pamela. »Ich liebe ihn, seitdem wir in Kent waren, und ich vermute, schon seit einiger Zeit davor. Aber ... aber er glaubt, ich würde immer noch Luke lieben. Oh, Pauline, es ist so schrecklich! Was soll ich nur tun?«

»Das Vernünftigste ist es, du sagst ihm, daß er sich irrt. Warum hast du das nicht sofort getan?«

»Ich konnte nicht«, klagte Pamela und zerdrückte das Taschentuch, das sie immer noch in der Hand hielt.

»Und warum nicht?« fragte Pauline nüchtern.

»Er hat mich auf ein so hohes Podest gestellt, Pauline. Er verehrt mich, weil ich Luke die ganzen Jahre hindurch treu geblieben bin. Er selbst wurde vor langer Zeit von einer Frau sehr enttäuscht. Wie kann ich also zugeben, daß ich genauso schwach und wankelmütig bin? Nein, nein, ich konnte es ihm nicht sagen. Ich wollte ihm seine Illusionen nicht nehmen.«

»Aber wenn du es ihm nicht sagst, wird er annehmen, du heiratest ihn nur deshalb, weil du Lord Westcott nicht bekommen konntest«, erwiderte Pauline.

Pamela nickte. »Ja, das denkt er. Er sagte, er wisse, ich könne ihn niemals lieben und er würde immer in Lukes Schatten stehen, aber das mache ihm nichts aus. Er will mich sogar unter diesen Umständen heiraten.«

»Hat er dich geküßt?« fragte Pauline. »Nein, er hat dich nicht geküßt«, sagte sie mit wissendem Blick.

»Woher weißt du das? Er hat mir nur die Hand geküßt.«

Pauline runzelte die Stirn. »Wie edel und wie idiotisch!« Pamela sah Pauline von der Seite an, und diese fuhr fort: »Wenn er dich geküßt hätte, wärst du jetzt nicht in diesem Zustand! Du hättest ihm deine Liebe zeigen können. Aber mache dir nichts daraus. Ich bin sicher, er ist überzeugt davon, er kann dich dazu bringen, Luke zu vergessen, sobald du seine Frau bist. Laß dich nicht von den edelmütigen Worten eines Mannes beirren, der vor Liebe verrückt nach dir ist, meine Gute. Es ist so desillusionierend, wenn man später die wahren Motive herausfindet.«

»Wie kannst du so etwas sagen, Pauline«, sagte Pamela schokkiert. »Ich bin sicher, du täuschst dich.«

Lady Frances trank ihren Sherry und lächelte. »Nein, Pamela, ich habe recht. John Pearson hat sich zweifellos wahrhaft ehrenwert betragen. Aber er ist trotz seines zivilisierten Benehmens ein Mann. Ein Mann, meine Liebe, mit leidenschaftlichen Gefühlen und großer Entschlossenheit. Und daß er dich auf ein Podest gestellt hat, ist natürlich eine hübsche Geste. Aber glaube mir, wenn ich dir sage, daß er dich dort nicht haben will, um zu dir aufzusehen und dich zu bewundern. Nein, er will dich in seinen Armen halten, atemlos und voller Leidenschaft. Warum regt dich dieses Doppelspiel auf? Männer sind nicht vollkommen, selbst die besten von ihnen nicht. So wenig wie wir Frauen, wie du in deinem Kummer festgestellt hast. Nun bist du einem Mann versprochen, der glaubt, du liebst einen anderen. Und du hast ihm nicht die Wahrheit gesagt. Du bist ganz gewiß nicht fehlerlos!«

Pamela mußte lächeln und stimmte Pauline zu. Sie fühlte sich nach diesem Gespräch mit Pauline wohler, die immer so einsichtsvoll, so klug und dabei so freundlich war.

»Ich bin froh, daß du endlich zur Vernunft gekommen bist, Pamela«, sagte ihre Freundin. »Ich wußte schon vor Tagen von der Verlobung des Viscount. Meine Tante Warren erzählte mir davon, aber Frederick erlaubte mir nicht, mich einzumischen. Ich habe mir Sorgen um dich gemacht, da ich nicht wußte, wie du die Neuigkeit von Lukes Verlobung aufnehmen würdest.«

»Ich wollte, du hättest dich eingemischt, Pauline«, sagte Pamela und erzählte ihr, was ihre Mutter angerichtet hatte, wie sie Luke genötigt hatte, Cynthia aufzugeben und ihr selbst einen Heiratsantrag zu machen, und wie er das getan hatte. Als Pam zu Ende gesprochen hatte, mußte Pauline ihr Taschentuch zurückerbitten, damit sie sich die Lachtränen von den Wangen wischen konnte.

»Wenn ich nur an jenem Tag eine Fliege an der Wand in eurer Bibliothek hätte sein können«, sagte sie lachend.

»Aber was um alles in der Welt soll ich jetzt tun?« fragte Pamela und kehrte zu dem Problem zurück, das sie am meisten beschäftigte.

»Ich schlage vor, du gibst John deine wahren Gefühle kund, sobald du ihn wiedersiehst. Und da ich sicher bin, daß er bei jeder sich bietenden Gelegenheit bei dir vorbeikommt, wirst du nicht lange auf ihn warten müssen.«

»Aber doch«, erwiderte Pamela mit bekümmerter Miene. »Er will heute nachmittag meinen Vater aufsuchen und danach unsere Verlobung öffentlich bekanntgeben. Aber er will mir Zeit lassen, mich an den Gedanken unserer Hochzeit zu gewöhnen, ehe er mich wieder besucht.«

Pauline schlug sich mit der Hand an die Stirn. »Männer!« rief sie. »Männer und ihre Galanterie zur falschen Zeit! Nun, wir werden sehen. Aber jetzt wirst du dir erst einmal einen Hut aufsetzen und mit mir zum Kostümverleiher gehen, meine Liebe. Ich weiß, du hast dich bis jetzt noch nicht für ein Kostüm entschieden, und da der Ball morgen abend stattfindet, ist es allerhöchste Zeit. Zum Glück hast du keine recht schwierige Größe. Komm, wir haben viel zu tun, und das ist ein Glück, denn wenn man beschäftigt ist, vergeht die Zeit rascher.«

Aber trotz Paulines Gesellschaft und ihrer fesselnden Spekulationen über ihr künftiges Glück zog sich für Pamela die Zeit in die Länge.

Beim Kostümverleiher wählte sie ein Gewand aus Goldbrokat, eingefaßt mit Rüschen aus goldener Spitze, die in graziösen Falten über ihre Schultern und ihre Brüste fielen und über dem Reifrock eines früheren Zeitalters getragen wurden. Zu dem Kostüm gehörte eine gepuderte Perücke.

Pauline wollte Pamela dazu überreden, das einfache Gewand einer griechischen Göttin zu wählen, aber Pamela blieb hart. Irgendwie fühlte sie sich in den weiten Röcken und mit der schweren Perücke sicherer und besser verkleidet.

Pauline sah sie überrascht an, als Pamela außerdem eine volle Maske wählte statt der üblichen Halbmaske über den Augen. Im stillen dachte sie, der Graf wird große Mühe haben, bis er seiner Braut nahekommt, geschweige denn, bis er sie küssen kann.

Als Lady Frances mit Pamela in die Charles Street zurückfuhr, fragte sie sich, ob sie John Pearson aufsuchen und ihm berichten sollte, was sie wußte. Dies würde es Pamela erleichtern. Aber sie war sicher, daß Sir Frederick eine solche Einmischung in fremde Angelegenheiten mißbilligen würde. Ihre Freundin mußte geahnt haben, was sie dachte, denn ehe sie die Kutsche verließ, nahm sie ihre Hand und sagte: »Du mußt es mir überlassen, Pauline. Versprichst du mir das? Ich weiß, du möchtest mir helfen, aber ich muß selbst damit fertig werden.«

Lady Frances stimmte zu, wenn auch zögernd. Sie war auf der Rückfahrt in ihr Heim in der Nähe von Richmond sehr nachdenklich.

Als Pamela an jenem Nachmittag im Garten saß und ihre Stickerei vernachlässigte, brachte ihr Dentworth ein großes Rosenbukett. Er lächelte, als sie die dunkelroten Blüten bewunderte und die Karte, die die Rosen begleiteten, vom Tablett nahm.

Ehe er die Rosen ins Wasser stellte, sagte er mit der Vertraulichkeit eines alten Dieners: »Der Graf ist jetzt bei Ihrem Herrn Vater, Miss Pamela.«

Pamela senkte den Blick und sah auf die Karte, die sie in der Hand hielt, und der Butler lächelte sie liebevoll an, ehe er wegging. Sie erbrach langsam das Siegel. In der schwarzen Schrift des Grafen stand geschrieben:

»Meine Liebe, wenn Sie diese Zeilen lesen, spreche ich gerade mit Ihrem Vater. Ich empfinde die Stunden, die wir voneinander getrennt sind, endloser als alle, die ich jemals erlebt habe. Lassen Sie mich wissen, wann ich Sie wiedersehen darf — und lassen Sie es bald sein.«

Er hatte seine Zeilen mit ›John‹ unterschrieben, und daneben die kleine Zeichnung gemalt, die sie so gut kannte. Sie preßte die Zeilen einen Augenblick träumerisch an ihre Wange.

Als ihr Vater kurze Zeit später zu ihr kam, lächelte er. »Da Dentworth dies zweifellos schon getan hat, brauche ich dir nicht zu sagen, wer mich besucht hat, und ebensowenig, weshalb er gekommen ist.«

Pamela lächelte ihn an, aber Sir Roger fand, daß sie ein wenig verstört aussah, und er sagte rasch: »Ich habe dem Grafen erklärt, daß ich zuerst mit dir sprechen muß, ehe ich meine Einwilligung zu Eurer Hochzeit geben kann, obwohl er mir versichert hat, daß er deine Zusage hat. Liebst du ihn, Pamela? Willst du ihn heiraten?«

»Ja, Papa, ich liebe ihn von ganzem Herzen«, sagte sie, und er nahm sie in die Arme und küßte sie.

»Er ist ein feiner Mann. Ich freue mich«, sagte Sir Roger. »Weiß es deine Mutter schon?«

»Nein, ich habe ihr nichts erzählt«, gestand Pamela und dann sagte sie zur Überraschung ihres Vaters: »Können wir es bis morgen geheimhalten, Papa?«

Sir Roger runzelte die Stirn. »Pamela, gibt es irgend etwas, das dich quält? Du mußt es mir sagen. Du siehst nicht danach aus, als ob du den Grafen liebst, und du verhältst dich auch nicht so, wie es eine Frau in diesem glücklichen Zustand im allgemeinen tut.«

Noch einmal war Pamela genötigt, ihre Geschichte zu erzählen. Sir Roger hörte ihr ruhig zu und gab keinen Kommentar. Endlich schloß sie: »Ich glaube nicht, daß ich es ertragen könnte, wenn Mama oder die Jungen es wüßten, bevor ich mit John gesprochen habe. Ich fühle mich bis jetzt noch nicht als verlobt, Papa. Der Graf könnte vielleicht doch noch zu dem Schluß kommen, daß er eine so unstete, wankelmütige Frau nicht heiraten möchte. Ich gebe ihn natürlich frei, wenn er es wünscht, und du verstehst, daß dies einfacher wäre, wenn nicht alle Welt von unserer Verlobung wüßte.«

Ihr Vater schüttelte den Kopf. Im stillen dachte er, Pamela brauchte nur ihr Geständnis abzulegen, und der Graf würde von da an die Situation perfekt handhaben. Sir Roger hatte noch nie jemanden kennengelernt, der so entschlossen war zu heiraten wie der Mann, den er eben erst in seiner Bibliothek empfangen hatte.

Nun, da Sir Roger die Ursache für das zurückhaltende, steife Verhalten Lord Brants kannte, das ihn mehr beunruhigt hatte, als er sich eingestehen wollte, war er erleichtert. Er wünschte nur, der Graf hätte Pamelas Liebe zu Luke erwähnt. Denn dann wäre er selbst in der Lage gewesen, ihn zu beruhigen.

Lächelnd stand er auf und küßte seine Tochter aufs Haar. »Es wird unser Geheimnis bleiben, solange du es willst, meine Liebe. Natürlich muß ich Lord Brant schreiben und ihn von seiner Sorge erlösen. Aber ich werde ihn bitten, die öffentliche Bekanntmachung aufzuschieben, bis ihr beide miteinander gesprochen habt.«

Als er sich anschickte, zum Haus zu gehen, fügte er augenzwinkernd hinzu: »Es wäre nicht unklug von dir, wenn du dir so bald wie möglich Gedanken über deine Brautkleidung machen würdest, meine Liebe. Ich kann dir versichern, der Graf wird nicht den Wunsch äußern, von seinem Wort befreit zu werden. Aber du wirst es selbst sehen.«

Er blinzelte und verließ seine Tochter, die endlich ihren Stickrahmen zur Hand nahm. Es war ihr jetzt wohler zumute, nachdem sie vor ihrem Vater das Geständnis abgelegt hatte. Sie beschloß, mit John auf dem Maskenball zu sprechen. Sie wußte, daß es ihr kostümiert und hinter einer Maske verborgen leichterfallen würde.

Der Abend zog sich in die Länge und ebenso die Nacht und der darauffolgende Tag. Ihr Vater hatte dem Grafen geschrieben. Aber sie sah und hörte nichts von ihm. Endlich wich der lange Tag dem Zwielicht, und dann brach die Dämmerung ein.

Pamela nahm sich zum Ankleiden viel Zeit. Als sie fertig war und die goldene Maske und die kunstvolle weiße Perücke trug, war sie sicher, daß niemand erraten würde, wer sie war. Sie selbst erkannte kaum die Dame, die sie aus dem Spiegel durch die Schlitze ihrer Maske ansah.

Luke und Matthew hatten das Haus früher verlassen, um ihre jeweiligen Damen zum Ball abzuholen. Trotzdem beklagte sich Mark, daß er und sein Vater in Gefahr waren, von den bauschigen Röcken der Damen, mit denen sie zusammen in der Kutsche saßen, erdrückt zu werden. Und außerdem sei es eine lange, weite Fahrt nach Richmond, erklärte er.

Lady Sheridan glättete ihren riesigen Reifrock und gab ihm recht. Ihr Gatte fand, daß sie heute abend sehr imposant aussah, und er wünschte, er hätte ein passenderes Kostüm gewählt anstelle des Dominos wie Mark.

»Ich kann mir nicht vorstellen, weshalb du dieses Kostüm gewählt hast, Pamela«, klagte Lady Sheridan, als die Kutsche die Stadt verließ. »Niemand wird auch nur die leiseste Ahnung haben, wer du bist.«

»Aber das ist doch der Zweck eines Maskenballs«, erwiderte Pamela und versuchte, nicht daran zu denken, wie bald sie Lord Brant wiedersehen würde.

»Nein, das ist er nicht«, antwortete ihre Mutter ernst. »Die Herren werden sich von dir zurückhalten, denn du könntest ja ein Gesicht wie ein Frosch hinter dieser Maske haben.«

Sir Roger lachte mit den anderen, aber er drückte seiner Tochter die Hand.

Nachdem sie in Richmond eingetroffen waren, blieb Pamela hinter ihrer übrigen Familie zurück und ging allein die Treppe hinauf, um Sir Frederick und Lady Frances zu begrüßen. Pauline blinzelte ihr zu. Sie sah an diesem Abend phantastisch aus in dem fließenden Gewand einer Haremstänzerin, während ihr Gatte einen unglaubwürdigen Scheich mimte.

Als Pamela den Ballsaal betrat, klappte sie ihren Fächer auf und betrachtete über dessen Rand hinweg den überfüllten Raum. Ihre Mutter hatte wirklich recht gehabt. Keine der anwesenden Damen war so kostümiert, daß man nicht sofort erkannte, wer sie war. Keine außer ihr selbst. Sie bemerkte, wie ein großer, als Kavalier gekleideter Herr sie eingehend musterte. Plötzlich lächelte er, und das vertraute schräge Lächeln sagte ihr, daß es der Earl of Brant war.

Sie holte tief Luft und ging in seine Nähe, wobei sie hier und da stehenblieb und mit anderen Gästen plauderte.

»Teure, mysteriöse Dame, darf ich Sie um einen Tanz bitten?« fragte der Graf, der unvermittelt neben ihr stand und ihren Ellenbogen ergriff.

Sie nickte und fragte sich, ob er wohl wußte, wer sie war. »Ich wäre entzückt, Kavalier«, flüsterte sie und legte ihre Hand auf seinen Arm.

Er sah einen Augenblick auf sie herab, und dann legte er seine Hand auf die ihre und führte sie zur Tanzfläche, wo man sich zum ersten Tanz formierte.

Sie sprachen während des Tanzes miteinander, als wären sie sich fremd, und Pamela, die durch ihre scheinbare Anonymität Mut faßte, begann mit dem Grafen zu flirten.

»Wie angenehm Maskeraden doch sind, Sir«, flüsterte sie und drückte seine Hand. »Eine nette Abwechslung, so zu tun, als wäre man ein anderer, jemand, der geheimnisvoll, fröhlich und vielleicht — vielleicht nur ein klein wenig unkonventionell ist.«

»Ich bin mir bewußt, daß Damen Intrigen mehr lieben als Herren, Ma'am«, sagte er mit kühler, selbstbeherrschter Stimme.

Pamela war enttäuscht, aber sie zwang sich, darüber zu lächeln.

»O ja, wir Frauen sind elende Geschöpfe, selbst die besten von uns. In Wirklichkeit sind wir alle gleich. Haben Sie das noch nicht herausgefunden?« fragte sie mit unschuldiger Stimme.

»Ich habe das Glück, eine Dame zu lieben, die die Ausnahme von der Regel ist«, erwiderte er.

»Dann ist es mein Mißgeschick. Denn wenn Sie solch ein Wunder lieben, kann ich Sie nicht für einen Flirt mit mir gewinnen.«

Sie zog einen Schmollmund.

»Sie könnten kaum einen Mann finden, der nicht daran interessiert wäre, Sie zu lieben, goldene Dame«, sagte er, und Pamela fand, daß sein Tonfall unbeschwert klang. Aber dann fügte er hinzu: »Wie bedauerlich, daß Männer und auch Frauen Ihre Herzen nur einmal verschenken können.«

»Aber mein Herr«, flüsterte Pamela und ihr Herz schlug ihr bis zum Hals, »Frauen sind nicht immer treu, das wissen Sie doch sicherlich. Ihre Gefühle können sich wandeln. Während sie glauben, einen Mann zu lieben, stellen sie manchmal fest, daß sie sich geirrt haben.«

Einen Moment drückte der Graf fest ihre Hand, aber er sagte lediglich: »Wirklich? Wie erschütternd für einen gewöhnlichen Mann wie mich, an solch wankelmütiges Verhalten zu denken.«

Der Tanz endete, und der Graf verbeugte sich und verließ Pamela. Einen Augenblick lang war sie entmutigt, aber als sie von ihrem Bruder Mark zum zweiten Tanz aufgefordert wurde, sagte sie sich, daß sie jetzt nicht aufgeben durfte.

Der Kavalier kam zurück, um wieder und wieder mit ihr zu tanzen. Als er sich zum dritten Mal verbeugte, tadelte sie ihn. »Mein Ruf wird durch ihre ständige Aufmerksamkeit ruiniert, Sir«.

»Das kann auf einem Maskenball sicher nicht falsch sein, Ma'am«, entgegnete er und legte besitzergreifend einen Arm um sie.

Ihm nahe zu sein, war solch ein Glück, daß Pamela alle Rücksichten auf die Konventionen fallen ließ. Sie wußte, daß um Mitternacht die Demaskierung kam, und als die Stunde näherrückte, versuchte sie noch einmal, dem Grafen ihre Liebe zu gestehen. »Sie sagten vorhin, wenn eine Frau ihren Sinn bezüglich eines Mannes ändert, von dem sie dachte, sie liebte ihn, dann sei sie wankelmütig, Sir. Aber ist es in Wahrheit nicht aufrichtig, wenn sie nun einen anderen liebt?«

Einen langen Augenblick schwieg er, und dann sagte er mit rauher, kalter Stimme: »Sie müssen nicht aus Freundlichkeit so tun, als empfänden Sie etwas für mich, Pamela. Ich glaube Ihnen nicht. Und wir wollen doch ehrlich miteinander sein.«

Pamela erschrak. »Sie wußten die ganze Zeit, wer ich bin«, sagte sie anklagend. Sie war unglücklich, weil sie ihn nicht von ihren Gefühlen hatte überzeugen können.

Das Lächeln des Grafen war noch schräger als sonst. »Wie hätte ich je diese reizenden Hände nicht erkennen sollen?« fragte er. »Sie verrieten Sie mir zuerst, und als ich Sie dann in meinen Armen hielt, war ich sicher.«

Sie tanzten schweigend. Dann endete der Tanz, und das Orchester spielte einen Tusch.

Sie griff nach ihrer Maske, um sie zu entfernen, aber der Graf sagte: »Ich helfe Ihnen, meine Liebe.«

Er löste ihre Maske, nahm sie ihr vom Gesicht und sah ihr tief in die Augen.

Ihre Enttäuschung darüber, daß ihre Taktik nichts gefruchtet hatte, war ihr vom Gesicht abzulesen, dessen war Pamela sicher.

Er berührte sanft mit einem Finger ihre Wange. »Es war nett von Ihnen, daß Sie es versucht haben, Pamela, aber es war nicht nötig. Wollten Sie deshalb, daß ich unsere Verlobung noch nicht bekanntgebe? Glaubten Sie, ich würde unsere Verbindung bereuen? Das werde ich niemals tun.«

»Ich auch nicht, Mylord«, sagte sie und wollte weitersprechen, aber in diesem Augenblick traten Luke und Cynthia zu ihnen. Luke legte einen Arm um Pamela und küßte sie auf die Wange.

Pamela versuchte zu lächeln.

»Pam«, Cyn hat dir eine sehr wichtige Bitte vorzubringen!« rief er und nahm Cynthia in seinen anderen Arm.

»Sie halten die Reichtümer dieser Welt in den Armen, Mylord«, bemerkte Lord Brant.

Pamela hörte den Sarkasmus in seiner Stimme und sah das zornige Blitzen seiner Augen wegen der Freiheit, die Luke sich herausnahm. Sie löste sich vom Viscount und trat neben Lord Brant. Luke bemerkte es nicht, denn er blickte liebevoll auf das gerötete, reizende Gesicht seiner Braut.

»Liebe Miss Sheridan — nein, Pamela — da Luke mir gesagt hat, daß wir Schwestern würden, hoffe ich sehr, Sie werden eine meiner Brautjungfern sein«, sagte das Mädchen atemlos. »Ja, ich glaube langsam, daß Luke mich überhaupt nicht heiratet, wenn Sie nicht dabei sind.«

»Es ist sehr bedauerlich, daß unser englisches Recht die Monogamie vorschreibt, Mylord, sonst könnten Sie gleich beide zum Altar führen«, fauchte der Graf.

Pamela legte ihre Hand auf seinen Arm und drückte ihn besänftigend. »Ich freue mich darauf, Ihre Brautjungfer zu sein, Cynthia. Vielen Dank!« Und dann versuchte sie trotz der starren Haltung des Grafen, der neben ihr stand, zu lächeln. »Ich werde sehr viel zu tun haben, denn Lady Virginia hat mich ebenfalls gebeten, zu ihrer Hochzeit zu kommen.«

Als die anderen lachten, legte der Graf einen Arm um sie und sagte: »Wir wollen hoffen, daß diese Hochzeiten in Kürze stattfinden, mein liebe Pamela, denn ich habe nicht vor, sehr lange auf meine Braut zu warten.«

Lady Cynthia klatschte in die Hände, als sie die Neuigkeit hörte, und Luke fragte erstaunt: »Ist das wahr? Wirst du Lord Brant heiraten, Pam? Dann hast du also deshalb letzte Woche meinen Heiratsantrag abgelehnt, du raffinierte Katze!«

Pamela hörte, wie der Graf den Atem tief einsog, und sie fühlte, wie sich seine Hand an ihrer Taille straffte. Schweigend applaudierte sie Luke für seine unbeabsichtigte Schützenhilfe.

»Sie müssen uns entschuldigen, Mylady, Mylord«, sagte Lord Brant mit zusammengebissenen Zähnen. »Pamela und ich müssen sofort etwas besprechen.«

Luke lachte und wollte eine respektlose Bemerkung äußern. Aber Cynthia zupfte ihn am Ärmel. »Wage ja nicht, etwas zu sagen, Luke«, erklärte sie energisch und zog ihn weg.

Pamela dachte flüchtig daran, daß Cynthia Warren möglicherweise doch die richtige Frau für Luke war, und sie war froh darüber. Aber sie vergaß sie bald, denn der Graf, der sie eng umfaßt hielt, führte sie zur Terrassentür. Dort standen einige Paare, tranken Champagner und lachten miteinander. Lord Brant blieb nicht stehen, sondern führte Pamela die Stufen hinab in den Garten. Er sprach kein Wort, als sie über den Kiesweg zum Fluß hinuntergingen. Pamela versuchte, mit ihrer freien Hand ihren Reifrock anzuheben. Sie hatte gegen das Tempo, das er einschlug, nichts einzuwenden.

Schließlich kamen sie zu einer Bank am Flußufer, das von einigen Lampen auf einem Landesteg in der Nähe erhellt war. Sie waren allein. Selbst der Lärm der Gesellschaft war gedämpft.

»Nun, Miss Sheridan, nun . . .« begann er.

»Oh, nenne mich bitte deine angebetete, liebste Pamela, John«, neckte sie und fühlte sich beschwingt in ihrer Erleichterung darüber, daß er ihr nun glauben würde. »Diese Anrede gefällt mir viel besser.« Sie wandte ihm ihr Gesicht zu und sah ihm in die Augen. Und dann legte sie ihre Hände auf seine Schultern und lehnte sich an ihn, und in ihrem Blick zeigten sich ihre ganzen Gefühle.

Sofort schlang er seine Arme um sie.

»Bist du nun nicht mehr ärgerlich auf mich, John?« fragte sie ernst.

»Ärgerlich? Nein, das bin ich nicht«, sagte er mit leiser, verwunderter Stimme, aus der aller Sarkasmus und alle Kälte verschwunden waren.

Sie seufzte und schmiegte sich so eng an ihn, wie es ihr Reifrock erlaubte. »Oh, warum bin ich nicht als Nymphe gekommen?« fragte sie. »Zum Teufel mit diesem dummen Kleid!«

Der Graf warf den Kopf zurück und lachte.

Sie legte eine Hand an seinen Hals über den Spitzenrüschchen seines Kostüms, um das Leben zu spüren, das dort pulsierte, und er ergriff ihre Hand und küßte sie.

»Ich habe ein paar Fragen, meine angebetete, liebste Pamela«, sagte er mit unsicherer Stimme. »Einige Fragen, die du mir, glaube ich, am besten gleich beantwortest, ehe ich mich vergesse.«

»Bevor wir uns vergessen, mein Liebster«, korrigierte sie ihn.

Er schob sie mit großer Entschlossenheit von sich. »Willst du dich setzen, Liebste?« fragte er mit schmeichelnder Stimme.

Pamela machte einen kleinen Knicks, und dann setzte sie sich auf die Bank. Hinter seinen breiten Schultern konnte sie die Lichter eines Schiffes sehen, das die Themse hinab zum Kanal fuhr und weiter zum Meer. Aber ihre Blicke blieben auf seinem Gesicht haften. Er stellte einen Fuß auf die Bank und stützte die Hände auf sein Knie.

»Was meinte der Viscount damit, als er sagte, du hättest ihn letzte Woche abgewiesen?« fragte er.

»Es war alles die Schuld meiner Mutter, John«, sagte Pamela. »Sie wußte, daß ich Luke Westcott geliebt habe, seit ich siebzehn Jahre alt war, und sie nötigte ihn, mir einen Heiratsantrag zu machen. Er hatte ihr nämlich erzählt, daß er heimlich mit Cynthia Warren verlobt war. Ich versuche, meiner Mutter zu verzeihen. Sie wollte nur das Beste für mich.« Pamela hielt inne, und dann sagte sie: »Wenn ich nur nicht geschwiegen hätte, dann wäre alles nicht geschehen.«

»Du hast Lord Westcott abgewiesen? Warum, wenn du ihn liebst?« beharrte der Graf.

»Ich liebe ihn nicht mehr auf die gleiche Weise. Und ich konnte ihn nicht heiraten, nachdem ich festgestellt habe, daß er mir nicht mehr bedeutet als einer meiner Brüder.«

Der Graf beugte sich zu ihr herunter, Sie spürte seinen warmen Atem auf ihren Wangen. »Wann hast du das festgestellt?« fragte er, und seine Stimme klang rauh, als könne er nicht einmal jetzt glauben, daß sie die Wahrheit sprach.

Pamela stand auf und ging zum Ufer hinunter. Irgendwie wußte sie, daß diese Antwort entscheidend für ihr Glück war, und sie konzentrierte sich darauf, es ihm so gut wie möglich zu erklären.

»Ich glaube, ich wußte es schon lange. Aber nachdem ich fünf Jahre lang Pläne geschmiedet und mich in Träumereien verloren hatte, traute ich dem Wandel meiner Gefühle nicht«, sagte sie, blickte auf den Fluß und lauschte auf die Geräusche der Wellen, die ans Ufer klatschten. »Als wir zusammen im Hafen von Dover waren, küßte ich ihn und wollte ihm meine Liebe zeigen. Aber obwohl ich mir die Augen ausweinte, war alles, was ich fühlte, Erleichterung, als er Kent verließ. Und als ich dann aus meinem Delirium erwachte, wurde mir bewußt, daß ich Luke zwar immer lieben würde, aber so, wie er mich liebt, als seine ›gute alte Freundin Pam‹. Er war nicht mehr der Mann, den ich wollte.« Sie drehte sich um. »Ich erinnere mich daran, wie ich dachte, daß ich keinen Jungen, sondern einen Mann haben wollte. Und nicht irgendeinen Mann, ich wollte dich!«

Der Graf verlor sofort das Interesse an allen weiteren Fragen, die er hatte stellen wollen. In einer Sekunde war er neben ihr und nahm sie begierig in die Arme. Ehe sich sein Mund auf den ihren legte, sagte er mit unsicherer Stimme: »Du hast mir das Glück geschenkt, von dem ich nie geglaubt hätte, daß ich es je erleben würde, mein Liebling.«

Und dann lag sein Mund auf dem ihren, und Pamela vergaß ihren Reifrock, der sich nun hinter ihr aufbauschte. Seine Lippen waren leidenschaftlich und gleichzeitig ehrfürchtig. Und sie gab den Versuch auf, begreifen zu wollen, warum dies so war, als sich ihre eigenen Lippen unter den seinen öffneten und ihr Körper sich noch enger an ihn preßte. Sein Kuß wurde inniger, und seine Hände liebkosten ihren Rücken und hielten sie fest, als wollte er sie nie wieder loslassen.

Als er endlich den Kopf hob, murmelte er: »Liebste, angebetete Pamela, sage mir noch einmal, daß du mich liebst!«

Sie nahm sein Gesicht in ihre Hände. Das Gefühl seiner warmen Haut ließ ihre Stimme ein wenig zittern, als sie sagte: »Wirst du mir niemals glauben? Natürlich liebe ich dich!«

Dann schmiegte sie sich in seine Arme und fügte hinzu: »Als du mich wie eine Göttin auf ein Podest gestellt hast, so überlegen und makellos, wie hätte ich da zugeben können, daß ich nur eine gewöhnliche, wankelmütige Frau bin, John?«

Er sah sie an, ihre Lippen zitterten von seinem Kuß, und ihre braunen Augen schimmerten golden vor Liebe im flackernden Licht der Lampen. »Du wirst niemals gewöhnlich sein. Aber diese Wankelmütigkeit, die du zugibst, ist ein ziemlich harter Schlag für mich, Ma'am.«

Sie sah ihn ein wenig besorgt an, und er fügte hinzu: »Ich werde für dieses Mal ein solches Verhalten entschuldigen. Doch von jetzt an darf es keine Wiederholung geben!«

Sie lächelte. »Nie wieder, mein Geliebter«, flüsterte sie, »von diesem Augenblick an bist du meine eine, meine einzige Liebe.«

Er zog sie an sich und bedeckte ihr Gesicht und ihren Hals mit Küssen, und als sich ihre Lippen trafen, versank die Welt für sie.

Einige Zeit später, als sich die meisten Gäste von den Gastgebern verabschiedeten und ihnen für den zauberhaften Abend dankten, hielt Lady Sheridan nach ihrer Tochter Ausschau.

Pamela war nicht im Ballsaal und nicht in einem der Salons, nicht auf der Terrasse und nicht im Garten. Schließlich eilte Lady Sheridan zurück zu Sir Roger, der ungezwungen mit der Gastgeberin plauderte.

»Roger«, unterbrach sie atemlos. »Ich kann Pamela nirgends finden, und es ist schon spät. Wir sollten längst auf dem Heimweg sein. Wo kann sie nur sein? Wo steckt sie?«

Sir Roger nahm ihre Hand und tätschelte sie. »Komm mit, meine Liebe, der Earl of Brant wird dafür sorgen, daß Pamela sicher zu Hause ankommt.«

»Der Earl of Brant?« fragte seine Frau irritiert.

Lady Frances lächelte, als Sir Roger amüsiert sagte: »Der Earl of Brant wird dein Schwiegersohn, Ma'am! Ich werde dir auf dem Heimweg in die Stadt alles erklären, das verspreche ich dir.«